佩格澀思——著

加拿大鐵女手札

台灣移民生活思聞錄

It Was a Dog's Life living in Canada

推薦序

台灣林口長庚醫院整形外科主治醫師　張乃仁

　　認識佩格澀思是在2015年春天，在多倫多市中心聯合車站（Union Station）內的紀念品店。當時我剛由台灣林口長庚醫院派至多倫多兒童醫院（The Hospital for Sick Children, SickKids）進修顯微神經重建。三月份的多倫多天寒地凍，了無生機，靠著姑姑及教會朋友慢慢安頓下來後便開始至周圍探索。

　　一個星期日的午後，和家人到市中心的加拿大雷普利水族館（Ripley's Aquarium of Canada）參觀完，便進入聯合車站的通道準備搭乘地鐵 TTC（Toronto Transit Commission）回家。在漫長的通道內走著走著，剛好看到有個精美的禮品店，基於好奇而前往一探究竟。店長親切的招呼我們，由於同是亞洲面孔，因此攀談起來，才知道她也是台灣人。他鄉遇故知格外親切，加上禮品店的小物實在精美，記得足足逛了一個多小時，才大包小包的滿意賦歸。

　　之後兩年在加拿大，常常和佩格澀思一家人保持聯繫，也接受她的推薦，在加西旅遊時搭乘加拿大人號（The Canadian）觀光列車中最美的一段——從溫哥華到傑士伯（Jasper）——飽覽落磯山脈的美妙風景。之後回台工作繁忙，雖然較少聯絡，但若有學弟妹赴多倫多需要協助，麻煩佩格澀思時她總是義不容辭，非常感激。

佩格澀思的出版紀錄了一個台灣人在加拿大的奮鬥史，相當寫實且值得一讀。我們和她共同經歷了她一段轉折的人生。我們自己當年也在新的環境中重新適應一切，慢慢習慣截然不同的四季、語言、文化、工作及生活模式，結交新的朋友們，不知不覺慢慢融入當中，酸甜苦辣猶如昨日歷歷在目。因此，非常推薦大家讀這本反映現實生活的著作，看看佩格澀思怎麼藉由自己的努力，在另一個國家生活著，經過了幾年，也慢慢達到她的目標，真的為她非常高興，也開心她把這些生活記事付梓，相信許多朋友都能得到啟發及幫助！

台灣林口長庚醫院整形外科

張乃仁副教授　敬上

作者自序

　　老實說，我的人生被「移民加拿大」這件事給耗掉了一大截。自己像根被加速燃燒的蠟燭，不過四十五歲，卻像坐在燈枯油盡的桌邊，人累了。

　　靜靜休息著又看到星星地火花，我想起了從前，然後心中又燃起了一些熱情，就弄出《加拿大鐵女手札》專題，副標《台灣移民生活思聞錄》，想把過去這十五年間，自己有時無時記下的事，好似老人說故事般地分享自己移民的來時路，其實更想點出主流媒體報導外的一些人在台灣想像不到的事，讓讀者思索一下不同社會文化的現象與觀點。

　　我知道台灣有很多人移民到國外了，或是至少認識的親友中也有人移民去。我跟許多人不同的地方，一是非留學，也不是帶著錢到國外投資，更不是依親，而是用台灣的新聞傳播所學與工作經驗，年紀輕輕技術移民到加拿大，二是在豬羊變色中無親無戚又沒錢進修拿學位，只能徒手打天下。雖然一路鼻青臉腫，打通關也花了很久的時間，但最終還是踢出了一面自己人生想要的金牌。

　　從台灣來到加拿大窮愁潦倒的窮光蛋，到讓自己有能力提早退休過平凡生活、做家庭主婦，中間有許多波折起伏和學習，我自信故事說來一定有餡有料，可以讓讀者開開眼界。

　　直到最近自己真空下來，終於得以好好修訂增補自己十多年間

存在電腦中的「日記」，並喚醒一些深刻的記憶，以時間線性發展的方式，回述自身經歷的事件與聽聞，有點像寫個人傳記，但重點在講如何克服萬難而走到今天。

雖然經歷歧視、霸凌等種種不堪，但我也有被激賞和成功的時刻，我很想將之激勵他人，想說：很多事不是理所當然，人生不容易但千萬不要放棄。

至於「佩格澀思」的筆名，音譯自英文 Pegasus，「飛馬」的意思，是我在火車上工作時一個難搞的前同事教我的，而他也這麼叫我。其實他跟認識我多一點的人都知道，雖然我在加拿大的起跑點很落後，但我一直奮力地奔跑，還恨不得自己可以長出翅膀騰空飛進雲霄裡。我想自己最終是做到了。

目次

真的累壞了

從零開始的那六年

巧克力男孩

　　那個小男孩長得清清瘦瘦的並且個頭不很高，大概就一百五十公分。因為他皮膚黝黑，我一時也看不出他的健康狀況是否良好，但可以肯定的是，他不快樂，因為他臉上始終沒有笑容。

　　我坐在對街這家提姆‧霍頓咖啡店（Tim Hortons）已經好一陣子了，時間都已經來到傍晚七點半多，等的人一直沒出現。那小男孩不約而同地跟我一起等，但他是站在對面的戴維斯維爾（Davisville）捷運站前，緊貼繁忙的央街（Yonge St.）和安靜的卓別林社區道路的那扇大門旁，脖上套著的帶子連了一個黑色大袋子，鐵定是在兜售東西，所以他一定是在等客人。

　　又是半小時悄悄過去了，我的咖啡都涼了，車站進出的人也隨著下班時間久去而漸漸少了。過去那靜靜流逝的三十分鐘裡，只有一位白人男子停下腳步，掏錢向男孩買東西。男孩自始至終都沒叫賣過一聲，只是站在那裡乾等生意上門。

　　這頭的我也是在乾巴巴地等，而且又過了一個小時，就快要晚上九點了。夏天的夕陽就要隱沒，我還是沒看到自己等的人從捷運

站裡走出來。小男孩依舊待在原地，算算他身上掛著大袋子這麼筆直地站著，跟這邊咖啡館裡的我都呆著至少已經超過一個半小時。

我這才開始想，自己痴痴等的男人大衛小時候是不是長得像那個小男孩？

但是大衛既然是在全多倫多最大的醫療聯合網做財務預算，是多大（U of T, University of Toronto）畢業的高材生，還是唸戴維斯維爾這裡的貴族高中男校，他年紀輕輕的時候絕對不用去打工。

倒是我自己出身清寒，拚命地努力，後來有工作資歷也有高學歷，符合技術移民的資格而跟先生一起來到加拿大，卻因為經濟壓力而離婚，到頭來我還是兩手空空什麼都沒有，落得在這裡無親無戚，跟那名看來孤怜怜的小男孩頓成天下淪落人。

「不等了！回家去！」我告訴自己，反正大衛不知道跟他一起學跳莎莎舞（Salsa）的台灣女人在他家附近的捷運站邊偷偷地等他。

我直接走向捷運、走向小男孩，問他：「你賣的是什麼？」

「巧克力。」男孩把左手拿著的三盒巧克力展示了一下。

「多少錢？」

「一盒四塊錢、兩盒七塊、三盒八塊錢。我只剩三盒就賣完了。」說著他用右手掏了空袋子，證明所言不假，語氣中透露著對能夠快快結束工作的期盼。

「好吃嗎？你吃過嗎？」我問他，仿佛因為見不上大衛、跟大衛說不上話，而乾脆轉移對象和焦點。小男孩遲疑了半秒鐘，眼神

閃了一下，回說：「喔，不錯。」

「嗯，雖然我有十塊錢，可是我只要一盒。你有錢找嗎？」

男孩把巧克力遞過來，邊收了我給的十塊紙鈔，邊從袋子裡找錢。因為袋子太大太深，他硬是摸了十幾秒才拿出三個兩元硬幣找過了錢。

「你替誰工作？」我再問他。

他亮出脖子上用鍊子串著的名牌，名牌顯示他來自一個少年展望組織，但那究竟是個什麼組織，推動著什麼了不起的任務，比起能讓小男孩快點回家，這時已經不是那麼偉大跟重要。

我走進車站裡準備搭捷運回市中心「彩虹村」裡的一個半地下室套房。那裡是我離婚後自己租來的「家」。等車的時候我又想著，如果自己坐上車後，很快地能出現一個人，一次接收了小男孩手上最後的兩盒巧克力，那麼那小男孩也可以收工回家了。

「那個善心人有沒有可能是住在戴維斯維爾捷運站東邊那溫文儒雅的大衛？」我兀自地想著。

註釋

* 全世界第一家提姆・霍頓咖啡店於1964年在安大略漢米頓市（Hamilton, Ontario）渥太華街上開幕，由冰球運動員提姆・霍頓開設，起初店名為「提姆・霍頓的甜甜圈」，在加拿大迅速擴張，有三千三百多家分店，2014年被美國漢堡王快餐收購，現已是國際連鎖。

** 多倫多地鐵維爾斯利站以東的教堂街（Church St.）一帶，是同性或雙性戀聚集的「彩虹村」，也是每年全球最具規模之一的「多倫多同性戀大遊行」（Pride Toronto）的出發點。

相親

今天白天都在獨力搞粉刷和修補牆面，想把自己買下來的小套房整理得舒舒服服、一塵不染。

三個月前我在二手屋網站上找到賣另一個房子的地產仲介安・瑪格納思，雖然沒買下由她代理出售的那一間，卻開始跟她合作。

因為自己的預算和能力只能看總價加幣十萬左右的房子，她能帶我看的多是一些偏郊的地方，治安都不是最好。最後買下的這間雖然屋齡最老、空間最小，且是持分地，但至少它是在富人區森林丘（Forest Hill）這裡，樓前有一班公車駛到兩個地鐵站，這樣我前往市中心的伊頓中心（CF Toronto Eaton Centre）打工頂多只要花個半小時。

由於我買的單位是在二樓長廊的中間，跟隔壁一棟同樣是四樓高的百年磚造老公寓棟距不到兩公尺，主臥兼客廳窗戶死死地對著它的牆面，加上冬天太冷，於是我大膽選了青芒果肉般的淡黃色做我房子內部的主色，好透過視覺營造自己營造心理上的明亮與溫暖。「這裡是自己的家，一個人住一定得想辦法刷去孤單。」我這麼想。

小套房內部空間是先前在市中心租的地下室的兩倍，還有個狹長的小廚房和一個可以靠牆擺放一套小桌椅的餐廳。棒的是它們和另一邊的起居室有一道拱門隔開而各自獨立。

　　廁所在煮食用餐的同一邊。為了不讓裡面黑白相間的馬塞克小地磚顯得老舊過時，我又把它的四面牆刷成嫩綠色，這樣看起來也覺得很清新。

　　獨自揮汗如雨工作到傍晚前，一直很照顧我的台灣大姊希麗亞特別驅車前來看我，順便幫我載一些要淘汰的東西到舊物回收中心……。就這樣把預定的事情弄得差不多，竟都快五點半了。安已經在湖濱的威士汀港灣城堡飯店（The Westin Harbour Castle）替我約了一個男的六點半見面吃飯，我只能簡單打理一下自己的門面，換上一件在席爾斯百貨（Sears）裡清倉加上員工折扣便宜買來的黑色洋裝，再梳個髮髻，速速地刷上藍色的眼影。希麗亞笑咪咪地送我去車站，替在感情上決定重新出發的我感到開心。

　　離婚後，自己因為無親無戚而感到寂寞與害怕，過去的一年裡哭得太多也太久。在咬牙攢錢買一處窩的同時，我也不斷地檢討，最後依舊選擇相信婚姻的價值，然而重點是必須找對人——我想找一個心理成熟且經濟獨立的男人。

　　在公立醫療聯合網做財會的大衛對我不錯，卻一直不主動找我，最後很誠實說他「很喜歡我可是不愛我」，讓我明白自己真的不用再耽誤下去。搬家後，我在兩個禮拜前付了加幣三百九十塊，加入了一個網路篩選配對交友網站，也在忙碌當中撥空見了四個

男的：

　　第一個看來有五十歲的說，自己就要考律師，以後收入會很好，要我馬上搬去跟他住，立馬被我封殺。

　　第二個言談和溫一些，但是我無法想像跟長途貨車司機交往將對自己的生活型態造成哪些改變？

　　第三個接近四十，歐洲來的，自認浪漫，不過是第一次見面喝咖啡，就抓著我的手又搓又揉，因此咖啡還沒涼，我很快地就跟他說拜拜。

　　第四個最瘋，是一個四十歲的么子，做庭院造景，仍跟媽媽住，因為他們義大利人重視家庭。問題其實出在他不停地打電話給我，不聽我說我整理套房很忙，還不熟就硬要來幫忙，被拒絕又堅持要替我送飯──我還不確定他是不是媽寶，他就在耍男子氣概……

　　安也在同一時間向我推薦一個跟她賣房的客戶。過去三個禮拜我真的沒空，他邀看網球被我推掉了，今晚才在安的陪同下頭次見面一起吃晚餐……

　　飯店電梯升到四十一樓的義大利餐廳，我跟侍者說找安，被帶到一張鋪了白色桌巾和放了高腳酒杯及銀製餐具的桌前。安在我左手邊，安排見面的男人也已經坐定在留給我的位子對面。他的皮膚很白，一雙眼睛圓圓大大的，身穿藍色長袖襯衫顯得脖子很細長，原來他有一百八十八公分高，名字叫艾瑞克，一個人從東岸的新思科省省會哈理法克斯（Halifax, Nova Scotia）搬來多倫多十五年了，現在在 IBM 工作。

安只停留一個小時，用完餐就離開去忙其他的了。艾瑞克跟我隨便聊，他說自己對今天的約會既期待又緊張，「感覺肚子裡有一隻蝴蝶（飛來飛去）」一樣。我解釋，「約會」這字眼對初次見面的華人來說是個太過的用詞，「只有男女朋友才約會。我們今天就是碰面。」

　　我們又講到最近上映的《藍精靈》（ *The Smurfs* ）電影，它的卡通版《藍色小精靈》是我兒時的回憶。後來我因不喜歡酒類，覺得我倆這樣一直坐在餐廳裡不太合適，就一起離開那裡並邊走邊聊，不知不覺從湖濱延央街走過了伊頓中心又繼續走。當我們講到自己的心理和情緒經驗時，他跟我坦白自己在少年時也有心情跌落到谷底的時候……。

　　這個叫艾瑞克的男人，比我大快四歲，山羊座，是個溫和的紳士。今天聊得晚了，最後我答應他過幾天再「碰面」，一起去看電影「藍色小精靈」，到時定可以再繼續聊。

「回春」有術的大仙菇

　　觀光紀念品業旺季和淡季很明顯，六月中後的一整個夏天，我在伊頓中心席爾思百貨內打工的「加拿大禮酬」（Canada Rewards）小鋪子，可以一次排四個人當班，全店一直補貨一直賣。但是到了九月初，家庭類的遊客一下就少很多。九月二十過後，遊客再次減少，特別是年輕點的族群都不見了。我不免猜想，會不會世界上各級學校都在同一時間開學——九月初學童返校，九月底自助旅行的青年們也回到了課堂上學習？

　　紀念品店週間的銷售額隨不同天也有些起伏和差別。星期五下午到星期日打烊的兩天半營業時間裡很忙，星期二晚上一般比較安靜些。

　　今天晚上在百貨公司打烊前的半小時，我們的鋪子已經挺清閒。我和波蘭來的瑪格達，一個人站櫃台，一個人幫貨架上的東西理一理。站櫃的我看到一個體態適中的亞洲女人舉著輕盈的步伐向我們這裡走過來，她直直的短髮落在雙肩之上，身穿土耳其藍的成套運動服，腳上踩著淺淺的粉紅色慢跑鞋，手上則拎了一個很小的

皮包，似乎是在享受這個溫暖的秋夜一個人的散步，可能因為這樣就走進了席爾思。

不過她也真的進到我們這個靠角落的鋪子來，晃了晃後不久就拿了一瓶中號的楓糖漿來跟我結帳。我看她精神奕奕而且心情很好，一邊在將楓糖漿玻璃瓶用紙包起來的同時，一邊就隨口跟她講講話：

「今天晚上不冷，妳剛剛運動完嗎？」

「喔，沒有。不過我因為常慢跑，所以（今晚）就穿運動服。」

「慢跑很好吧！我其實也很喜歡慢跑。」

「是呀。運動讓我保持青春。我覺得自己精力旺盛。」

這時瑪格達弄完了她的活走了過來，那女士就問我倆：「妳們猜猜我幾歲？」

站得接近她的我率先說：「妳皮膚狀況很好，在我看來（妳）不過就四十好幾。」我猜的當然是接近五十歲的「四十好幾」，因為亞洲人一般看來都比實際年齡小個五到十歲，但是基於禮貌我就不強調。瑪格達生性較安靜，這時她已將一隻手撐著身體靠在櫃台上，附和我說：「對。」

那女士的表情透露出她好似已經知道這是必然的答案，一定是因為有很多人都這樣跟她講。但是她還是忍不住要多聽幾次，所以才又問我們，並且聽了之後依然心花怒放，整個臉笑開來繼續說：「哎喲！我其實都七十出頭了！我這個年紀很多人真的都是『老叩叩』。我先生死了以後我開始約會，找跟我年紀相仿的男人，他們

有的都拄柺杖像這樣子走」，她作勢自己右手拿了一根杖子，彎了點腰、駝著背原地踏步，左手還伸到嘴邊摀著口好像在咳嗽。「他們都走不動了，我跑步哪裡跟得上我？我都要回頭看他們有沒有跌倒。」

接著她帶著有點嘲弄、有點輕蔑又有點高傲的口吻說：「所以呀，我就跟年輕的男人約會。約我的大部份都四十幾（歲），他們看我好像跟他們年紀差不多，請我吃飯喝咖啡，說我真迷人，對我又親又摟又抱，我就一直跟他們出去，直到他們看到我身份證（顯示年紀）是七十多了，嚇得馬上逃之夭夭，之後電話也沒再掛一個。」說完她好像對那重複上演的結局一點都不在意的樣子。

我和瑪格達聽了都很吃驚她真是駐顏有術。我自己更是覺得，她因感覺自己仍然精力充沛就這樣戲弄中年男子，在道德上好像不很好？可是那些男人也是「外貌協會」成員，自己招惹她，又替買飯又請喝茶，圖的就是眼睛爽快再加春手可以摸一把，結果摸到了一顆大仙菇，嚇到自己怎麼能怪菇老？

逃離槍擊現場

在職唸台北陽明山上的新聞研究所時，我在電視台幹夜線記者，犯罪事件採訪過不少。但像今天這樣自己成為槍擊現場狼狽逃命的人，這還是頭一次。

今天星期六，天氣不錯。就算多倫多的觀光季還沒開始，我在市中心附設於伊頓中心室內商城北面的席爾思百貨公司一樓邊上這家十五坪大小的紀念品店打工兩年多下來，也知道這樣的一天可以很忙碌。反常的是，店長卻安排我一個人做三點到九點的打烊班。

傍晚六點半左右，我正要替一個不知是土耳其還是巴西來的年輕女性結帳，「砰！」地一道爆破聲，直直從我站的收銀台對出去的百貨公司南大門外傳來，聽來很不對勁——就算是汽球破了，那聲音從五十、一百公尺外傳來也未有點太大聲，引起我立刻抬頭察看。不到十秒鐘，只見一群人驚慌失措地從商城裡向百貨公司這頭跑來，男的女的都有，東奔西竄，驚叫連連。混亂中終於有道清楚的聲音說：「槍擊！快跑！」然後在百貨公司南門上那些同樣在觀望的香水飾品專櫃人員，也全數朝我左手邊的北面大門奔逃，一切

的發生不過是在短短的時間裡，並且之中依稀又多了幾聲槍響。

當前情勢不妙，我立刻對女客人說：「發生槍案了，快走！」她毫不猶豫地把繡有加拿大國旗的帽子和一件印著河狸卡通圖案的棉衫留下，加入亂無方寸的人群跑了。

店裡剩下一個看來是高中年紀的男生，一隻手拿著一個挑好的鍍金楓葉吊飾，另一隻手正要伸出去摸貨架上展示的杯墊組，顯然搞不清楚狀況。我也對他喊：「是槍擊，別買了！」他一臉狐疑地看著我，一動也不動。我不假思索，跑到他面前看著他再說一次：「你沒聽到嗎？有人開槍！大家都在逃，這裡有危險！」呆若木雞的他，應該是聽不懂英文。

感覺生死一瞬間，我本能地又講，「你不走我要走嘍！希望你能跟上我！」然後我選擇向鋪子右邊的小通道衝去。那裡由兩道刷卡門組成，引向戶外一處安靜的中庭，營業時間內正常向大眾開放，但一般就只有幾個百貨公司員工在那裡抽菸。我用手指出方向說：「那裡應該比較安全！」離開前回頭最後一次催促那大男孩。

出了建築我向西繼續跑，這時那男生已經不知道到哪裡去了。責任心驅使我邊跑邊打電話給店長艾德報告這緊急突發事件。好好先生艾德對於多倫多市中心鬧區發生的重大刑案完全不知情，還要我慢慢再講一次。我上氣不接下氣地說：「抱歉，伊頓中心裡剛剛發生槍擊案，現場很混亂也不安全……我人已經在外面，今天不能算帳也不能理店，而且我現在真的很想回家！」店長聽我口氣惶惶自然放行了。

路上鳴笛的警車越來越多，連消防車和救護車都急急地往南駛，我特意避開人潮最多的登打士廣場（Dundas Square），繞道由灣街（Bay St.）步行回到北邊位於央街和布洛爾街（Bloor St.）上的華廈，坐電梯上了十樓，公寓門一開，就直接撲向迎接我回家的新婚先生艾瑞克。

　　我們立刻打開電視新聞看直播，越晚就有越多資訊陸續湧進，確定一人中彈死亡，一名十三歲少年頭部以及另一人被流彈射傷，一名孕婦遭推擠受傷送醫後臨盆，當然還有在槍擊第一現場地下室美食區的目擊者的說法，和後來前往關心的市長羅伯・福特回答記者問話，而槍手仍然在逃。

　　如果我人還在台灣，仍在做記者，我大可能會在這樣的刑案現場做報導，且將因工作專業而忘了膽怯。可惜用新聞公關傳播專業技術移民來加拿大前又加唸了博士的我，中文在西方媒體前完全派不上用場，只能盯著螢光幕當觀眾，一方面慶幸自己平安，一方面靜靜祈求不要再傳出更多傷亡。

註釋
* 在該槍擊案中，擁有前科的凶手在人潮中共擊發十四彈，共造成兩人死亡，多人受傷，2019年間被法院判終生服獄。

2012.06.03/Sunday/Cloudy

加拿大人跟台灣人講話一樣黏

　　把溫蒂老師的作業上傳好都已經快半夜了。繼去年秋冬報名了喬治布朗學院（George Brown College）的「大專英語」和「公眾演說」後，這次的春季班，自己再選了「英文發音」，但是不管怎麼練，就是跟白人的有差距。

　　自己會想修英文發音，是因為過去移民英語班的老師曾經點出來，同時也聽人說過，在加拿大要混得好，英文流利沒口音最好。我決心打入主流，辭掉這裡中文報社的工作後，以循序漸進的方式，先是到一間私人開設的足部理療診所擔任加盟行銷推廣，招徠說中文的客戶，後來在多倫多市中心百貨附設的紀念品店打工，也做了好一段時間照稿唸的電訪員，一切都在顧賺錢兼練英文。最後註冊了位於市中心的喬治布朗學院推廣部課程，想說之後若真要拿文憑，先修還可以抵免學分。上完兩門課後，這次，我天真地想消滅自己的口音。

　　英文發音開課的第一天，當時還是男朋友的艾瑞克特別跟我一起去。身為母語是英語的加拿大白人，他覺得自己從來不需要特別

加拿大人跟台灣人講話一樣黏　27

學發音，這課怎麼上？他實在很好奇。

　　果然，教室裡出席的十幾個學生，都是「外國人」，有歐洲來的也有中南美洲人，華人除了我之外，還有一個也是台灣來的小姐叫艾瑪。

　　教授便是溫蒂，一個看起來快四十歲的白人，是英語博士。她不免俗地要大家自我介紹。我也順便介紹旁聽的艾瑞克給大家，說我們就要結婚。艾瑞克臉紅了起來，打趣說自己之後還會一直來陪讀。

　　溫蒂恭禧完我們，當眾問艾瑞克是不是東岸來的？艾瑞克回答，自己確實是從靠大西洋的哈里法克斯市來，而且曾外祖父還是盛名滿譽的漁艦「藍鼻子」（Bluenose）的大副。

　　大家聽了好生驚訝，不知道溫蒂怎麼猜中的？她解釋，因為艾瑞克說話有「水手」的口音，是一種特殊的鼻音！我這才明白，原來鼻音也算是口音。

　　既然在跟艾瑞克和我講話，溫蒂乾脆又讓我唸一節詩做新課程的暖身：「『比爾里特』跟『巴蕾』、『布ㄅㄟ』、『瓦列特』、『米爾列特』、『夏累』不押韻。『布拉德』和『扶拉德』不像『父的』、『莫的』也不像『休得』和『伍得』。」短短的兩詩句，唸得我七暈八素，臉色發青。

　　溫蒂安叫我別難過。她說本來那詩就是在諷刺英文有多難，對亞洲學生尤其是。

　　後來的一次課，溫蒂教「連音」，對我又是一次的開悟。

我跟艾瑞克課前才在聊，這世界的人變得是如何地不擇手段。講著講著，他突然在瞎扯什麼「兜一兜」？！我不理他繼續說：「現在的職場真是狗吃狗！」我講「狗吃狗」，艾瑞克用連音變成了「兜一兜」，明明在說同件事卻變成雞同鴨講！就像台灣人黏呼呼的國語比北京腔「ㄅㄧㄚ」一樣，「連音」有時真的也讓人聽英文有聽卻沒有懂。

　　考慮到「政治正確」，我沒在課堂中請教溫蒂而改成私下問艾瑞克，到底英文有沒有一種所謂「最好」的口音？他說，以國家來分，英文有澳洲腔、美國腔、印度腔等等，但一般加拿大人比較喜歡英國腔，聽來比較優雅。

　　偏偏英國腔我就是比較難聽懂。而再兩個禮拜學期就要結束，光拿一門課，就希望自己可以像茶花女一樣，吐出一口芬芳的英文？不只我自己，大部份同學的學習成果在我聽來比較像寡婦死了兒子，沒指望。

　　為期三個月的發音課倒也不是完全沒收穫：知道有英語連音，我改成聽人家的前文後語來增進理解與溝通；知道英文有那麼多的口音，我也不再為難自己，進而接受自己帶點中式的發音，可以更自信地說英文。

註釋

* 「藍鼻子」是一艘造於新思科省的漁船，捕漁季後也參加國際競速比賽，二十世紀上半葉風光一時，被稱為「北大西洋之后」，是加拿大的精神符號之一，圖像被鑄在每個十分錢加幣上。

** 文內的英文詩原文為：
  Billet does not rhyme with ballet,
  Bouquet, wallet, mallet, chalet.
  Blood and flood are not like food,
  Nor is mould like should and would.

穿著結婚禮服學英文

　　自己在台灣曾經上過幾次報紙。一次是七歲的時候獲得客家山歌兒童冠軍，佔了桃竹苗地方新聞的一小塊版面。第二次是當電視記者發掘重大獨家新聞，意外撞見一樁虐童案，反而成了有責單位想脫罪而用來模糊焦點的對象。後來轉去中南部唸博士班前，曾在新竹一間大型研發機構做企業公關，因為做新品展示，我的頭像上了大報，我卻完全不是重點。很多年後再次成為報導主角，卻是在自己最美的一天，並且在多倫多感動了一些人。

　　最新一期《文化連結移民服務》（*CultureLink Settlement Services*）（2012 年 5 月號）第四頁，全頁刊印我所參加的「公民教育學習小組」（Citizenship Mentoring Circles）指導員維克特的文章，講述五月一號那天我去上課的事：

　　「自從『文化連結』跟多倫多市總圖書館合作舉辦『公民教育學習小組』以來，我就一直在做小組指導員。總有那麼一些時候，我會因為參加的人遲到甚至忘了要來而感到失望。過去的一年半以來，每次上課，我的心情也是有上有下……

日復一日，課程既如往常。改變一直要到那天佩兒走進多倫多總圖伊麗莎白禮堂的門來。佩兒是個新移民，三年半前從台灣移民來。她自雇從事房屋貸款經紀已經有些時間，因對認識加拿大十分感興趣而參加了每週二的學習小組。

　　我的天哪！從來沒有哪個新移民，也沒有哪個志工指導員料想得到，佩兒竟然這麼篤定地參與她所加入的四到六月的課程。我們都很吃驚，那天佩兒六點竟準時出現──所有的指導和學員都聽說2012 年五月一日佩兒要結婚，我們都很肯定她不會來上課，畢竟那天她結婚哪！但是佩兒竟走進來，身上穿著樸素的禮服，她的新郎艾瑞克則在圖書館外幫忙找停車位。整個公民教育學習小組的學員和多倫多總圖館員都對佩兒的舉動又驚又喜，感動她嚴肅看待這個課程。

　　佩兒喜歡認識新朋友和了解加拿大。她充份利用免費的移民服務資源，卻不把它們當做理所當然。艾瑞克在他的大喜日也坐在課堂裡陪著他的新娘子。做為加拿大本地人，他不只支持他可愛的太太，也欣賞願意認識加拿大的新移民。這個意外事件真的鼓舞了我，讓我感到自己在文化連結擔任社區銜接指導的工作很棒。」

　　維克特寫的是真的。

　　五月一日那天，為了省錢，我跟艾瑞克的婚禮特意辦得很簡單。早上化好妝，我穿上一件從台灣帶來的日系銀色連身裙，在由西邊台灣飛來的爸爸、媽媽與弟弟，和艾瑞克從加拿大東岸哈里法克斯市飛來的姑丈羅斯，以及我們的介紹人安 • 瑪格納思女士的

陪同下，一起跟艾瑞克到市政廳公證。之後七個人前去威士汀港灣城堡飯店四十一層頂樓的湖景義大利餐廳——也就是我跟艾瑞克初識的地方——吃飯聊天。接近傍晚，艾瑞克再陪我到多倫多總圖，一如往常地繼續學英文。

　　我從前段婚姻學到，隆重的婚禮跟幸福無關。就算艾瑞克堅持，我連他想買、想送的結婚鑽戒都不要。我心裡知道，現下成了移民，只有不斷求進步，才能接近自己想要的幸福。顯然的，這種「認真」舞鼓了旁人，讓我自己也感到很棒。

我需要錢在多倫多活下去

辦公室第一天開張，我接見了房仲安，收下了她送來的一張支票，並面試了一個日本女孩紗幸，現在則在等英文班的同學法瑞達……

說不上好與不好，一切只是剛開始——

又是一次新的開始，我真的好希望有人能認同我的想法，加入我的團隊，幹個幾年，賺一大票，早早退休……因為，我覺得自己快被現實剝光了，其實口袋裡快什麼都沒了！

自己的小套房女租客雖簽了一年約，卻只住了四個月就說要搬去跟新男朋友同居，我可以理解。實情是，我也沒錢跟她上法院，又不能讓小套房一邊空著一邊繳房貸，只能無奈地請幫我買進的安再把它賣了，但是付清傭金和房貸解約金後，算算這短時間買進又賣出，自己竟短收幾千塊錢。

已經投入且嘗試近一年的房屋貸款經紀生意，為取得證照、四處交通去見客戶和刊登廣告，零零總總也花了八千多加幣，卻一個案子也沒成。不是自己不努力，是被有心人擔誤了……

去年四月自己匆匆辭去足部診所加盟招攬全時職位，又痛恨後來前夫介紹的電話調查訪問員的鐘點工作，除了在同事引薦的紀念品店打工賺取零星收入外，總得想想還能些做什麼。自己在 2008 年九月中來到加拿大前，就對多倫多房地產和各個社區開始觀察，了解華人熱衷買賣和租房，投入房地產業似乎很不錯，但是礙於一直沒有一部車可以載客戶看房，就選做房貸經紀。

　　那個之前前來詢問加盟生意但最後沒成的客戶華特知道後，假熱心地把我介紹給一個老房貸仲介，要我吸取他三十年的經驗。可是，老仲介一直留一手，不是跟華特一樣總是問我有沒有男朋友，就是讓我在他辦公室乾等，根本和「安省電視台（TVO, TVOntario）」要我做不領薪的義工一樣好不到哪去。

　　因為，我需要錢在多倫多活下去！

　　投入房貸經紀之前，艾瑞克鼓勵我回傳播本行，協助我把履歷修得很亮眼。只不過是把我過去在台灣和先前多倫多華人報社的工作經驗端出來，一投出去就接到萬錦（Markham）市公所公關主任來電表示想任用，我卻覺得自己英文寫作還不行而推掉了。

　　後來想說不如找幕後不用作聲的編輯或節目助理——打電話到《多倫多星報》（Toronto Star）自我介紹，被告知他們冷凍人事雇用；走路去登打士廣場後方的「城市電視台」（Citytv）新聞部問，被擋在大門口說請寄履歷，寄了履歷又音訊全無；搭捷運去中城的安省電視台，至少櫃台接待還聽我多講幾句，但搞清楚我有的多「只是」台灣的媒體經驗，馬上又轉口要我做義工。就這樣，我告訴自

己算了吧，只能試試其他的。

為了找房貸客戶，我把自己過去在推廣加盟業務期間所建立的聯絡清單上的上千筆電話號碼打了一輪，結果跟從武漢來的桑妮聊上了，她帶我看現在這個健康保健品直銷事業，我又決定勉力去試。

如今自己不過是把已經租了八、九個月的辦公室，從先的房屋貸款經紀業務，轉做健康食品直銷，付費廣告也改了內容，但是詢問者一樣很有限……。這試那試，還不知道要試到什麼時候？我也不禁懷疑，難道這世界真的要把我這樣積極的人拒絕於外嗎？

生存在多倫多真的很不容易。

每個人都說，凡事要有耐心，我也這麼告訴自己。可是到底多有耐心才叫有耐心？到底要多久才能等到小小的成果？人人都說到了加拿大，你想成為什麼就能成為什麼，此話可當真？

我已經不太知道自己能做什麼了。有點想回台灣。可是回了台灣，下一步是什麼？

我來到北美第四大的城市就要四年，還是沒有歸屬感，更覺得沒有絲毫成就感……

註釋

* 萬錦市位於多倫多市東北邊，南面與多倫多東邊的士嘉堡區（Scarborough）和北邊的北約克區（North York）交接，華人居民聚集。
** 「安省電視台」是安大略公共經費營運的電視教育媒體，以英語為主，受眾對象為兒童。

我的一胎化鐵政

　　先生艾瑞克買了一條擦拭剖腹生產傷口的凝膠給我，希望它能淡化我肚子下方刀疤的顏色。我心領他的關愛，但小小藥膏終究沒辦法修補我懷孕、產檢、開刀、哺育過程中的種種的痛。

　　本來艾瑞克跟我都不太想生孩子，但是自己已經三十六歲，「高齡」的緊箍咒束得我不得不和艾瑞克深入討論，最後兩人同意就生一個。想說如果我倆做父母是個錯，那雙雙均有責任感的我們總會努力挽救而不致於錯到離譜，但生兩個或更多小孩就不能保證了。

　　台灣大姊希麗亞介紹的台灣家醫看診的地方在東約克區，位於丹佛士街（Danforth St.）與百樂匯大道（Broadview Ave.）交叉口附近，離我們住的老公寓坐一班 504 電車約十五到二十分鐘即可抵達。但是當我懷孕須做產檢時，明明多倫多市中心有一堆大型醫院，家醫竟幫我轉介到在北約克駐診的一個韓國女醫師那裡，因為那是她唯一合作的聯繫。從那時候開始，跟生孩子有關的事人都不是很順利。

秋天過去冬天來到，艾瑞克因為得工作，我只能一個人轉車前往婦科診所，先坐電車，再搭捷運黃線轉紫線到當密爾斯站（Don Mills Station）再接公車，六、七十分鐘的路上總是搖搖晃晃，越來越重的肚皮卻因為被大棉襖蓋住，站著時好像從未有其他乘客發現，且就算有人曾遲疑但我從未獲得禮讓座位。

有一回我在當密爾斯地鐵站出口前感到骨盆脹裂痛得哭出來，按鈴請求站員讓我就近從旁邊的無障礙匣口進去，對方卻不准，硬要我從外繞一大圈、踩著雪再走五分鐘從正門進去，好似怕我用詐術逃票。舉步維艱的我最終進了站，上車後也比較不痛了，便乾脆坐到戴維斯維爾站的多倫多交通委員會（TTC）去申訴，結果主管以站員是「依規定」行事而不予受理。我忍不住要問：凡事照章做，多倫多的人味到底在哪裡？

不幸我的亞洲體質又被檢查出有妊娠糖尿病，被婦產醫師轉介到更遠的西北邊的健康中心固定去接受衛教輔導，去一次又要轉兩趟、坐三班車、得花上近一個半小時才到得了。但是自己就算照著建議不吃麵包和白飯因而肚子常常鬧飢荒，血糖數字後來卻還是繼續飆，也從三餐後必須自行在手指扎針測血糖，變成額外在側腰上加打一針胰島素，十指指尖痛不夠還要痛肚皮。

還有，什麼「懷孕的女人最美麗」？在我聽來根本就是哄騙孕婦的花言巧語。最後的一個月，我的內分泌錯亂，痘子長得整臉像麻花而奇醜無比！因為真的「沒臉見人」，我決定提早請產假。

三十九週做最後的產檢，婦產醫師說，胎兒上星期頭有點向下

墜，但這禮拜卻又左右打橫在子宮裡，就算用手轉胎，看樣子之後也會轉回來，於是她便直接幫我安排四十足週剖腹，時間定在四月四日下午一點鐘。

那天路上雪還沒全化，艾瑞克叫了一台計程車載我一起到北約克醫院（North York General Hospital）。男護士在我下背打無痛針，針一下去我就覺得好像刺偏了。果真，開刀時，我昏昏沉沉卻覺得肚子被千斤卡車輾過般的痛，痛到用剩下的意識一直伸手示意從旁倍伴的艾瑞克跟醫師反應。後來還是艾瑞克說了我才知道，自己那時一直在抓那位替我開刀的男醫生的屁股！

他們替我多打了幾針麻醉藥，但我很清楚記得那男醫生跟我的婦產女醫師的一段對話：

「這是什麼？」

「不知道！」

「怎麼辦？」

「放進她肚子裡就好。」

就算被動手術的我有些不醒人事，仍因怕肚子裡被放置不明物體而被嚇得半死卻又沒辦法清楚開口講話，那種感覺很糟糕。

因為太痛且上很多麻藥，女兒小刀被取出後是由艾瑞克貼胸抱著的，經秤重她只有 6.12 磅，根本不到新生女嬰平均的 7.2 磅，我這麼多月這扎那扎受的苦是什麼意思？！還沒痛完的是需要時間癒合的傷口——醫院建議要走路，每挪一步都讓我哇哇人叫。護士見我太可憐，本來醫院兩天後就把生完的產婦趕回家，我破例待了三

天，算是被厚待了。

　　回家後，住得不太遠的希麗亞大姊馬上在她不上班的星期天，親自提著雞和魚來替我煮了一個禮拜的中餐冷凍起來。她心疼我娘家沒人來照料，艾瑞克他們白人也沒有坐月子的那一套。

　　我也因為不懂哺乳而被女兒咬得巨痛，只能強忍著。又因為擔心錢，剖腹產後兩個月我就回去紀念品店打工，所有的女同事們都很貼心，不讓我搬重物。可是半夜孩子一直哭不停，醫師說女兒應該是那六分之一帶有新生兒結腸炎的嬰孩，除了給喝鎮定水和助便劑，什麼辦法也沒有。

　　不能好好睡覺雖是很多新手父母共同的經驗，但是整個懷孕的過程額外承受了那麼多，不明究理的人若問我為何不再生，我也一定不問情面立刻就扳起面孔來。

《麥克林》讀者投書

　　我的讀者投書意外地被《麥克林》（*Maclean's*）雜誌揀選刊登了，但我不知該笑還是該哭。高興的原因很簡單，因為像得獎。難為情的部份倒想好好記下來。

　　上週《麥克林》刊出一篇〈補缺口〉（*Filling the Gaps*）的文章，引用 2006 年的調查發現，指出移民們大學畢業的比例是加拿大本國人的兩倍，但他們從事低技能工作的比例卻是本國人的兩倍半，顯示很多移民被大才小用。該報導警醒政府有關當局，依賴移民來迅速填補國內技術勞動力的短缺，不只傷害了移民個人，也將傷害本國雇主。

　　我讀後有感，寫了一封 3/4 頁長的文回應，請艾瑞克修訂後投書，沒想到竟被砍成不到一百五十個英文字，而且聽來酸溜溜——

　　「我從台灣帶來多年媒體經驗和博士學歷，五年下來現在只做零售、領最低時薪，全都因為加拿大篩選語文的標準設定太低。很多移民覺得自己英文不錯，但來了以後只夠用在超市裡買東西。專業工作語文要求高，但移民們發現得實在太晚。我倒要謝謝我的

加拿大先生。因為他，我的英文在短時間內進步了。我也貫了夫姓，所以商業往來和在履歷表上我就不像是個華人。我承認，即便這樣機會有比較多，我還是沒能找到一份稱心如意的工作。」

再讀一次「我的」讀者投書，還可以發現編輯隱約把艾瑞克這個「加拿大人」給英雄化了。相較下，我這「華人女性」終究是個可憐的弱者。也難怪，這樣刻板印象化的說法才符合大眾的期待。也許連刪文的編輯自己都不察，但是被我抓包，因為這類的議題恰巧是我博士班的研究興趣所在。我在 2008 年秋天離開台灣前出版的一本書裡也有專篇探討。

我當然很感謝艾瑞克對我各方面的幫助與愛護，但是學英文，自己有件事不說，外人又怎知道。

跟艾瑞克交往後不久，一次自己在電話上申請失業補助，因為服務局經辦員一口氣唸一大串法條，加上我不熟悉流程，怕款項請不下來很快會花光銀行存款，一時情急地哭了。電話掛掉後，艾瑞克聽我訴說落淚的原因，拍胸脯說日後類似情況都可以代我處理。我斷然拒絕講：「你不可能成天跟我到處去。出了這個（公寓的）門，我還是得靠自己。」我深刻明白，躲在艾瑞克背後，英文不會強起來；要精進英文，自己還是得願意走出去用、去學，過程中一定會遇到困難。

其實，我原汁原味的投書充滿著自信，並挑戰著威權，態度是積極負責且艱忍不拔的。內容是這樣的：

「我是你們那篇文章〈補缺口〉所形容的眾多移民之——教育

程度高但在加拿大從事低職位。我帶著博士班的教育程度離開台灣，帶著在大眾傳播和媒體業的工作經驗來到加拿大，我以往的成就和技能讓我符合（技術移民的）條件，但是，五年過後，我只不過是一個零售店銷售員，領著最低時薪。很多朋友跟我境遇類似，他們不斷地問為什麼到了這個新故鄉我們只配得這樣（的結果）。我認為有系統的、社會的和個人的原因。

加拿大想邀集他國有才華的人士來壯大自己，但是，它在語言的門檻設定得非常低。很多移民跟自己人比，以為自己英文很棒，但來到這裡後只能應付像買菜那樣的對談。專業工作對語文水準的要求是高級、進階的，但是到來的移民們認清現實後為時已晚。

我認為，有語言障礙的移民要存活，最好的辦法唯有持續地提升英文。不幸的是，有人說英語是最難的語言。而就算語文已經練就了，信不信由你，多數的移民還要面對文化、口音和膚色的挑戰，一道「玻璃天花板」（glass ceiling）早已被形塑起來，阻斷我們在這個社會裡繼續進步和獲得成就。

我要謝謝我在加拿大出生的先生，他讓我的英文在短時間內進步了。我現在也用夫姓來進行商業交流，在履歷表上看起來不像是個華人。我承認，這樣機會比較多。就算是這樣，我尚未找到符合一己心意的工作。有些移民在相同的情況下選擇回流，我則選擇留在加拿大繼續打拚。

我把「移民」看做是場「大富翁」遊戲，本來我手上持有不少地產物業，然後拿到一張「命運」牌，一切就變了。有些玩家可能

就此不玩了，但我想繼續玩下去，就算不能保證最後我一定贏。留不留，同樣也是個人的選擇，就像所有移民當初選擇來到這個夢幻國度找機會一樣。」

註釋
* 《麥克林》為加拿大百年歷史的新聞周刊，總部設於多倫多，焦點涵蓋政治、商業、教育、健康、科技、環保等主流話題，每年年底刊登〈麥克林大學排行榜〉，三月另發行《麥克林大學指南》（*Guide to Canadian Universities*）。
** 「玻璃天花板」在七〇年晚期被女權主義者創造出來，現在泛指某些群體和個人晉升到高階有著的潛在障礙。

2013.10.02/Wednesday/Cloudy

水族館報到日

　　早上去市內最新的觀光休閒教育設施「加拿大雷普利水族館」報到，一次見到零售部門下的照片和紀念品中心共二十幾名兼職人員，除了一個女性年紀應該三十好幾，其餘的看來都很年輕。

　　館方對我們進行展館導覽，也帶大家參觀了辦公室和倉庫，並介紹不同層級的主管。我跟著人群在館裡晃了一圈，發現所到之處可說是「一片白茫茫」──管理階層和員工以白人居多，膚色深一點的也是一口流利英文。我想自己應該是唯一在開館時做銷售及客服的亞洲成年移民吧。

　　我們每人領到兩件天藍色的 logo 運動衫，一件被要求立刻套上，其他的個人物品則被要求放在置物櫃裡，接著就開始收銀和補貨訓練。因為沒口袋放擦拭自己四月剖腹生產傷口的藥膏，我用一個小小的側背袋將它帶著，不明究理的主任竟當眾指示我立刻取下袋子去鎖在置物櫃裡，好似一個公然的下馬威。

　　這份工作是繼自己五年前剛到加拿大，在中文報社擔任全職廣告行銷專員以來的第八份差事。期間做過、試過的還有：足部診所

加盟全時行銷推廣、兼職電話調查訪問員、觀光紀念品店鐘點銷售員、席爾思百貨全職電話客服、自雇房屋貸款經紀、自雇健康保養品直銷。每個工作都堅持了一年左右或更久，除了席爾思。

席爾思雖是裡頭最具規模的企業，但我受訓了五天就不得不對那機會說拜拜，因為公司產品和服務太多太雜，但電腦查找資訊系統卻太舊太慢，加上單是靠電話、看不對方的臉，跟不同口音的人說話，以後一定會遇到溝通上的困難，特別是接聽的本來就是「問題」來電，來電者一般火氣都比較大，這類的工作我高中在所居住的台北新莊一家有線電視台就做過，本來就很不喜歡。

加拿大雷普利水族館是任用我的第二個大公司，雖然自己是兼職，起薪倒比在設在伊頓中心席爾思百貨裡的紀念品店的最低時薪多了一塊多，從十二塊錢開始。但若不是那小鋪子因為席爾思百貨明年一月歇館得跟著收起來，就算孩子才六個月大，我一定會試著兩邊跑，多賺一點錢。但也正因店鋪要關閉，我才被迫另外找工作，幸運地撈到水族館這個紀念品部的機會——水族館新，未來公司和裡頭個人發展有著無限的可能。

即便這個水族館又新又大，紀念品部的工作內容卻一點都不難，對我來說最大的挑戰是拉貨理貨。今天的導覽和介紹帶我們去到倉庫裡，裡頭存有各式各樣、大大小小的絨毛玩具，比如：美人魚、烏龜、鋸齒鯊、槌頭鯊、八腳章魚……，並且紅的、黃的、藍的、綠的、紫的、灰的各式顏色，成千成千地堆得二樓高。之後取貨必須爬加長梯由上而下拿，再用大箱車推送到一百公尺外的紀念

品部去做「疊疊樂」，把它們一個個整齊地排起來。這一系列的體力勞動對自己還在復原的傷口是一項風險。

也不是說這若大的水族館裡就我一個穿制服的華人。我也看到一個年紀恐怕已經四十出頭的女性，拿著拖把看著我們一群新人走過。另外在出納室裡教我們填結帳單和交款程序的年輕人就是姓馬名泰。這樣的職業取樣，好像在說，華人要嘛只配做粗工，要嘛只會算錢和搞電腦，讓我很不以為然。我的生存策略將是以自己的勤勞和友善、精緻的服務精神、高度的銷售技巧與極少數人擁有的中文能力，透過時間來贏取同事和主管的肯定，一步步慢慢向上爬。但能升多高，在「這麼白」的組織裡又得看機運了。

儘管在加拿大生存不易，我仍希望自己不僅僅是圖有份工作，還要不斷進取，日後有些什麼足以自豪並讓家人感到驕傲的地方。人生可以渾噩輕鬆，也可以辛苦卻很充實精彩——我選擇後者。

註釋

* 加拿大雷普利水族館於2013年10月16日正式開幕，成為多倫多知名觀光旅遊與教育休閒去處之一。

在水族館工作好玩嗎？

　　這些日子以來常被人問到：「妳在雷普利水族館跟魚一起工作，是不是很好玩？」

　　「不、不、不！一點也不！」我也不是跟魚兒們工作，而是成天跟瘋狂湧入的人群奮戰，臉上還要帶笑臉。

　　大家心中認知的「公立」加拿大雷普利水族館，是在聯邦政府、安大略省政府及多倫多市政府的支持下興建，實際的擁有者是在溫哥華以汽車銷售白手起家的國際綜合企業大亨金 · 帕提森。這樣就不難理解，帕提森的「雷普利娛樂」旗下的加拿大雷普利水族館，雖是休閒教育設施，場地不小也不大，營運起來其實看業績也重獲利。

　　在市民的引頸期待下，這個位於多倫多市中心的「加拿大國塔」（CN Tower）腳邊，號稱有著兩萬隻水生動物、五萬千七公升水量的水族館，自去年十月十六日正式開幕以來，持續獲得空前的成功。雖然依我之見票價定得太高，幾個月以來，每天因新鮮感入館的人數卻都破萬。

還記得元旦前後那幾天，室外氣溫掉到零下二十度，排隊參觀的人潮從大廳向外到布姆訥大道（Bremner Blvd.），再延伸到下興科路（Lower Simcoe St.）後往北轉到前西街（Front St. W）南邊的火車高架橋墩下，大概有三、四百公尺長，其中可見大人帶著小孩，穿著羽絨衣，戴著毛帽、手套和雪鞋，有的手上拿著咖啡和保溫杯，等上兩小時，就是想一探究竟。

館內有分「加拿大水域」、「彩虹珊瑚礁」、「危險潟湖」、「水母區」等等，還有夜宿、音樂會等活動和場地租借。館內的動線把出口設在「魟魚區」對面的紀念品部裡，是參觀者離開前的必經之地。紀念品部櫃台上的五部收銀機一字排開，錢從早上九點收到晚上十點沒停過。

我因為想以表現爭取全職，謹記做事手腳要快。補貨時先走老遠到倉庫裡，爬上天梯再趕下來，我又火速回到賣場內快快把商品疊好，但沒兩個小時又得再補一次。這樣忙碌地勞動幾個月下來，我很快就甩掉了因懷孕增加的肥胖。

公司規定用餐時間為半小時，員工得穿過陣陣人潮，在路上還要不時耐心回答訪客問題。每每下到地下的小小休息室，我已經用掉七分鐘，算好回程也要七分鐘，自己就用十二分鐘微波加扒飯，再留四分鐘上廁所。忙到這樣，哪裡還有時間看鯊魚或水母？也忙到在兩個月前，遠遠看到自己移民前在台中上英文課的老師帶著小小孩來參觀，渾過去向他打招呼的機會都沒有。錯過這一次，在若大的多倫多要再見，不知將是何年何月何時？

我也總是能把店裡最昂貴的商品賣出去，那兩尊乏人問津、四百塊錢的石製海龜，都被我成功地推銷給了華人。我以為自己盡心盡力會獲得上司欣賞，前陣子爭取升遷的過程卻有著說不上的阻力，但最終還是如願當上了主任。

　　現在我督導著二十一位兼職人員，新的挑戰是管理人事。除了得順應每個人不同的人格特質，要用英文去跟說話比自己更流利的年輕同仁進行溝通協調，有時還是會感到困難。還好自己在整個部門裡年紀最長，擁有最多人生經驗，處處小心加上能以行動證明能力，目前為止尚為稱職，這讓先生艾瑞克直誇我其實很不簡單。

　　昨晚當班打烊，領時薪的同事都一一按時離開，我看到新官上任的三十歲女經理林西在辦公室裡獨自煩惱，一問之下原來上頭臨時交待大老闆一早會從美國館來訪視和開會，她要回家準備業績報告，但愁沒有人手整理場地。我聽了之後想想，自己好不容易剛拿到全職，最好還是留下來幫忙她做足面子。

　　賣場被瘋狂的參觀人潮掃得空空如也，取貨補貨我一樣樣自己來，等到將之恢復成琳瑯滿目時，已經是今天清晨四點，先生必定早就把女兒放進娃娃床裡雙雙熟睡。其實，為了這個工作，我早就在剛加入公司就讓女兒斷奶……

　　水族館地下室那道可以欣賞鋸齒鯊的電動步道水下走廊，我天天上班卻因為太忙而已經很久沒去，難得今天清晨忙完時全館空空蕩蕩可以去看看，我卻身心疲累到完全不想去，拖著沉重的腳步走出館後，我莫名地只想掉淚。

加拿大絕境求生（上）：穿跟鞋的驢

今天在水族館裡意外見到了一個我這輩子最痛恨、最不想再見到的人之一。可惡的是，為人壞透的他還帶著妻兒，一家和樂融融地出現在我的收銀櫃台前。

這個人是我的前雇主尚興・波哥，年紀四十好幾，一百八十五公分高，肚皮因為吃香喝辣脹得圓鼓鼓的。可能因為肥胖而容易流汗，他在室內總是穿短袖襯衫，還常是那種椰子樹圖案的輕鬆度假風的。波哥的眼睛圓溜溜且棕褐髮色，看起來是白人，但他其實是在十六歲時從伊朗來到加拿大留學而待下來。

我不確定他學什麼，但他總之是以整脊整骨醫生的頭銜，在多倫多西北角和鄰近的城市開了幾間診所，後來開始搞加盟連鎖。波哥大概知道華人有錢但英文不太好，我 2010 年初決定離開華人報社走進英文商業世界而謀職時，被他聘做行銷推廣，一開始專門負責招徠華人投資客。

波哥的營業模式虛虛實實，不懂加拿大醫華與商常法條及規範細節的人自然摸不透，不過一般人見他的總公司裡有兩位法務，診

所擺設像樣，並且真的有提供足部護理與客製健康鞋，大家也就不疑有他。

波哥以時薪十四塊起跳聘我做全時，比先前中文報社全職攤下來時薪卻不到十二塊錢多上一截，當時正在辦離婚且需要錢獨自過活的我欣然為其效力。

他在主辦公室裡派給我一個裡邊的位置，外邊由一個大學畢業一年多的義大利裔加拿大白人女孩珍納坐主位，做訂購辦公室用品、接聽電話之類的行政工作。後來他又招了一個同族裔的加拿大大學女社會新鮮人，由她招攬伊朗移民來加盟。不用太久我就看得出來，波哥是花錢讓聰明的珍納當花瓶，前來參觀的潛在投資人便相信，這一是間「加拿大」公司。

流言又說，年輕的珍納時薪二十，伊朗女生十八，比我這高學歷又年長且具專業經歷的人多很多。我不去計較，只管好好做事情，每天打電話開發客戶，也運用自己新聞傳播的專長，替公司設計廣告並代替波哥上我接洽上的中文電視通告。

之後波哥替我加薪一塊錢，雖然令我喜出望外，但他也加了一個工作給我。他要我不定時在進辦公室前，繞去超市替他買美人蕉和汽泡礦泉水，儲放在我座位旁的冰箱裡，確保他想吃想喝的時候供應源源不絕。我有些為難，但為了一小時十五塊錢的工作只能吞下那雜活。

我住市中心，為了招商被波哥要求穿著體面。因為是唯一沒有車的同仁，平時坐捷運加轉巴士，穿著跟鞋再提自備的筆記型電腦

加餐袋和手提包，已經不容易。公司位在郊區，附近根本沒有超市，為了達成波哥的要求，我三天兩頭便得從市中心再加提美人蕉和半打汽泡礦泉水去上班，活像頭駄貨的驢。

　　一天，波哥弟弟那二十來歲、一樣是波斯人的女朋友，從另一個搞後勤的辦公室撥弄著長髮、搖著她的大屁股來取水時，丟下一句話給我：「噢，聽說這裡有免費的汽泡礦泉水，我這大老闆的親信應該要天天來取著喝。」不只如此，聽說她平時常藉抽菸放風摸魚很久，跟我們這些同事攀談也常常爆粗口，雖然都不干我的事，可是這樣的人居然高調地說自己邊上班也邊在申請當學校老師！？

　　真正怪的是，自己在那家公司工作八、九個月下來，伊朗女孩最後表現出極度焦慮且匆匆離職了。波哥把她部份的業務交給我，就是他新創的私立技術學院招生，替我加薪到每小時十六塊。又過兩個月，珍納也離職了。我也開始替公司接聽更多電話，時薪又被調到十八塊，對我來說至為重要，但是主辦公室只剩下我。

　　有一天，波哥把我叫進他的辦公室，之後冷不防把門鎖了，說：「我太太懷孕，可我憋不住了……」邊說邊拉下褲襠拉鍊，我看他要掏出自己的小弟弟，馬上轉過身不看，叫他住手，但他就在我後面摩蹭，雖然我穿著衣服，但仍可以感覺他下體軟趴趴的一團，超噁心！我叫他住手，想想自己的妻子……不到一分鐘，他自己辦完事後假裝什麼事都沒發生，走出了辦公室。

　　雖然不是強姦，但絕對是嚴重的性搔擾，我想到要報警，無憑無據下只能在垃圾桶裡拾起他擦拭精液的衛生紙團當證物。我用塑

膠袋包住沾有波哥體液的衛生紙，轉車去到市中心登打士西街跟大學大道（University Ave.）那裡接近唐人街的警局，想找一位通華語的警官報案，相信這樣一來可避免溝通錯誤，二來相信華人之間會更有同理心且願意幫忙。我真是大錯特錯！

加拿大絕境求生（下）：渥太華地牢

　　那位著警員制服的華人男子聽了我的陳述，冷冷回說：「妳沒反抗，就算告他，法院也會說妳情願。若（工作）真的覺得待不下去，去麥當勞打工也行！」

　　這麼冷血的話，居然出自人民褓姆！

　　試問，我一個身高一百五十五公分、體重四十八公斤的女人，怎樣去跟一個一百八十五公分、體重兩百多公斤的男人扭打？

　　大家都知道警察公職薪水高，我委屈求全只為賺取每小時十八塊錢，好在無親無故的他鄉養活自己，現在還是被汙辱的受害者，竟被衣食無虞的警察說教不如再次降格去打工！真的沒有同理心。

　　報警不成我只能速速藉故離職，藉口是離婚的創傷需要時間調養。波哥知道自己做的虧心事，很快給我資遣證明由我申請失業補助。

　　諷刺的是，我要離職當天，波哥懷孕中的二任妻子莎夏帶著和前夫生的國中生女兒來探班。從俄羅斯來的莎夏，美得像從古典畫裡走出來的女子，但是沒有笑容，對有錢的先生在外撒野不知是不是心知肚明？！而公司診療室的女同事也才跟我說，她們私底下都早聽說波哥怎樣吃年輕女同仁的豆腐，造成人家紛紛離開，但是她們居然完全沒對我示警！

　　我當然也立刻開始另謀出路。一位前來詢問加盟的加拿大白人

華倫對波哥很有意見，告訴我投資人間都說他是騙徒，把得手的錢都匯到開曼群島（Cayman Islands）藏起來了！華倫告誡我別替這樣的人工作，要我即刻前往首都渥太華去參觀他的新事業。

為了免除我奔波勞頓，華倫說願意讓我寄宿他家，反正他家空間夠大且很單純，只有事業伙伴戴比和他的五個小孩。而我之後要做的，即在替代即將離職回家照顧生病母親的戴比，若我儘快去一趟還可以當面跟戴比多聊聊工作內容。

趁著週二國鐵（Via Rail）車票便宜，我買了當日去、隔天回的雙程票，希望能看看華倫口中的新事業。

火車從多倫多聯合車站出發，五個小時後，華倫開車到渥太華火車站來接我，說他的新公司和住家，都在首都外的卡拿大（Kanata），這一點我先前並不知道。

到卡拿大的路上也有飯店，華倫說寄宿他家就不用浪費錢。車子在一間普普通通的民房停下來的前五分鐘，我們在一個十字路口處等紅燈，華倫說他的辦公室就在一棟角樓裡頭，但我並不知道他具體說的是哪棟。

在華倫家門口迎接我的是個中短髮的白人女性，正是戴比。她語調平淡地跟華倫說，自己正給孩子們吃點心。而我進門後，向右看便望見一條長桌有五個孩子圍坐，男孩女孩都有，大的應該有十二、三歲，小的應該五歲左右，每個人都面無表情地在吃著淺碟裡的玉米穀片，看得出來他們是混血兒，各個臉色慘白且完全沒有小孩活潑的朝氣。

華倫帶我走向房子左邊的盡頭，應該算是客廳，走過去的牆上有幾幅中國山水畫和刺繡。等我坐定後，他說自己的亡妻是中國人，但她父母很仇視他，並未給予他們倆的結合任何祝福，妻子也是被召回廣州而在那裡病故的。

我心想，他一個人要照顧五個子孩子很不容易，但我此行時間很有限，還是切入正題講工作要緊。我問華倫未來工作職稱是什麼？他說未定。我又問，那工作內容呢？他說再詳談，總之是取代戴比。

我開始覺得奇怪。戴比在屋子的另一邊，看起來比較像奶媽而不是商業上的合作伙伴或助手呀！華倫自己也不小心說溜嘴，剛剛講的商業辦公室根本還沒租下來。他還試圖勸服我，租下來前反正就在他家推動業務，我就免費住他家地下室。至於薪水，他不置可否。

一個小時下來，我只覺得處處是紅色警戒，自己好像隨時會被拐進火坑。若真住進他家地下室，搞不好就像被關進地牢裡將永不見天日，成天衣洗煮飯顧孩子當傭人，萬一行動受限制，叫天天不應，叫地地不靈，死了搞不好還屍骨無存！！！

越想越可怕，我決定立刻閃人，瞎編個理由對華倫說，在多倫多跟男朋友還在糾纏，自己買的火車票其實是當天來回，男友在等著我晚上從渥太華帶決定回去談是分還是合，加上我什麼都沒從多倫多帶過來，還是等我回去處理完感情的事後，再跟他後續交涉工作的事吧。

當下華倫彷彿是見煮熟的鴨子飛了般又急又氣，但他不能白紙黑字跟我簽工作合同，比我快閃的理由還牽強，於是留不住我。

　　我求職雖不成，但慶幸自己可能逃過了一個劫！加上先前差點被波哥強姦，兩個緊連的驚險，全都被利用春假帶妻小來水族館參觀的波哥從我負面的回憶裡喚回來。他在櫃台前替四歲兒子買玩具結帳，問：「佩兒，妳好嗎？」我熟練地把商品條碼掃好直接放進袋子，收完錢後就略過他、直接朝後面長長隊伍的人群高聲說：「下一位（排隊結帳客人請上前）！」

註釋 ————————————————————————
* 卡拿大是位在加拿大首都渥太華西面郊區的一個新興高科技工業區。

二零一三年冬天

多倫多「今年」的冬天真漫長。剛讀了報紙上的一個數據指出，過去九個冬天零下十五度的「超級低溫」平均是 13.7 天。這個冬天太誇張，累積到目前已是三十六天，這還不包括像昨天與今天這樣「只是」零下十度的日子，實在冷到爆！

台灣親友光聽我哇哇叫，不知道零下十五度是什麼感覺。我已經找到一個很貼切的說法，那就是被重重賞了一記耳光後那道留在臉頰上的冰火五重天，這樣他們之中若有興趣的人可以自己實際試一試，體會後定能明白我為何埋怨。

這麼冷，有重要的事情不出門也不行。

去年十二月二十三日的聖誕節前夕是我入籍加拿大公民的宣誓日。當時連著四天的冰風暴，多倫多有三十萬戶人家電力中斷，戶外到處結冰且寸步難行。但我等了五年才等到入籍加拿大，再怎麼樣也要出席。艾瑞克很支持，願意在惡劣的天候中帶著女兒小丹、推著娃娃車，跟我一起前去位於東北邊的士嘉堡中心法庭觀禮。

TTC 街車系統早就因為電纜結凍而掛掉了，幸好我們住在市中

心，可以轉搭地鐵到士嘉堡中心。但是進出捷運站和前往法院，只能靠步行。滑溜溜的路上隨處都能看到包裹樹枝的冰，比樹枝本身還粗還厚。我們身上都裹著層層衣物，腳上也都穿著兩雙毛襪，怕冷、怕跌倒、更怕娃娃車翻覆，一路上如履薄冰，就像我一路走在移民路上遇到險境的心情。

五年裡，我經歷的人生冰風暴有在人生地不熟的加拿大離婚，和險些被雇主強暴且為此匆匆離職而失業，是自己的堅強和勇氣與艾瑞克的接納與包容，讓我走到這裡，現在能有自己的家庭，也成為一個母親。人家說，為母則強，那麼我應該繼續練就自己成為一個刀槍不入的鐵娘子。

皇天不負苦心人，我們終於安全抵達法院，現場應該有一百張座椅，但沒幾個空位，每個人都冒著極度惡劣的天候前來宣誓。我依指示入坐，艾瑞克則抱著女兒待在後面的觀禮區。公民誓詞的內容是這樣的：

> 我發誓（或確認）
> 我會忠誠
> 並真正效忠
> 伊麗莎白二世女王陛下
> 加拿大女王
> （和）她的繼承人和繼任者。
> 我會忠實地遵守

加拿大的法律──
　　包括憲法，
　　承認和肯定
　　土著及條約權利──
　　原住民、因紐特人和梅蒂斯人，
　　並履行我作為加拿大公民的職責。

　　宣誓完，我高聲唱著幾個月來反覆練習已久的〈噢，加拿大〉，就像自己高中時到台北國家音樂廳唱《彌賽亞》一樣，隨結尾上升的音符無上莊敬而心中熱血沸騰，引來前頭的入籍者紛紛回頭看著我。但我一點都不覺得難為情──既然決定成為「加拿大人」，唱國歌就該拉開嗓子認真唱。

　　典禮結束、各人隨自散去之際，我這新科加拿大公民興奮地拉著艾瑞克，帶著褪去棉襖後身著紅衣紅帽的「聖誕小娃娃」小丹，跟公證法官拍照留念。法院外面的天寒地凍，已成為我人生四季的輪轉。

　　只是，這次冬天的酷寒遠遠超乎平常，三月的今天還在零下十度。凌晨自己工作結束後從加拿大國塔腳下的水族館仍得走上四十分鐘的路回家，實在讓人「凍未條」。

註釋

＊ 多倫多二月平均高溫在攝氏四度，平均低溫為零下二度。

** 英國女皇伊麗莎白二世於二〇二二年九月八日仙逝，享壽九十六歲。長子查爾斯
王子繼位，成為國王查爾斯三世。

創業的轉機

2014.09.16/Wednesday/Sunny

獲邀參加泛美商品高峰會

今天傍晚店裡生意交給席爾思紀念品店的老同事麗迪亞，女兒則託台灣大姊希麗亞照顧，我和艾瑞克雙雙整裝前往 2015 年泛美運動會（Pan American Games）紀念商品高峰會。

泛美運動會是一項洲際性的國際運動會，每四年一次，第一屆於 1951 年在阿根廷舉辦。2015 年是由多倫多主辦，運動員來自北、中、南美洲的四十一個國家，角逐各項比賽共 364 面金牌，被視為美洲頂尖運動家通往奧運的前哨站。

即便只是主辦單位多倫多裡求生存的小市民，我在決心離開水族館做生意時，自然也意識到泛美運動會將帶來的觀光商機，「如果運氣好，自己的小店就可以迅速站住腳甚至發起來！」我心想。

想做生意，一處理想的店面地點當然是關鍵。

先前在我天天走去水族館的「天空走廊」（Skywalk）上，一直有個工地被包得密不通風。一天我看到它放上了「市中心機場快捷」（Union Pearson Express, UP Express）的標誌，一查之下發現原來就是新鐵路線在市中心這邊的車站，當時正在加速趕工好在泛美

比賽前開通。

　　又一天我看到站外唯一一個商業空間貼出「招租」公告，想到以後可能會是金店面，便打了電話過去，店租每月三千竟被我訂下來。兩個月前的七月七日，我們小小的「哥打的紀念精品店」匆匆開業。

　　一個有意思的題外話是在我們租到的店面上，然而還是後來警衛跟我聊起我才知道——

　　天空走廊上過去二十幾年因為能通到藍鳥棒球隊（Toronto Blue Jays）主場羅渣士中心（Rogers Centre），裡頭其實曾經有過很多小店家，生意好得不得了。後來因為修機場鐵路線而全數關閉，空間所屬的物業出租公司很有錢，一點也不介意。多年之後我們這個「唯我獨尊」的空間之所又招租，乃因大老闆朋友的兒子剛開始做商業地產經紀，為了人情才弄出來給那小伙子向公司做成績。

　　警衛和其他公司裡常來天空走廊的修繕清潔工都以為，大老闆只是做做樣子不會真給租，最後他們都很驚訝，我這個不知從哪裡冒出來的小妮子竟然把合約簽成，跟市政府和加拿大國家廣播公司（Canadian Broadcasting Corporation, CBC）等等大機構一樣成了他們公司的「房客」。這時我也才明白，自己雖然像根指頭一樣小，但是有按時交租，就被地頭蛇罩著，難怪天空走廊上干擾我們店的疑難雜症，只要一通電話就馬上被擺平，我連氣都不用吭一聲。

　　而過去的兩個多月裡，我忙著進「傳統的」商品如楓糖漿和加拿大小旗子等等，並趕印 logo 棉衫和搜尋特色產品，我也開始想

辦法接洽泛美運動會紀念品，像是吉祥物填充玩具之類的東西。

經過聯繫，一個禮拜前家中信箱裡收到一封邀請卡，泛美運動會籌辦單位邀請我們「哥打的紀念品店」店主，在今天晚上到湖濱「糖沙灘」（Sugar Beach Park）旁的新大樓參加紀念商品高峰會。

我這一人公司總不能示弱，命令長手長腳的艾瑞克也穿像樣一點，我自己則脫掉在店裡工作穿的球鞋，換上了跟鞋，身著套裝又化了妝，兩個連車都沒有的窮夫妻為了談生意，特意叫了一台計程車坐過去。

高峰會裡除了工作人員，大概還有二、三十個「商業代表」與會。主辦單位找來加拿大前划船奧運金牌得主演講，說明自己參加國際運動會的盛況，也有專人介紹吉祥物豪豬的造型，並預估賽事將帶來的觀光商機。

會後我與艾瑞克跟幾個不認識的人握握手，又向主辦單位留下採購意願及聯絡方式，就這樣，我們這家小小的「哥打的紀念品店」，成了多倫多市 2015 泛美運動會最早的官方紀念品代售店家之一。

倒要提醒自己，這兩個月為了採買簽很多支票，票面金額越來越大，我卻越簽越順手，自己對金錢的敏銳度在下降，其實不完全是好事。

註釋

* 作者將英文店名諧音中譯「哥打的」，僅為搏君一笑。

** 多倫多南邊湖岸東邊的製砂糖廠旁，在2010新開放了「糖沙灘」公園，供大眾休閒但並不適合游泳。

2014.10.06/Monday/Overcast

人人都要機會

　　來為昨天補寫日記——

　　經過一連四天的理想日營業額後，星期天我獨自在沒冷暖空調的店裡坐著發抖。女兒小丹跟多數時候一樣，留在家由艾瑞克照顧。

　　時間溜到下午三點半，五個半小時竟才收了十塊錢，全靠賣出幾瓶冰涼的加拿大泉水賺來的，真不解為什麼有人就是不怕冷？

　　一天十小時顧店，最可怕的是靜悄悄地等沒客人，有財務壓力，也感到愧對家人。但三個月下來如今竟開始有些習慣了……

　　萬事起頭難，移民打拚更是不容易。多數人管不了別人死活，但也有不少在附近上班或經過我們這家可愛的店的人，不分族裔，主動進來捧場或替我打氣，好朋友也會聽我傾訴。

　　回說十天前吧，一位女士進到店裡留下一本《每日晨興》，並溫暖地握著我的手替我禱告，生意並沒有因此好起來，但我也不怨懟。

　　上周也有一天，生意跟昨天一樣慘淡。那天我抱著小丹似懂非

懂地靜靜讀著晨興小冊打發時間。一個小時過去了，小丹睡著了，一樣沒客人上門。我束手無策，只好告訴自己：「好吧，上帝或神，來看看你今天要給我多少（生意）吧！」雖是這麼說，我其實仍有點擔心但決定不去煩。

一直還要到傍晚，終於才開始有人進來消費，而在八點打烊時，我竟不賠反而小賺。我心想：「咦？或許上帝或神在教我人生有起有落，切記不驕不餒。」

話說昨天，情況一直也很差，天色暗下來，仍達不到日營業額底限的四成。我既已學到不去煩心，就讀起鄰居給的《環球郵報》（*The Globe and Mail*）並等著八點關門。

報上刊出一個白人男專欄作者暗批多倫多市長候選人鄒至蕙操弄移民與階級議題、玩弄同情心，該篇文章特別吸引我。它結尾非常有力地說，不管性別膚色、有錢沒錢，市長選的是遠見與能力。我決定寫電子郵件給他，告訴他寫得真不錯，可我卻要把票投這位青少年時期自香港移民來的女性候選人，因為，人人都要機會！

我覺得，說這個城市沒有歧視是騙人的，好機會給移民的終究是少些。六年多住下來，我的感觸是，移民必須努力再努力，最後等運氣……如果機會真的平等，我就不用東找西找仍找不著，最後還得靠自己咬牙貸款才開了這家禮品店。有著這個同理心，我將慎重考慮投給鄒至蕙，給她一個機會去表現。想想，她的來時路恐較另兩位白人男性且具政商背景的候選人要來得艱難，現在她卻能與他們平起平坐，公平參選競爭，不就說明或許她有兩把刷子？也許

能把這城市搞好？

　　電郵寫到一半，七點五十分進來一對穿著厚外套的男女，仔細一看是我的回頭客！女的叫瑪夏‧弗列茲，她熱情提醒我三天前來過這裡，真的太喜歡我們的店了！今天和未婚夫去了附近的加拿大國塔，就回來加買紀念品好帶回巴西給家人跟同事。

　　我們東聊西聊，我又加她進臉書成了朋友，不知道以後會不會再見面？我真心感謝他們光顧，讓我的日營收提升至五成，不至於慘賠，也祝福他們早日結婚並永遠幸福。

　　關店後我拖著行李箱走出聯合車站，兩個計程車司機招呼我搭車，開始簡短攀談，其中一個記起一個月前載過我匆匆來開店。另一個讚我聰明，他認為只要撐過起頭的壓力，做生意終究有機會賺錢提升生活，他並相信明年見到我時我會笑盈盈。我覺得自己泰半是因情勢使然才做起生意，但很感謝那位穆司林司機的鼓勵，心中同時抱歉這個星天期生意不好，我當晚賺不夠沒能坐他的車。

　　路上走著走著，有一個醉漢說我很漂亮，我祝他晚安；等紅燈時，一個男的從後頭超越，鼓吹我跟著他穿越馬路，我順口說「Like a Jay? Blue Jay?」（要像松鴉嗎？還是要跟藍鳥一樣？）語畢，他跟另一個在我之前等著的男人都頓時爆笑起來。我知道自己的英文每天都在提升，但離純正很遙遠。

　　徒步回到家，我的心已平靜下來，小丹跟艾瑞克都從房裡跑出來到客廳迎接我，讓我感到很喜樂。

* 行人闖越道路叫jay walk。

再·也·不理·陌生人

　　經過這麼多年，居然在今年元旦這天，我才學會要冷血些。

　　揮別不太容易的 2014，本來今天早上起床梳洗後，自己明明是用好心情來迎接全新的一年，結果出門不到半小時，我決定以後再·也·不看·不理·路上叫我的陌生人。

　　全都要「感謝」那個在麥當勞推我的白人女人。

　　平常我都省吃儉用不外食，今天想獎勵自己，在去開店的路上，選擇走教堂街到皇后東街交叉口東南角的那個麥當勞去買份滿福堡餐。一推門進去，不知哪裡傳來一聲「早安！新年快樂！」空氣中彷彿充滿著歡愉。我也回了一聲「新年快樂！」然後繼續到櫃台點餐。我用身上僅有的一張十塊紙幣結帳。店員找了三塊二十五分錢，我拿回一個兩塊、一個一塊和一個二十五分錢的硬幣後，取過店員用紙袋裝好的早餐和一杯咖啡，走向店門要離開。狀況發生了……

　　一個原本站在大門旁邊看來普普通通的短髮女人笑笑地走向我，又說了一句新年快樂，就是我進門時聽到的聲音。我也笑臉以

對地再次回她新年快樂。說時遲、那時快，那女人在我「樂」字還沒說完前搶著說：「其實，我肚子有點餓，妳可以買杯咖啡給我喝嗎？」

雖然這樣的轉折有點突兀，但她畢竟不知道我這些年手頭一直很緊，緊到連趕路在地上看到一毛錢也一定停下來撿。今天既是元旦，新的一年大有可為，而且自己明明就還抓著店員找回的銅板，我便在三個硬幣裡選了那個最「值錢」的兩塊給了她。豈料，她拿到手後竟重重地推了我一把！咖啡灑出來燙到我的手，不說對不起就算了，她還掉下一句無恥的話：「我要的不是兩塊錢！我要的是五塊錢！」

「真是他Ｘ的，五塊錢都可以買星巴克了，我這辛苦工作多年養家的人捨不得喝，妳這擺明是要飯的，好手好腳，英文也沒問題，竟好思意嗆聲跟我要？！」我本來想用這些話訓斥她，但是從她推我的力道我馬上猜到，她應該是在附近的遊民收容所過完夜，白天逗留在街上，才會晃到這家店裡生事，絕對是個可以不顧一切跟人大打出手的女流浪漢。「跟這樣的人還有什麼好講道理？」我只好悻悻地離開。

在往店裡的路上，我憶起了在多倫多這些年遇到的類似、但不總是一樣的狀況——

像是那個總是穿著黑色破皮衣、駝著背、推著一把爛菜籃車、跛著腳走過席爾思百貨、叫瑪沙的老婆子，總讓每個人都遠遠地迴避，因為她身上散發著一股濃烈的尿騷味，而且不時地尖叫。後來

我聽說，瑪沙本來是席爾思的法務助理，一次家中一把大火，把她丈夫和三個孩子全都燒死了，瑪沙也就崩潰了。

雖然不知道謠傳屬不屬實，但這樣的悲劇的確存在，所以過去我總告訴自己要有同情心，看到人家乞討，還會因沒辦施捨而感到內疚。不過在多倫多長大、學跳莎莎舞時認識的大衛幾年前就教過我，千萬別給錢，想要幫忙可以改成買頓便餐給他們吃，因為他們之中很多拿了錢就去買毒吸了。

又有一次自己去到「消費者藥妝店」（Shoppers Drug Mart）寄東西，跑來一個華人男子，用英文懇求我借他五十塊錢，他好替車加油趕去四小時外的溫莎（Windsor）處理急事，而且強調之後一定會還我。我明白無助的感受，於是留了地址電話，叮嚀他：「我知道你需要幫忙，但我的日子也很難過，這二十塊對我來說很多，請你一定、一定要還我。」回家後，艾瑞克知道了，說我遇上了金光黨。確實，我到現在仍沒收回那「借出去」的二十塊，反倒慶幸個人資料沒被亂用。

在家附近過了教堂街的抒特街（Shuter St.）上，也常看到一個中年白人女人坐在一只石階上要錢。上次我推著娃娃車走過，聽到她拉長聲音說：「有零錢可以給嗎？有零錢可以給嗎——」我既沒有，也就不說話，結果她吐槽：「哼！妳呀，大概連英文都聽不懂！」

今天推我罵我的是另一個白人女人，她在前面講的那些人之後，又在我多次被踐踏的善良上狠狠地補了一刀。自此以後，我比

較相信「可憐之人必有可恨之處」，只管努力改善自己的生活，再也不會為那些路上的呻吟者停下腳步。可悲！真的很可悲！

註釋 ─────────────────────────────

* 加拿大郵政局（Canada Post）在許多民生用品店家如「消費者藥妝店」內設有郵寄領件櫃台。

加拿大貴寶地

一位未曾謀面的朋友昨晚打電給我，和我聊著本地的生活。她感嘆在加拿大做生意真的不容易，連有名的景德鎮陶磁，在各地市場中就以加拿大虧損最嚴重。她忍不住罵：「加拿大人既沒有品味，又不捨得花錢。」我沒就朋友說的進行考證，若屬實，我不但對景德陶磁的加拿大淘金夢感到可惜，首先就對那批評頗為認同。

為什麼加拿大做生意難？這個問題已經盤據在我腦海裡很久。在我們家走路五分鐘不到的一個街角，一家廉價服飾店最近貼出「結束營業存貨出清」的海報，存活不到半年。幾個月前另一家開在教堂街的品味服飾店，也只撐了兩個月。現在自己從商，對於這樣的話題自然很想找出答案。想來想去，加上自己的生活經驗，我覺得從「在多倫多，多數人日子都苦哈哈」去推演應該不會錯。

首先，「多數人」不代表所有人，還是有一一人群人過得不錯。

其次，為何苦哈哈？因為東西貴、買不起——好了，從這裡我可以做更多的推論了。

在多倫多或者說是加拿大，有一部份人收入不錯，但多數人收

入有限，表示這裡不均富。大家都說加拿大是個社會福利國家，收入高的得繳多點的稅以支持多數的窮人，這樣的結果落在現實上，我的所見所聞就是多數人餓也餓不死，活也活不好。如果把加拿大或多倫多的整體市場拿來看，要靠少數富人消費來救活多數的生意，需求有限，是不是生意就難做了？

特別是加拿大人口就三千三百萬人，分布在世界第二大的國土上，客源本來就比地小人稠的地方少，要做生意求生存，如此一來是不是就要把商品訂價高些？

還有稅的問題。

也不能批評加拿大稅重，大國寡民還是要造橋修路，但是貨物、服務均外稅，對於多數人來說，生活真的貴上加貴！而且也不能單怪商家，整個生產消費鍊從工廠、大盤、中盤到零售業者都是這樣操作的。因此，接觸客人的零售業者如我來說，就常常被問為什麼加拿大東西這麼貴，卻沒人試圖理解，我為求生存，在同業競爭壓力中，替商品定價還必須考量成本平衡。

很多觀光客腦子裡光是換算匯率，不明究理地對我說：「加拿大東西貴，那你們的薪水一定很好。」大錯特錯！但若一口咬定公務員的薪水優渥，那倒肯定正確。

徵才告示就列出，一個火車站售票客服員，兼職時薪從二十三塊起跳，最高到二十八塊，資格只要高中畢業，但要流利英語，會說法語更佳。

看到時薪二十幾的工作機會，就算我被肯定能力好、態度佳、

有熱忱，也只能流著口水乾瞪眼，因為自己英語就是比本地人的弱，更不會說法語，加上沒有人脈，投履歷多半是石沉大海。

　　工作難找，然而我又為開店而辭掉加拿大雷普利水族館那個全職帶福利的主任職位，我是不是頭殼壞掉了？

　　以第三者的角度去評論，一個受了二十幾年教育的人，只拿時薪十三塊，長時間收銀兼補貨到三經半夜，是不是大才小用？更別說還得把留孩子留給在家工作的先生顧，這一家人是不是很可憐？我也不覺得當主任喚喚沒幹勁的大學生有多威風，因為自己時薪只不過多人家一塊錢。況且，年輕人犯懶並不是在造反，對他們而言，時薪十二塊根本買不起什麼好東西，幹嘛做得太認真？那我時薪十三塊呢？

　　挑明地講，加拿大是個「貴寶地」，是個讓多數人活也活不好，死也死不了的地方。很多他國人士搞不清楚實情，因為一心嚮往，不少就是來考察移民環境路經我店裡。我建議他們：英文要流利、要入對行、錢要帶得多、運氣還要好，這樣才不會成了多數「不死不活」的加拿大人——除非這是你要的。

　　有人反問我又怎樣。我呀？放棄了一切來到加拿大，年近四十不想再上大學，高傲地選擇從商自己做老闆，六個半月下來，現在還在等待好運光臨我的小小的加拿大紀念精品店。

* 安大略省許多商品和服務在標價之外，消費者購物視項目而定絕多數要另加13%
的稅金。其他省份與地方稅率亦有所不同：加東有四省另收15%；魁北克省亦接
近15%；亞伯達與努納武特（Nunavut）領地最低，為5%。

小商人的底氣

　　一轉眼我們的加拿大紀念品店就開張一年了。

　　一年前的今天是星期一，由於貸款跟租金的壓力，我跟先生匆匆利用週末把店面展示產品的木箱、「櫃台」跟收銀機陳設起來，僅靠著一些加拿大國旗、鑰匙圈和自行設計、本地印製的「我愛多倫多」logo 棉衫就草草開賣，我還繼續忙著擺設商品，打烊時總營業額僅加幣十九元。

　　猶記得，一位亞洲面孔的中老年男士進來買了四支鑰匙圈是當日最大的客戶，因收銀機尚未啟用，他見我手開收據竟很不耐煩地催促：「快點快點，我趕火車！」

　　新開幕的那兩個禮拜，我天天睡不到五小時，還分身去水族館打工。過去的三百六十五天，我只休店四天，跟老公帶著一歲多的女兒到尼加拉瀑布（Niagara Falls）去邊玩邊考察當地的紀念品業。

　　當我們正數著饅頭等待店旁的市中心機場火車六月開通的期間，生意像雲霄飛車一樣起起伏伏。不管晴雨還是下雪天，我在店裡曾經偷哭過很多次，卻要時時笑臉迎人。有個剪髮師就對我說，

有時替人打工還比自己當老闆好。

　　冷飯泡麵不知吃了多少，總算是撐過了這像洗三溫暖的一年。先提好事發生。

　　首先是今年三月，店裡不請自來了一位漂亮的芬蘭高中女實習生若莎。她年初從網路上查找發現我們時開心地對家人和老師說：「這是我會想要去工作的地方！」一轉眼，若莎上個月已經完成實習，由我給出大大的好成績。這讓我明白，原來自己創業還可以幫助別人。

　　五月五日，附近不遠處的火車歷史博物館（Toronto Railway Museum）經理及營運長，也親自來到我們這間小店鋪觀摩學習創意佈置。

　　今天，我們店裡共有四、五百樣大大小小的商品，並且開始有客人在我們吸睛的鋪子前早早等著店門打開進來消費，又稱讚我們物美價平且待客親切。儘管營業額隨著季節、天氣、附近活動跟機場快捷旅客和廣告跟口傳來的客人仍有起有伏，但已不可同日而語，我也多了個博物館創意顧問的頭銜。

　　然而創業讓我在一年內也有很多的「負成長」，主要是對人性的感慨。我感慨多數人很無知、貪婪、自私，且大多先入為主。多倫多這個現實的城市和來來去去的人，如今竟叫我這熱情友善的台灣人掙扎該不該以冷眼看世界？

　　遇到冷漠的台灣客最讓我傷心，他們似乎只把我當生意人而忘了我也是鄉親。我不由得納悶，是我疏遠了家鄉？還是家鄉遺忘了

我？如果我不再被視成台灣人，就算住多倫多，這樣自己真的就是加拿大人了嗎？

　　來了加拿大這麼多年，成天忙呀忙的，我的白髮越來越多，髮量卻越來越少，且年紀越來越大──又是一年溜過，我越來越不像以前我的？可是，管它幾年、也管不了自己已經幾歲，為了進步，一定要拿出台灣人的精神，把自己當年輕人來操。只要每天都挺起腰桿、硬著頭皮向前行，或許明年此時，我的收銀機裡會有更多錢？到時我會更意氣風發，覺得自己更加拿大？

2015.11.10/Tuesday/Overcast

「我愛加拿大」商標爭奪戰

收到一封從加拿大智慧財產辦公室（Canadian Intellectual Property Office）寄來的信，想必是我申請註冊的「我愛加拿大」商標終於有回應了。打開一讀卻讓我傻眼，等待一年多的結果是，自己這隻小蝦米被大鯨魚盯上了！想都不用想，我直接決定快閃。

從無到有地把「哥打的紀念品店」建立起來，我也希望透過自創品牌而能將自己的獨資企業做大，夢想最後能夠永續生存。早在創店前的去年春天，我就跟先生艾瑞克兩人在家做動腦會議，設計兩個重要的 logo。

自己先前在伊頓中心席爾思百貨打工四年觀察下來發現，觀光業熱絡的多倫多，似乎從沒看到像紐約那個世界知名的「我愛紐約」的符號。市面上少數具「我愛多倫多」和「我愛加拿大」意象的 logo，也好像只是零星製作，不成氣候。我從中看到了潛在的商機。

「我‧愛‧紐‧約」的符號是以白色為底，黑色的英文大寫字母 I，右側再加上一個紅色的心形圖案在上半，下半又有兩個

大寫字母 N 和 Y，幾乎是無人不知無人不曉，經常被印在白色棉衫上或運動帽及其他各式各樣的物品上，成了紐約暢銷的觀光紀念品符號。

　　1977 年時，在廣告人瑪莉・維爾思・羅倫斯的策劃下，「我・愛・紐・約」被設計用來推廣美國紐約州的觀光業，獲得空前成功，是紐約州商業發展局的註冊商標。世界各地受到「我・愛・紐・約」的啟發，也有許多在地版的設計，就是保留「我『愛』」而把「紐約」用各別城市的縮寫加以替代。

　　多倫多好歹也是全北美洲的第四大城，有專業運動隊伍如藍鳥棒球隊、多倫多暴龍籃球隊（Toronto Raptors）和多倫多楓葉冰上曲棍球隊（Toronto Maple Leafs）及多倫多足球俱樂部（Toronto Football Club），年年從加拿大境內及國外吸引大批球迷來觀賽。市內也有加拿大的旗艦博物館皇家安大略博物館（Royal Ontario Museum, ROM）及安大略美術館（Art Gallery of Ontario, AGO）。歷史休閒教育的好去處還有安大略科學中心（Ontario Science Centre）、卡撒羅馬堡（Casa Loma）、加拿大雷普利水族館等等。

　　而除了在市中心的加拿大國塔可以鳥瞰多倫多市外，舉世知名的尼加拉瀑布不過是一個半小時的車程。夏天又有全球最具規模之一的同性戀大遊行和「加勒比海嘉年華」（Toronto Caribbean Carnival）等等⋯⋯。好玩的要再說下去還有很多，多倫多觀光很蓬勃，但是似乎沒有一個具代表性的符號或標誌。「那我就來創造一個吧」，我心想。

經過查詢，並沒有活躍和被合格註冊的「我愛多倫多」或「我愛加拿大」商標，於是我在去年六月付費申請將兩者都註冊，註冊類別是無形的精神標語。在等待的同時，我和艾瑞克已經設計出兩人都滿意的圖樣，而把兩個具著作版權的圖案用來印製棉衫、套頭衣並縫在圍巾等觀光客比較青睞的商品上，做為我們的主打產品。

申請商標經過一年的公告，今年九月律師通知我，「我愛多倫多」已順利註冊成功。對於多倫多街坊一些在販賣「我愛多倫多」有關商品的店家和其供應商，我跟艾瑞克決定保有提醒追訴權，暫時沒有採取正式行動，以免破壞同業關係。

我和艾瑞克更加引頸期盼「我愛加拿大」的結果，相信未來它將把事業拉到全國甚至國際的規模。今天收到智慧財產辦公室寄來的信，我本來喜滋滋地想說一定也沒問題，誰知道是被通知申請遭到異議。最麻煩的是提出反對的是那百年老店「哈德遜灣公司」（Hudson's Bay Company, HBC）。該企業具有超過三百五十年的歷史，是最早成立的公司之一，也曾是全世界最大的地主，旗下的「海灣百貨公司」（The Bay）遍佈加拿大，裡頭總是有一個部門，陳列著綠、白、紅、黃、藍五色條紋的商品，如羊毛毯和馬克杯或手套等。而早在 1936 年開始，該公司就替加拿大冬季奧運國家代表隊設計許多屆的隊服。或許是這樣，海灣百貨裡的「加拿大區」，另外也有另一大宗就是以紅色為基礎，上面縫製有「加拿大」字樣的衣物。

我不知道自己這麼小小的個體戶，明明申請的是「我愛加拿

大」商標，會對哈德遜灣這個大公司的「加拿大」外衣帶來什麼樣的商業衝擊？不過人家就是挑明有意見，如果我再繼續爭下去，光律師費就可能讓我破產，所以只好摸摸鼻子算了……

原來，「我愛加拿大」這句話還不是可以隨人隨便說的。

我怎樣拿到火車客服員工作

　　昨天跑老遠去完成新員工報到手續和始業式。新的工作是在多倫多市中心與皮爾森機場（Toronto Pearson International Airport）六月開動的鐵路線上及兩個固定地點——市中心，也就是我們紀念品店所在的聯合車站，以及機場端；全職，時薪十九塊，通過六個月試用期後有公司福利，職稱叫客服代表。

　　今天開始第一天的新訓課程。包括部門主任之一的講師在內，教室裡一共坐了六個人，三個是昨天跟我同時報到的，另一個是人事。由於進的是有工會組織的大公司「龐巴迪」（Bombardier），以後排班照年資深淺。

　　我們這期四個「同梯」抽籤決定年資，因為從另一邊起頭，我坐這邊只能撿人家留下的最後那張籤，幸好拿到數字「2」。但前頭還有五十八個人比我們都資深，之後上的大概都是人家不要的夜班、週末跟假日，女兒小丹又要留給艾瑞克帶了。

　　三個客服同事有一個我見過。我問今天見到的那兩個新面孔之一的康弗特，她是怎樣找到這份工作的？康弗特說，她去年就已經

面試，等上近一年才被通知正式錄用，期間因為有工作所以不介意。這麼比起來，我在九月二十四上網投履歷申請，不到三個月就開始這份新工作，算是很快的了。

　　過去的七個禮拜裡，自己先得填寫工作申請表並提供兩名過去主管或同事的聯繫方式，送出後等了十天接到人資處的電話訪談，接著依指定時間前往參加工作內容說明會，然後拿到第一次的主任面試，再經部門經理面試，還有電腦人格測驗，又得通過藥物尿檢和體能檢查，前前後後跑了五個不同的地方，最遠的單趟轉車要三次、花近三小時，上數關卡得全數通過才能拿到工作。

　　工作內容說明會一定要提一提。它在一個中型的會議室裡，長條桌子被排成「口」字型，主任們站在前頭。我偷偷數了一下，跟我一樣的求職者共有二十五個人前去，現場擠得有點水洩不通。說明會先由一個穿著制服的同事針對自己服務五個月下來工作經驗做分享。主管也請大家做「自我介紹」，但方式是跟在自己旁邊的另一個人互相訪問，再介紹對方給大家。

　　過去的傳媒新聞工作經驗讓我敏銳地察覺到，這是在測試各人的聆聽與和陌生人交流的能力暨口語表達。所以我把坐我旁邊的一個男士介紹得很棒，連我都想聘用，但是這兩天新訓我都沒有看到他。想到這麼多人參加了一連串的考核，中間卻被踢掉或只被放在等候清單內，我可真是個幸運兒，能夠早早來上班。但取得工作的過程中，真的有著不公平。

　　我和同期的三人聊起來才知道，他們之一哥哥在同家公司上

班，另外兩個則通過朋友送履歷——哥哥在同家公司上班的無須經主管面試，其中一個人在公司裡有熟人的也省去了工作內容說明會。

我自己在上網填寫送出職缺申請後隔天，一次去店隔壁的市中心車站上洗手間，恰巧遇見一個以前在水族館工作時打過照面但不是很熟的小老弟爵森，他穿著客服代表的制服，顯然已經是正式員工，寒暄中他主動答應幫忙另外呈送我的紙本履歷給部門經理，想必幫了我一個大忙。後來我送去一頂店裡賣的藍鳥隊球帽以答謝爵森，跟他講話的當時，我也看見一個跟我同天參加工作內容說明會的漂亮女孩，早已坐在電腦螢幕後面開始賣票了。之後有若聽到她也是跟誰熟能這麼快地拿到工作，我一點都不會感到意外。

今天訓練課程提到的職務細節包括驗票和在火車上廣播，有很多新東西要學，雖然是挑戰，但做順手後應該會很開心。若被排到機場站早班，自己得在清晨三點出門轉車去上班，不得遲到，這些我倒已有心理準備。

從給薪和福利的角度來說，我不會抱怨，畢竟比水族館好很多。一份時薪二十塊的工作是我剛到加拿大時的夢想。還記得自己曾走在多倫多市中心街上指著那些金碧輝煌的辦公大廈說：「我不相信這麼多的樓裡沒有一處容得下我！」但當時自己語文和文化包容能力仍弱。七年多下來，特別是這次被聘顧前通過多道關卡測試，讓我認知到自己已經可以開始跟本地人平起平坐了，我感到有麼一點點自豪。

糟的是，這份全職不知能做多久？公司得跟省政府每兩年續新約，續約不成，裁員當然是從資淺的先開刀。

註釋

* 多倫多皮爾森國際機場是全加拿大最繁忙的機場。2015年6月6日，為配合市內主辦的泛美運動會，多倫多市中心機場火車線正式啟用，旅客搭乘火車往返多倫多市中心聯合車站與皮爾森機場僅需二十五分鐘。
** 台北捷運文山內湖線採用的正是龐巴迪的車種。

做生意、投資　要不帶感情

　　上上個禮拜二傍晚，我在多倫多皮爾森機場的市中心快鐵月台末端走來走去，一方面在工作，引導隨火車來來去去的國際旅客和本地乘客，其實心裡同時也上上下下，很忐忑不安——公司規定當班不可以帶手機，但是當天下午的事太重要，我只好違規把手機調成振動和靜音，一直藏在口袋裡。

　　不料被我猜中了，工作中接到爻瑞克的緊急電話，他說前來取貨的買家不喜歡貨源，決定不買了，問我該怎麼辦？若是這樣問題就大了。因為家中空間有限，不可能把店裡剩下的商品全都帶回家囤著，可是月底依合約必須清空店面將之歸還給房東……

　　自從去年七月十日到二十六日為期十六天的泛美運動會結束後，我們的紀念品店銷售額還因著大聯盟棒球賽季好了整個夏天。藍鳥隊不時在店裡附近的主場羅渣士中心比賽，賽前賽後成千上萬的球迷從我們店前的室內通廊「天空走道」走過。除了剩下的一些泛美運動會有關紀念品外，我們早就進了藍鳥隊的泡綿指和logo球帽、運動衫及鉛筆、貼紙之類的小東西。寶特瓶瓶裝水更是二十

箱、三十箱每個禮拜地持續訂。我向銀行借了三萬五千塊商業貸款頭一整年只能付利息，但本金在那短短兩個月一下子就全數還清了。

我們發現，早期店裡所採取平價的銷售策略是為在漫長的淡季裡求存。然而，在泛美運動會及一波波甚至願意砸錢買黃牛票的球迷和人潮中，就是有人連一塊錢的礦泉水都嫌貴，氣得我決定上調整成 1.75 元（仍比羅渣士中心裡賣得便宜很多），結果人們渴了還是掏了兩塊錢硬幣出來買，很多人甚至懶得取回應找的二十五分錢硬幣。另外，因成本較高而定價高的商品，喜歡的人還是說買就買。這些消費者行為說明：「數大便是美」，只要有人潮，不管東西便宜還是貴，就是有人會買；講難聽點，把垃圾包裝一下也可以賣出去，這樣說來還需要什麼商業道德？

於是，我們學到了：做生意不必太堅持理想，要生存還是照數據跟理性走。

夏天過後休閒和觀光人潮隨開學而減少，本來以為為著泛美運動會而開通的機場火車會替我們這個小鄰居帶來紀念品的商機，沒想到適如其反。火車票價太高，單程成人二十七塊半，兩個人湊一湊不如坐計程車，且從飯店就可以到機場門口；三個人以上擠一擠還更省，幹嘛拎著行李專程跑來聯合車站等火車？而在市中心方便乘坐的旅客，也只忙著趕車，有閒情停下來選紀念品的人並不多，停下腳步的也只是向我們問路，我們成了火車站外免費的客服。

最惡劣的是我們的供貨商，夏天看到我們訂貨量大增，知道哪

些東西賣得好，竟在附近四處推銷給其他的店家，後來連路口的便利商店也放了跟我們一樣的產品，大大削弱了我們在被包覆的室內走道上的競爭力。

　　艾瑞克去年二月被裁員，本來有先找工作後來跟我一起搞生意，設計網站、搬貨理貨、標價和操作收銀機樣樣來。九月不忙後，他的工作還是沒有眉目，我決定也來找工作，想說若找著便由他接手我們辛苦創立的小店。意外地，我被隔壁的車站錄用，十一月間開始做全職客服員。然而艾瑞克在店裡工作卻不怎麼起勁，業績好不好似乎跟他沒關係，晚上七點說打烊就打烊。跟他溝通才知道，他覺得那是我的店，他的心態就是幫老婆忙，這讓我決定跟房東商量，與其撐完簽下的兩年租約到今年七月，乾脆在二月底就提早結束營業。

　　我又打了幾通電話給同行，　個唐人街的紀念品店老闆娘在月初來到店裡，確定我們的商品很多他們也在賣，能夠賤價從我們這裡拿過去，利潤就更多，於是喜滋滋地說東西全要了。十六號那天下午，來拿貨的是她才從中國過完年回來的丈夫，是真正的老闆，他卻認為一些東西肯定賣不動，寧可不要也不願買下整批貨。這樣的爭議艾瑞克不知道怎樣處理才好，雙方語言又不通，於是緊急地打了電話給我。

　　我必須工作，人不在場很棘手，只能冷靜想對策。我很快地走到月台尾端人少的地方，要艾瑞克把老闆放到電話上跟我講，他的口氣很不好，好像我們騙了他那不懂生意的太太。我沒責怪他誤解

了，而是沉著和真誠地對他說，「既來之則安之，東西他今天先不用給錢，全帶回去慢慢挑、慢慢看，不喜歡的兩個禮拜後再送還，到時再按件算算錢該怎麼辦。」

　　兩週後的今天我休假，早上店裡已經清空還給了房東，那老闆也依約從唐人街開車把一箱不要的東西載到我們公寓社區大門外，算算大概取走百分之八十的存貨，態度比較和善且給了我近四千塊的現金。我雖還得再想想找誰接收餘貨，但是真的學到，不該用感性而要用理性，做生意和投資才能賺錢或避免損失。

從台灣帶回來的禮物

　　從台灣回來後沒幾小時，自己立刻回到聯合車站上班，一連工作四天後今天才得以休假。女兒小丹白天待在褓母家，這時我終於有時間寫寫故鄉之旅的收穫。

　　這次我從台灣帶回很重要的親情與友情的感動，生命與生活帶給我的啟示是：人要「活在當下」。

　　活在當下不是及時行樂，而是在做每件事以及接觸每個人時，能儘量打開自己的「五官」，用眼睛、耳朵、嘴巴、身體和心靈去體驗與進行交流。

　　我們有聽覺、嗅覺、味覺、觸覺和其它感覺，還有一顆「心」，應該好好用來跟外界「溝通」。比方說，想吃的時候尊重自己的身體需求，去吃；吃的時候真正去嚐嘴裡食物的味道，不一定非得喜歡，但重點是知曉了那滋味。這說法用在聽覺和其它方面是大同小異的……

　　「嚐就嚐，有那應難嗎？」

　　針對這疑惑，答案想來容易，真正做起來卻得費點力氣。因為，

忙碌的生活讓我們盲目，有時隨隨便便把東西吞下肚，人是飽了、活了，可是食物所帶來的滋味卻被忽略了，那是一種可惜，是對食物的另一種層次的浪費。

同樣的道理用在聽音樂也差不多。

我們經常把音樂當成背景，樂器的旋律、節拍，演唱者的歌聲抑揚都沒真正聽進去，更沒去細細理會歌詞裡的意境，那也是一種錯過。

我們也錯過跟親人朋友的相聚，以為人生很長，讓自己很忙——忙著工作，忙著賺錢，忙到盲目，忙到迷茫。

縱使我們擁有很多，如果迷迷糊糊，那人生也就渺渺茫茫，於是我們其實沒有真正擁有過——我們只擁有表面，骨子裡其實空空地什麼都沒有。

這次在台灣只待短短兩個禮拜，我沒真正去哪裡，卻很享受每個時刻。我享受跟父母親聊天，很樂意替他們跑腿，也認真地唸爸爸的小小不是；我享受待在父母鄉間自建的別墅裡，跟先生和女兒聽著雷雨聲；抓雞、餵狗、煮飯給家人吃這樣平凡的活動，也很有意思；我還享受跟多年不見老友們的會面，對於在家鄉跟多倫多遇見的台灣朋友交談也很開心；我更感謝弟弟及弟妹的招待以及他們對許多事的擔待，畢竟我人是跑遠了而總是不在「家」；我也很有口福，因為每樣東西吃起來都很美味！

如今我更珍惜「在家」的感覺。

回到多倫多幾天後，現在我開始把家裡的東西整理好往外送

——想捐的捐了，可以給的給了，該丟的就丟掉——只留下真正所需的和有用的，把居家空間找回來，如此我與先生和女兒將不再受物質過多的擾亂，而能真正享受家人間的相處。

我開始說故事給小丹聽，這樣母女兩人便有許多互動。我也跟她一起看電視，看到歌唱舞蹈節目就真正用心去欣賞那表演和其中的藝術，注意聲、光與影子以及化妝和舞台的打造。而看到參與者的努力與用心，儘管無須總是喜歡，但我們應該學習謙卑，批評時要經頭腦再去講理，講出有建設性的意見才更有意義。

我計劃開始吃得少一些，因為吃得多不見得真正吃到了什麼，反而是增加了身體負擔，也彷彿是對世界上那些挨餓的人的一種侮辱。至於該怎麼吃？我將聆聽自己身體的需求，想吃時就好好品嚐食物的滋味，而且必須心存感謝。

到了這個年紀，我真正明白人生不見得凡事如意。不順「心」時便要學習看「開」，否則就是自作自受，無非是在難過上對自己加上另一重的壓力。而稱心時，就要好好去感受及享受如魚得水的喜悅。

日子好或不好，只有感受到的那些時刻，我們才是真正活著的，而這也就是真正的「活在當下」，否則很多好事我們都將錯過。

藏獒

前天工作時發生一件事，讓我藉題發揮在今天送給全部同事一份委婉的工作安全提醒，獲得許多支持與回應，連主管也必須跳出來安撫並做政策說話。

話說星期六我在忙碌的火車上驗票，一位從沒見過的白人男性從一個名聲惡劣區域的車站上車，驗到他時，他油嘴滑舌地說自己是壽星可否免費搭車？我直回，「但願如此。可惜我們公司目前並沒有這樣的規定和促銷」，接著我請他提出與他手持售票機收據一樣卡號末四碼的卡片以證明他已付費購票。

這時他變得非常不高興，拉高音量喊自己已搭我們的車五次。與他結伴的女性朋友拔出銀行提款卡向我證明卡號與收據相符後，我轉身要去驗下位客人的票，此時竟感覺後腦髮際有一小樣東西擦過，回頭一看是他把那收據揉了丟向我。

雖是沒丟中且中了也不痛，可是這是一大挑釁與汙辱！

我立刻打電話向火車營運控制中心會報，由他們調來三位交通安全官在市中心聯合車站「迎接」這位乘客。我則下車找了一處地

方調整自己心情與呼吸。事件公開後引來同事們議論紛紛，大家想到萬一下次不是紙團而是刀槍指向自己，大部份的人都力挺我。每個人也都心知肚明，這個事件的底層問題是族裔歧視。

一個在本地長大的港台華人後裔同事魏乃傑，把辦公室門關了單獨對我說，不久前他在機場入境內廳工作時被一個心情不佳的白人無故咆哮，他打量四下無人，大聲回罵以壓制住對方。他還說，自己已經做好打架的準備，最好那人推他，到時有錄影監視成呈堂證供。

這不是我頭次聽到本地長大的亞裔跟我坦承遭歧視。一位經常在聯合車站外的天空走廊巡視的柬埔寨後裔保全，也曾跟我說過自己常被故意挑釁。我在水族館當主任帶的兼職同仁中，有一位自小從西藏移民來、後來就讀多倫多大學的女孩納旺也說，講到升遷，人們好像從不認為我們亞洲人也有領導力。

再就自己最近的經驗綜合來講，同樣是在櫃台售票和提供乘車資訊，我就被形形色色的客人大聲比較多次。上回，一名白人女同事發現狀況可能不對，就先跳出來替我擋掉麻煩。後來她說：「她（客人）聽妳有口音，就認定妳有語言障礙，所以是故意不聽妳說明買票和乘坐規則。」

我終於學到了，麻煩來時的開頭都是「妳好像不了解，讓我再說一次……」，因為另一次一位白人男性也是這樣開始對我大聲，當時也被另外一位同櫃台的男同事立刻接過去化解了。事實就像同事們所說的，客人不了解服務內容或規則，卻先入為主地認為我英

文「講不通」，骨子裡認為我不配這份工作並要我難看。

　　很多人說，跟澳洲和美國相比，加拿大的歧視不大，但不管情節是輕是重，受刁難卻限於語文能力而不能還口，鐵定就像啞吧吃黃蓮般難受。而就算我要四十歲了、臉皮厚了，被人欺負心裡還是會淌淚。

　　「一定要繼續精進英文！」我告訴自己。在下班走回家的路上，又不知為何自己腦海裡竟浮現了藏獒的圖像，我還提醒自己，在這裡討生活，要像藏獒那樣耐寒又兇悍才行。

和梅洛瑪去坐小蜜蜂

　　船閘收了，幾聲「嗚——嗚——」的船笛，讓全船的人更加興奮起來。我和若西分頭把各自的女兒放在長條木板椅上，讓她們肩併肩地坐，我們兩個媽媽再坐在自己女兒的旁邊，隔著一個四歲和一個五歲的小女娃，兩個奇特好友的對話一點都不受影響。

　　我和當護士的若西工作都是日夜排班制，要像今天這樣兩人都有空，還要能精神奕奕地帶著大包小包、坐捷運或公車到湖濱搭船，真的是因為想碰碰面，也想讓兩個年幼的孩子到多倫多島（Toronto Islands）夏天才開放的「中央村」（Centreville Amusement Park）遊樂園玩玩。

　　住在多倫多市中心都五年了，我和小丹這還是第一次去，今天由我出錢買票讓大家玩。

　　我對若西一定得大方，每年五月，她一家三口接連生日，還有聖誕節前，我們也都會寄送或親送賀卡和禮物到他們家。因為若西對我們更大方。

　　小丹快要出生前，我跟艾瑞克忙著張羅嬰兒用品，看見店家賣

的東西都很貴，我們決定上網找二手貨──娃娃車以九十塊加幣買到，艾瑞克得搭捷運老遠去跟賣家取。我又看到一袋很新的女嬰兒服，只要二十塊。賣家不介意坐捷運到離我們家走路七分鐘的登打士廣場來交貨，那賣主就是若西。

本來以為一買一賣就此了斷，沒想到幾個月後快入秋，若西竟主動傳簡訊來問我們還要不要冬衣，她可以免費送給我們。後來她一直這樣做，小丹四季的外衣我們就此不用愁。若西的善舉對經濟非常拮据的我們幫助非常多。

若西和她先生的家人都住在多倫多西北面的小鎮，回婆家娘家開車大概兩小時，表親孩子只比自己女兒梅洛瑪稍長，「傳承」下來的衣服實在太多。再加上她有個護士同事，動不動就替兒女買衣服，相同的設計款式還要買不同的顏色，沒穿幾次小孩長大，衣服套不下也會給若西，所以梅若瑪的衣服多到穿不完，她便決定分送給小丹免得浪費可用的物資。

就這樣，四年多來我們每數個月就有互動，我和若西也變成無話不聊的好朋友，也是因為我們兩家的狀況雷同：都只生一個女兒；過去幾年間，若西從事木工的先生，收入也和艾瑞克一樣不甚穩定；兩個小家庭也都有繳房貸要繳。心地善良的若西還因為了解移民生存不容易，對我非常地友善，我也很珍惜若西的友誼。

今天早上我們一起乘船到多倫多島去，嚴格說起來，我們是去中央島（Centre Island），因為多倫多島其實是由數個小大島嶼組成的，據說某處還有一個「天體營」。「中央村遊樂園」我也是從若

西口中得知的，上網看到裡頭的設施有碰碰車、金礦小飛車、小小海盜船、飛行小蜜蜂、空中纜車、小小船、旋轉木馬、旋轉咖啡杯、小怒神、搖滾船、移動熊，連我都想去……

　　湖面徐徐吹來的涼風，渡輪經過十五分鐘的行駛靠岸了。我們上到島上，處處風景優美，相機可以輕鬆拍到多倫多市中心高樓大廈的天際線。兩個小女孩玩得不亦樂乎，若西也挺開心，我則專注攝影留念。

　　中午的時候，我特別買了一個「河狸尾巴」（BeaverTails）來跟小丹分著吃，我聽艾瑞克說過它很好吃──河狸尾巴不是動物河狸的尾巴，它其實是一種點心，在一大塊扁扁平平的烤餅上，用巧克力醬來回以直線條做出網格狀，看起來就像是卡通造形的河狸尾巴。第一次吃它，對我來說有點太甜，不過也算好吃，畢竟島上賣的東西定價不便宜，說不好吃我不就虧了？！

　　不知不覺兩大兩小、四個女生玩到下午快三點，想到再晚坐船回市中心可能要排隊排很久，加上我和若西各自回家後也都還有家務事及晚飯要弄，弄完得好好休息準備上班，我們決定今天快樂的行程該就此劃下句點，但是美好的記憶卻將留在我們心裡和我的相簿裡。

註釋

＊　加拿大的國家代表動物為河狸，植物為楓樹，冬季運動為冰上曲棍球，夏季代表運動為袋棍球（Lacrosse）。

升格通勤火車車掌

指標性的一天

　　今天對我們這一家來說實在是個指標性的一天：五歲的小丹上幼稚園了，我的火車車掌新職位正式篤定，艾瑞克也正常兼差去，此外就是寄居的朋友布萊恩開始他第二學年在喬治布朗學院的課程。每個人都有些興奮或緊張，但絕對都是好的開始。

　　昨天半夜自聯合車站下班回到家我便速速就寢，為的就是在今天一大早前往公司人事部要求的體檢與藥檢前，能親自替小丹準備她就學第一天的早餐。而當我要出門時，艾瑞克還特地起來看看我隨身的東西是否帶齊，非常貼心。

　　體檢九點鐘準時開始，包括視力、聽力、手指與膝蓋靈活力、手力與負重力及非法吸食藥物檢查，一共花了兩個小時，最後我被告知結果全部正常，回家打開電子信箱，就收到人事部主管通知正式錄用為通勤火車車掌，下下星期一開始受訓。

　　一個月前，我因希望替家裡帶來更足夠的收入，而決定申請從市中心機場火車客服轉調到營運部門做安省通勤火車車掌，該職位的薪水比較多。雖是公司內部轉調，卻不是每位客服同仁都申請成

功；其實，慘遭滑鐵盧的還比較多。

我申請時告訴了日本女同事桐子和華裔同事魏乃傑兩人。幾天後，桐子從一班火車上走下來拉我到一旁講悄悄話，說她那開火車的先生從她口中聽說我有意申請轉調車掌，便主動向火車營運部門的頭子對我作薦舉，因為他知道我沒有背景又是移民，特別需要幫助。

除了同事夫婦相助，能拿到車掌職位，也有可能是自己抓住表現機會。就在前天，我們的另一個女同事也從她做車掌的男朋友那裡聽到，營運部人員之間正傳誦著我的「壯舉」，想必那就是最近有越來越多火車駕駛主動對我打招呼的原因，而這件事得說回兩個星期前公司內部的政治風暴。

半個月前，發包火車營運服務給本公司的安大略省政府部門無預警發布新聞，五年後將讓國際性公司取代整體營運管理，造成人心惶惶。兩天後高層主管安排了面對面的說明會加以安撫同仁。恰巧那天有一位女同事跟我換班，我休假睡醒看到部門主管一早寄出說明會的緊急電子郵件通知時，上午的那場已經在多倫多西郊蜜蜜可（Mimico）的組員中心裡進行。我決定馬上出發，轉車加走路一個半小時，就是要趕上下午的那場。因為自己正申請轉調，不想因為政治洪水而被沖掉。

抵達時會議剛剛開始，望眼所及都是火車車掌及正、副駕駛，95% 是男性，現場座無虛席，甚至很多人站著。客服員中有兩個資深同事坐在另一頭的角落裡。我在門口附近找到一個僅有的位子，

一屁股迅速坐定，務求細細聽且聽明白。前頭七、八個男主管一字排開，卻不見我們部門的女老闆，之後所有的說法也聽不出太多對我們這支路線站務客服人員的信心喊話。

問答時間一開放，我早就計劃打頭陣，不是挑戰高層而是對他們說出底層的心聲，要求公司給予六十位客服訓練與學習火車營運的機會，以免同事因公司與省政府未能續約而失業、衝擊許多家庭。應該是說得鏗鏘有力、動人心弦，加上總經理對我提到市中心機場火車客服部門合約明年就要到期似乎渾然不知，讓與會同仁全數傻眼，接著開始有很多正、副駕駛向高層說話，替我們客服同仁撐腰。

我的膽識與正義感被口耳相傳，客服女同事就是從她的車掌男友那裡輾轉聽聞了此事。據說，很多親耳聽到我說話的人都對我這小個頭的華人女性刮目相看，桐子的先生就是其一，而他又說營運部各個主管也在會議上對我留下深刻的印象。

下午去上班，魏乃傑坦白告訴我，有很多人聽到我有意申請車掌就因嫉妒而暗地裡唱衰。不過他跟桐子和另外兩個白人女同事都替我轉調成功感到萬分開心。女駕駛蜜雪兒知道我通過一系列測試轉成車掌，認為我很聰明，因為有不少人是栽在性向能力測試。主管跟督導也紛紛向我致喜，他們認為我的敬業態度是為自己贏得「升級」的關鍵。

再過兩個星期開始、為期一個月的受訓完成後，我，將是安省通勤火車史上第一位來自亞洲的女車掌。

新火車車掌

　　不到兩個月的時間，我和我的「紅色小戰車」已經在南安大略省的高速公路和市區道路上跑了兩千五百公里。為了工作也為兼顧家庭，雖是舟車勞頓，我卻漸漸地喜歡自己的新職務。

　　前天下班，從北邊的城市貝里（Barrie）開回南邊位於多倫多市中心的家，我頭次遇上暴風雪，應該不算大，但也夠叫我膽戰心驚的了。車子在高速公路上以時速一百一十公里前進，經過國王城（King City）和紐馬克特（Newmarket）時，好似上天生氣而瘋狂向我的擋風玻璃撒下大把大把的白鹽；穿越漆黑的坡谷時，我只能靠前方車燈和路面上只有幾公尺能見度的車道前進，依本能操控方向盤和打出各種燈號，還要速讀幾乎被雪遮掉的路標，再憑印象換路⋯⋯

　　一個半小時後，我安全抵達多倫多，天空掉下的雪變成稀稀落落的小雪花，碰到地面就融了，說是下毛毛雨還差不多⋯⋯，終於，我回到溫暖的家。

　　九點鐘我正在吃晚餐時，又接到組員調度室的電話，再度被公

司指派北上做同樣的工作，清晨四點四十五分得到班，讓我傻眼。我感覺這段時間自己做媽媽做得太少，速速上床就寢前仍依著小丹的要求給她說了一個故事。

凌晨兩點起來打理好自己，我又上路了。還好沒下雪。

我現在是通勤火車的車掌，這幾天被指派的是從距安大略省會多倫多高速公路車程一個小時的城市貝里之間，南下與北上的班車。今天早班車上有一位年輕的約克大學女學生問我，那些在早班列車的工作人員是怎樣開始他們的一天？對她來說晚上十點上床、早上五點半起床、趕六點半的火車去上八點半的課，實在有夠累人的。

我告訴她自己過去二十四小時的作息，並對她說這份工作讓我感到很自豪，因為可以服務這麼多的人，讓他們去到要去的地方，開始他們精彩的一天。那個女學生聽了似乎有些感動，在約克大學站下車時頻頻揮手對我說再見。

下班時間多倫多聯合車站總是異常忙碌，十三條鐵軌火車時進時出，在市中心上班的數十萬名金融、政府與各行各業的工作者趕著回家。我負責北上貝里的火車等在十三月台，登車的二十分鐘裡總有乘客問東問西。終於到了發車時間，我依安全操作程續關了所有車門，開始廣播問候與報站。十二節車廂上下兩層，搭乘者超過上千人，做車掌的責任不輕，萬一有人傷病或鬧糾紛，我得率先應付和處理。

火車駛出聯合車站，離鬧區越來越遠，天幕顏色慢慢下沉。在站與站之間，我透過車門玻璃向外張望，一會看見無垠的田野，上

百隻加拿大野雁或者在田裡休息，或者排成人字形飛離；一會兒又看見小溪靜靜；也見到許多貨倉裡工人還在出貨，或者是汽車修理人員仍在工作；平交道上不長不短的車陣等著我們的列車穿過……，加拿大這片土地看似悠閒，其實人們也挺勞碌的。沿途有舊站保留其木頭造形，離各火車站不遠處又有許多新造的鎮屋，說明了安大略省人口還在不斷成長。

就這樣，我一站站地到站、報站、開門、人力收放無障礙通道、掃視月台、再關門，到了北邊時黑色的世界地面好像被塗抹了一層白色糖霜。

這應是今年的初雪。冬天到了。我在報站時也不忘提醒人們添加衣物或者小心滑倒。這些跟我同班車的乘客給了他們一天中的一個半小時坐火車，算是與我一起共度片刻人生。如果可以，我願意在職責範圍內讓他們感到額外窩心。

終點站艾倫戴爾（Allandale）到了，坐車的人都走了，在火車停進調度場後，夜還不深，我立刻開著小轎車南下回家。下次再上來，已經被排班要一連工作五天，四晚得住飯店，有些自由，卻也很掛念女兒與先生。

註釋

* 多倫多內較知名的大專院校有多倫多大學、約克大學（York University）、多倫多都會大學（Toronto Metropolitan University,舊名懷爾遜大學）、喬治布朗學院、聖力嘉學院（Seneca College）、百年理工學院（Centennial College）、漢博學院（Hamber College）。

作者佩格澀思利用五分鐘的待車時間，以原字筆素
寫自己在皮克靈（Pickering）火車站玻璃上的倒影
（繪於2021.06.09）。

大男人俱樂部裡的惡整

早上在貝里火車調度場的營運辦公室裡，我們的正駕駛蓋銳當著八、九個穿著安全背心的男同事的面，大聲罵我這新人膽敢向上級告他的狀！為了貶抑我，他還栽贓說：「那天妳在聯合車站廣播，說我們的火車在第四月台登車，我們是在第十一月台哪！」

我記不住自己是不是報錯資訊被他逮到，但機會並不大。而且蓋銳也錯了，我們貝里北上的火車其實是在十三月台上。面對他一直逼迫和打壓，我終於忍無可忍地直回：「我們華人向來討厭數字『四』，因為聽起來像『死』，所以我再怎麼我也不會報『四』！」這麼一說馬上堵住他的嘴。那天臨時被叫來當班、跟我是同梯的車掌賈許看到老駕駛當眾吃鱉，在旁邊竊笑。

過去這兩個禮拜，我被蓋銳欺負得很慘、很慘。我也聽說，其他車掌也被他整過。

公司規定火車應該按時刻表離站。第一天跟蓋銳當班，火車開到了第三站南貝里（Barrie South），離發車時間還有一分鐘，我正計劃三十秒後收起在自己車門這裡的無障礙通行鋼板，突然就聽到

車內廣播無預警地傳來：「淨空車門，車門關閉中」，搞得我像二丈金剛，不知道該收不收板，匆匆動作還可能因抬起八、九公斤重的大鋼板而扭傷了手和腰，更別說讓車早走是公司的大忌，但是車門又沒有關，讓我不知道該向乘客更正廣播還是怎樣好。那聲音聽起來不像年輕的新手副駕駛狄倫，想必就是老駕駛蓋銳。他一直這樣惡搞了很多站，樂此不疲，讓我很難做事。

蓋銳是從載貨火車公司提早退休轉來我們公司的。他又直接跟我說：「等什麼等！（乘客）坐不上車，就等一下班！」我不認同，因為如此一來他不只活活把乘客當了沒血沒淚的貨物，貝里線又不是最忙的支線，錯過一班火車，乘客等下班可能要花半小時以上，在權限範圍內，情況許可等人一下又何妨？！

每一天，我們的北上列車從多倫多回貝里都已經晚上九點，狄倫早就在終點站先行開車返家。蓋銳住得不遠，而且有能力一個挪動火車。調度場出口在火車頭那一邊，我為了不讓蓋銳等我，總是穿著鋼頭鞋奮力地在火車裡跑一圈行空車檢查，完成時已經滿頭大汗。可是，我根本是白忙一場。因為，每一天，蓋銳把火車停好後也都自己先離開，留我一個人獨自走在雪積到小腿肚、四周漆黑的調度場裡。

後來，為了應對蓋銳總是催促我，不讓他唱衰小，我想到可以在火車開到貝里前，就開始做空車檢查——聽說很多車掌這樣做。因為只有十分鐘，我記人頭數，到站後再數數下車的乘客有幾人，確定兩個數字相符，這樣應該就沒事。但是到了星期五晚上，自己

的做法就變得很不穩當。

當天在多倫多市中心有一場兒童暨青少年活動,許多從貝里去的孩子坐我們的車回來已經是向晚。我在跑過全部車廂時,見到一個大約十歲的男孩落單,問他怎麼了?小男孩說自己在等朋友,朋友不知道是上廁所還是去哪了。我還是因為蓋銳給的時間壓力,簡單跟小男孩說希望他的朋友快出現,然後就繼續趕著數人頭。

火車抵達終點艾倫戴爾站時天色變得很黑,我雖不肯定小男孩是否跟朋友都下車了,還是違背良心地由蓋銳把火車移到調度場裡,跟他一起下火車。他開自己的車離去後,我越想越不對,覺得應該回車上再走一遍。礙於公司規定,車掌若需在鐵道上行走,必須身著安全背心且由持有《加拿大鐵路營運規則》(Canadian Rail Operating Rules)合可證的正副駕駛至少一人陪同,我只能打電話向當班主任凱爾詢問可否。

凱爾在轉升管理一百三十幾名車掌的主任前是火車副駕駛,先前我在做機場線客服時就跟他稍為有交集,我比較相信他。凱爾一聽我的問題就覺得事有蹊蹺,在他詢問下,我終於把孩子可能還在車上及自己一個禮拜裡所承受的壓力,如數吐實。

想必蓋銳因此被上頭數落了,開始在公司裡見人就說我是抓耙子。昨天我走進營運組員中心時,感覺大家都用異樣的眼光看我。蓋銳頭髮灰白,是個正駕駛。公司以男性居多,本來人家就不會想要主動跟我這個小個頭的華人新進女同仁打交道。沒有人站在我這邊,大家都選擇相信蓋銳的片面言詞。

今天早上蓋銳不只當眾栽贓我，工作時又莫名奇妙對我兇，狄倫一句公道話也沒說。我在火車被移到聯合車站西面的調度場後，又背著裝滿工作法條、沉甸甸的背包獨自離開，中間有六個小時的休息時間，我打算搭公車回家去，路上也決定再次打電話給凱爾。

　　凱爾才接起電話，我站在路邊不顧他人眼光，忍不住撕裂肺腑般地大哭起來，話也說不清楚，但我還是無語問著天地講：「我只是要一份工作養家！我只是想把工作做好……他（蓋銳）為什麼要這樣對我？」然後就一直哭、一直哭……

　　凱爾很冷靜但聽得出他很氣憤，在電話中他安撫我說，新進同事被年資深又薪水高的正、副駕駛欺負的事一直時有所聞，但都僅是在地下謠傳。他說明天會親自到貝里上我們的火車來探望我，還會跟全部門主任及跨部門經理做討論。這次我被霸凌的事正式浮上檯面，凱爾認定該是時候把公司內部的劣質文化改一改了。

永遠的藍鼻子

　　加拿大現行流通的十分錢硬幣上的主圖樣，是一艘上個世紀的漁艦「藍鼻子」，曾被譽為「北大西洋之后」（Queen of the North Atlantic），二、三〇年代在北美極其風光，甚至在海洋另一邊的歐洲也成話題。先生艾瑞克家跟藍鼻子有著深刻的淵源，這次我陪同他回老家新斯科省參加奶奶的葬禮，認識了更多有關藍鼻子的歷史。

　　「藍鼻子」這個聽來可愛的名字，怎麼會被推為崇高的「北大西洋之后」？這要從她的背景講起。

　　藍鼻子於 1921 年四月間在加拿大新思科省的繁忙漁村魯嫩伯格（Lunenburg, NS）被打造出來，設計上兼顧捕漁和競速──競速是各漁村在捕漁季外的盛事──藍鼻子的誕生，本意是要替前一年在「國際漁人盃比賽」（International Fishermen's Cup Races）中被美國麻省「希望者號」擊敗的新斯科省漁艦扳回顏面，因此結構不比一般而求速度。

　　「藍鼻子」的名字典故，據傳源於漁夫太太們採用廉價的藍色染料做成的織線，替她們出海的丈夫製作手套；海上又溼又冷，漁

夫們總是流鼻水，工作非常辛苦。

當年地方和國際漁艦競速，經常採三戰兩勝制，多半是休閒。真正討海的漁夫們不齒富人在海上遊戲遇到小風浪就停賽，因而激生國際漁人盃，由商業贊助，召集了北大西洋深海漁業的同業一起比賽。

藍鼻子船長也是船東之一叫安格斯‧瓦特思（Angus Walters），是率領藍鼻子乘風破浪的靈魂人物。1921 年選取代表加拿大的資格賽於十月初在新思科省的哈里法克斯市舉辦，藍鼻子輕鬆地贏得前兩場。該年同月，藍鼻子又擊敗美國隊，隔年亦從美國海域的競賽中，擊敗直指而來的挑戰者，一樣替加拿大從國際漁人盃抱回大獎。

1923 年在哈里法克斯的國際比賽，因為賽則改變，藍鼻子因「違規」最後被禁賽，而與另一艘美國船隊成一比一平手，平分獎金和冠軍頭銜。接下來的許多年間，藍鼻子也是國內和國際比賽的常勝軍，偶有「閃失」，乃因天象實在太惡劣而無法完賽。這樣的傑出表現，使得藍鼻子不僅是加拿大東岸而是全加拿大的驕傲，於1933 年代表加拿大參加了位於美國芝加哥的世界博覽會，1935 年也駛往英國祝賀喬治五世國王在位二十五周年。

然而，就在一九三〇年代，世界遠洋漁業開始了巨大的轉變。新興的蒸汽引擎使得漁船作業更快也更有效率，傳統的漁艦因而沒落。1938 年是藍鼻子第五次也是最後一次的國際競賽，當時她的船齡已經相形老舊，而且船東也有經濟問題。最終藍鼻子還是出賽

了，即便因賽事激烈而造成船身受損，或因被指身形不符而須改造，仍以三比二再次把冠軍獎盃帶回了新斯科省。

1942 年，藍鼻子被轉賣變造。1946 年一月，她於加勒比海域運送香蕉時在海地一處珊瑚礁嶼觸礁，船員全數棄船生還，但藍鼻子自此沉沒海底。曾經風靡一時的藍鼻子竟是這樣結束傳奇的，讓許多歷史學者及她的追隨者不勝唏噓。

都還沒講到艾瑞克跟藍鼻子是什麼關係。原來艾瑞克奶奶的父親，也就是他的外曾祖父莫友‧夸斯（Moyle Crouse），就是藍鼻子的大副，地位僅次於船長瓦特斯。藍鼻子所向披靡的戰史，當然也得力於夸斯，但是一般史冊只記頭子。家族長輩也說，夸斯在擔任「哈里法克斯人號」（Haligonian）船長時，在一次船賽中擊敗過藍鼻子，因為是地方比賽，沒被大加宣揚。

藍鼻子是加拿大的精神符號之一，不只被鑄在十分錢硬幣上，還曾被印在郵票上，並有許多專書和紀錄影片加以緬懷，新斯科省車牌也是以藍鼻子做底圖。

依藍鼻子所複製的「藍鼻子二號」（Bluenose II）有兩艘，第一艘被象徵性地以加幣一塊錢於 1971 年賣給新斯科省政府，做為觀光推廣與宣傳用，後來因為老舊，據之加以重建了第二艘。2013 年完工時，艾瑞克的奶奶維維安是當時僅存的幾個藍鼻子船員後代，被邀請代表她父親夸斯在坐在魯嫩伯格港口裡新造的藍鼻子二號上簽名。

今天，我們參加奶奶維維安的「人生慶典」，奶奶享壽九十六

歲。加拿大人把葬禮變成慶祝，親友回憶逝者在世時的正面做為或影響，少去了華人傷心痛哭的場面，而是無限的追思。

艾瑞克很愛奶奶，上週多倫多地區下了一場豪雪，許多飛機被取消且航班大亂，電話根本打不進航空公司也訂不到票回老家。我決定用自己的紅色小戰車載不會開車的艾瑞克前來。谷歌一查路程是 1800 km ——「不就是一個數字」，我心想，於是請了假就帶女兒也一起在上週四傍晚上路。

離開多倫多兩個半小時，開到京士頓（Kingston, ON）附近時大雪矇矓紛飛，幾乎看不到路。隔天傍晚行經魁北克省接近紐布朗思瑞克（New Brunswick）的山區時，一樣漆黑，真沒想到加拿大的「國道一號」居然有很多地段只是雙向通車的兩線道，還沒有路燈，有亮光就是被貨運卡車從後方逼車時。這樣辛苦開了兩個工作天、共十八個小時才到目的地，大家屁股都坐痛了。不過跟一個世紀前和藍鼻子一起在大西洋上勇往直前的曾外祖父夸斯相比，這點挑戰又算得了什麼？

註釋
* 魯嫩伯格為聯合國教科文組織之世界遺產。

參加陪審團

　　台灣沒有陪審團（Jury）制，最近幾年好像有團體在爭取改變。

　　我拿到加拿大護照三年多，這個禮拜由公司給薪，前往多倫多高等法院，履行公民參加陪審團的義務。坦白說，自己從未研究或了解過法庭的運作，用英文參與司法流程更是我從未有過的經驗，這次當然開了眼界。

　　我是先收到一封信，指定要我在本週「必須」前往位於多倫多大學大道上的高等法院參加陪審團作業，信上並說有工作的人可要求公司給假。我們公司是大企業，主管看了我的信，二話不說地先准我一個禮拜的給薪假，之後要加多少天還很彈性。聽說因為有些案子太複雜，有些人陪審陪了一兩年，沒辦法工作又沒收入，為了獨立判斷還得和外界隔離，若是這樣其實我老大不願意。但是國家叫你去陪審，就像被徵兵，除非事由特殊，其實由不得人說不。

　　第一天十四日早上八點我去到現場，跟看來有近四百位被召出席的人一起坐在一個大型會議廳裡等。群體內各種族裔都有，相同的是人人皆是設籍多倫多、年滿十八歲且能以英文溝通的公民。一

直等到接近中午時，有兩大團、接近兩百人被傳到庭，我就在其一，「動員」這麼多「人馬」，我心想恐怕是個大案子。

我們這些預備團員到庭後，被隨機抽取上庭，上庭的人不用說話，由兩造律師和被告看人抑或是看心情，選擇是否讓那人做為正式陪審團員——我真的不知道他們是以何種方式決定接受或拒斥預備成員，因為連被視為菁英的教授或公司負責人都被拒絕了。

我見身邊的人一個個被喊去，剩下的人越來越少，自己「中獎」的機率越來越大，於是悄悄地往人群後方退去，根本不希望被注意到。不知為何，我覺得被告席上那倆個看來三十出頭、身材魁梧的兄弟非常眼熟。光頭的那個穿著深藍西裝，另一個身著鐵灰色，倆人被控的名目多如牛毛——某年、某月、某日、某時、某地，在這裡、那裡行槍擊又涉嫌恐嚇和謀殺。陪審雖是代替伸張正義，但我本對衣冠禽獸特別地害怕，心中暗暗祈禱自己的名字不要被叫到。

該案預估審理為時兩週半，我慶幸最後自己沒被抽中也不用站出去被篩選。然而陪審義務也因此尚未了結，沒被叫到的人全得乖乖回到大會議室去繼續等，案子好像多得很。也是在回到等候區時，我細看電視屏幕上的訊息才明白，自己所到的是刑事法庭。頓時我開始不安起來，因為擺明各糾紛均有人傷亡，實在非我所樂見。

我跟鄰座的一位紳士講起那兩個被告，連他都同意好似見過那兄弟，不免令我懷疑他們是不是上過新聞。回家後艾瑞克對我說，案子都上了高等法院，當然非同小可，也因此才要陪審，嫌犯若上

報紙電視也很正常，這一點我怎麼都沒想過？

　　第一天沒被選中，第二天我又得出席，等候其他案件的召喚和選取。我再度被傳喚，這次是在一個小團體裡面。律師說，這是一個相對簡單的案子，如果有自願者，應該很快就可以結束陪審的義務，於是我就舉手答應了，跟其他五個人，被指定隔天自行前往西北邊的另一個法庭繼續任務。

　　星期三也就是今天，我早早從家裡出發，坐捷運轉公車對我而言比開車來得不傷神。我第四個到法院，另外兩個人不久也來了，昨天的律師說，案子是關於一個遊民餓死的事，他需要四個人來參與，可能會需要審個三、四天。應該是先入為主、認為「早死早超生」，不然隔天又要回市中心的高等法院大會議室耗時間，有四個人率先同意陪審。我沒立刻答應是顧慮到還沒跟公司講好，結果律師說，人數既已足夠，我和另一人便已經履行完義務，可以回家去，不知那四個人聽了會不會有些後悔？

　　因為意外自己可以先行離開，我竟呆呆地問：「那我需要跟我公司說我的陪審工作完成了嗎？」律師說：「妳不說我也不會去找妳公司講。」既然是這樣，反正老闆已經准假，我明後天不但空出來，還不用擔心沒收入哩！至於真正陪審案子的流程和那流浪漢之死到底是怎麼一回事，我雖然好奇，但想到法庭裡沾惹的畢竟不是好事，我看還不如不要知道，一切到此為止就好。

佩兒旋風

萬萬沒想到,自己竟然在公司和省鐵系統裡爆紅起來……

我這個人其貌不揚,但因為是女性加上是台灣來的「外國人」,在公司火車營運人員總部近五百個以白人為主的大男人堆裡,雖然個子小但份外地顯眼。不過我倒從未想要變成焦點。

然而下午進到組員中心時,總經理居然當眾叫住我,笑笑地對我打招呼:「妳好嗎?佩兒」,讓我好生意外。

「您好,羅伯。」笑著回完話我就趕緊閃開。

接續走進組員彙報室,車掌部門經理保羅又從長廊那邊的辦公室滿面春風地走過來找我說:「佩兒,妳幹得不錯,公司收到很多乘客對妳的讚揚。」原來如此──原來因為自己熱情又俏皮的車上廣播,引起眾多乘客的喜愛,讚美直達安省火車管理處,多到客服中心接不下,轉來我們這個外包的營運公司。員工被公認表現優良,上下主管顏面有光當然也開心。

我不是不知道有很 ‧ 多 ‧ 乘客喜歡我──很 ‧ 多 ‧ 人走過我身邊會叫我的名字,還有人在下車後或從其他車廂特別走過來看

我。公開宣稱是我的「紛絲」的那些人裡，有個多倫多警察，還有好幾個省鐵的正規站務人員。對於這一切，這四、五個月來我只是把它留給自己，因為我們行車時主管並不在身邊，沒有必要為了討好上級而做樣子。工會跟公司有白紙黑字的勞動合同，靠做樣子對自己加薪升遷也毫無助益。

我只管做好自己的事。所以昨天跟前天連著兩天下班時間，眾多列車在多倫多聯合車站會車時，另一邊月台上的男同事寇弟特別用工作手機秀給我看推特上人家講我有多溫馨或搞笑，我也僅是跟他哈啦一下並不當回事。

到底我是怎樣廣播，讓大家坐上下班通勤火車變得這麼開心甚至很期待？

省鐵火車上的廣播有兩種，一種是制式的系統預錄和由車掌簡單說出站名的到站廣播，一種是根據突發事件所做的即席廣播，其實車掌工作手冊裡頭也有範例可循。我英文不是最好，知道自己就算照稿唸還可能會「突切」，所以還是喜歡用自然而然、講話的方式來傳達訊息和溝通。

要向全車看得到和看不到的公眾說話，特別是要對滿車十二節可能載有的三千個乘客即席演講，很需要勇氣。這時自己從台灣已經養成但在加拿大多年前派不上用場的口語技巧就變得很管用，特別中文裡鑲著抑揚頓挫，而語氣強弱和長短的掌握，更在我年幼時期唱客家民謠便已訓練有素，相較於有些英文流利但是怯生生的新車掌來說，我反倒沒有這方面的問題。

有一次因半小時車程外的鐵道出事故，我的車像擠沙丁，到了第四站又停駛，成千的乘客得自行找替代交通。這樣的狀況通常必定抱怨連天，我竟然獲得多個讚許，只因我用真誠地口氣對全車廣播說：「事出意外，造成不便我謹向各位致歉。為了安全，還請在車門附近的乘客先下車等待，讓到站的人全數下車再登車，我保 · 證 · 不會有人因此而被遺落在月台上，會確定該上車的都上來了，才請駕駛發車。」這麼清楚又負責的說法，深得人心也獲得全面配合。

至於早上乘載上班族的列車進到多倫多市中心的聯合車站，我總是依天候做出小叮嚀，下雨提醒別忘帶走自己漂亮的 Hello Kitty 雨傘，天凍叫他們要記得把上車後脫下的阿嬤愛心手打毛線衣穿回身上，又打趣問怎麼有人會把一雙鞋子給遺忘，難不成打赤腳上班？其實哪有什麼 Hello Kitty 傘，且人家忘了一雙鞋可能是帶了另一雙，但我的目的只在抓住大家的注意力，還逗得人人會心一笑。

最經典的是我一次公開講笑話。火車外零下十幾度，自己突發奇想地用廣播說：「各位知道嗎？科學研究指出，一個人浸在水溫二十八度的泡泡浴裡，再加進一隻黃色塑膠小鴨，快樂的指數將提升 87%……」

我停了一下繼續說：「這樣的數據你聽來不很怪？那是當然的，因為都是我瞎捏的！泡澡就泡澡，還需要什麼科學來支持？！待會兒回家，大家就泡個澡吧。男人們也別害臊，放隻黃色塑膠鴨下水讓自己開心一下又何妨，反正你泡澡也沒人會看到。」一時全

車哄堂爆笑。

　　其實我剛做上車掌，還有同事因我英文不地道而翻白眼。殊不知這樣的工作本在應對乘車的公眾，艱深的語彙無助溝通，更別說多倫多有越來越多非以英文做母語的人到來，說話簡單平易，才讓人覺得更容易親近和溝通，這就是我佩兒的作風。

吸毒的兒子

　　我知道國外毒品問題嚴重，但一直不了解為什麼一個人會陷入吸毒的深淵。今天一個媽媽跟我說了她兒子是怎麼沉淪的。最驚訝的是，她說可・惜・他兒子那天在我的車上吸毒沒死成。

　　整整兩個月前，七月十一日的晚上七點零五分，我那班向東行駛的列車已經減速，就要進到展覽館站（Exhibition），我熟練地把無障礙鋼板準備在身邊，突然間車內的緊急鈴聲響起。我判斷，列車停妥大概只要四十秒，到時自己再從月台走去察看最有效率。不料二十秒過後，一個穿著省鐵巴士駕駛制服的人匆匆過來跟我說，自己因傷暫時幫忙在火車上驗票，結果剛剛跟驗票官一起在兩節後的車廂廁所裡發現一個男人躺在地板上，已經沒有呼吸和心跳。我當然知道，他是要我火速帶心臟電擊器（Automated External Defibrillator, AED）過去，可能還有必要立刻施行人工呼吸。

　　他講完時，火車剛好停下來，但是竟然開過頭，車身沒對準月台。人命關天，我不能堅持請駕駛退車，於是趕快請剛好人在我附近、搭我這班火車回家的員工調度室同事約翰幫忙顧車門。約翰在

轉單位前曾經做過車掌半年，相信他仍記得大原則。

　　新到任的公司公務車調度經理佩雅也一起搭車，可是她竟在這個關鍵時刻來亂。我打開車門控制閘，她自言自語：「我前幾天才接受車門控制的訓練，讓我來……」邊說邊把她的雙叉指給塞進控制鈕裡一陣猛按，幸好我已早先一步完成開門的動作。

　　下一刻我趕緊抓起電擊器，一步跨出車外跑向巴士駕駛說的那節車廂，到的時候看到一個年約三十出頭的白人男子，臉色慘白，已經被兩名驗票官抬到廁所前的走道上。我說，「心臟電擊器來了！」驗票官開始撥開該男的上衣，旁邊有一個黑皮膚的孕婦一直抽答答地哭，穿著跟鞋、提著皮包的佩雅也跟著我後面跑來，開口便瘋癲地叫：「他、他、他身體發紫了！我看到他的血管、發紫了！……」沒人有空理睬她。

　　驗票官既已把男子衣襟敞開，我就把電擊器交過去，由他們準備把貼片粘在男子的右上胸口和心臟下緣，我則走去安撫那孕婦，我知道她認識那沒有意識的男人。

　　她淚流滿面地說：「他說他不再吸的！他說他要戒掉……」

　　我問她可知那男的吸食的是什麼？

　　「安非他命。」

　　「原來安非他命真的如此泛濫」，我心想，因為整個暑假我在開車聽廣播時都有重複放送的衛教廣告，宣導民眾遠離安非他命。

　　我跟那女人要了男人的姓名年齡等基本資料，然後迅速打電話報告給中央控制中心。值此同時，我也聽到其中一個驗票官說：「他

（男子）有反應、開始呼吸了，這樣我們就別施行電擊。」不一會兒，緊急救護人員帶著擔架出現在月台上，把男子給抬走了。

時間來到兩個月後的今天，下午行車時，一位鐵路警察隊長特意走來跟我聊天。火車停靠在波奎迪克（Port Credit）那一站，有個看來年紀上了六十的胖女人，開著電動輪椅車進到車廂來，恰巧聽到我和警察隊長講著展覽館站的那次緊急事件，倆人都不知道該名男子後來怎樣了，那女人竟開口說：「那人就是我兒子。」

詫異下隊長仍客氣回問她兒子可好，女人說：「他還活著。可．惜．他那天沒死成！救護員不該救他！我寧可這個兒子死了。」

這麼強烈的話，出自一個母親對兒子的萬念俱灰。女人說，兒子大學一畢業就找到一個公家機關的工作，薪水也不錯，做了幾年突然被裁員，從此他就像洩了氣的皮球、不圖振作，還用起毒品來。之後毒癮越來越大，兒子竟然三番兩次偷她的東西。

「那個懷孕的女朋友跟著來，掩護我兒子行竊！」

女人很氣憤連自己的結婚鑽戒都被兒子拿去變現買毒吃。

「你們看我這樣（需要靠椅代步），人生還剩下什麼？那個畜牲竟連自己媽媽的一點留念的東西都偷走……他是不可能悔改的，毒只會一直吸下去，這樣的人還有什麼用？不如乾脆讓他死一死！」

說完，那名母親把自己絕望的雙眼，從原本說話時看著我和鐵路警察隊長轉向了火車的窗外，整個人靜默下來，下車前再也不發一語。

註釋

* 請讀者遠離毒品，愛惜自己的生命。

再見了二零一八與房貸

2018 年我們一家做出最大的變動莫過於賣掉在多倫多市中心住了六年的公寓，搬到了西郊。揮別對那個「舊家」抱有的情感，我們以理性決策終結了房貸後，隨之開展新的生活。

我們夫婦在排班工作中得打點一個五歲半的孩子，一口氣又買又賣房子，還得弄裝修和轉學，九到十一月間真是累到人仰馬翻。此刻又值聖誕季，我們繼續忙著張羅禮物、參加派對、拜會朋友，但是終於感受到多年來少有的平和與歡樂——我把這個視做我們今年最大的成就。

第二項年度回顧也跟房地產和我們的財務佈局有關，那就是二月底我們在兩個小時車程外的倫敦市（London, ON），又貸款買進一個一房小公寓，先出租做為儲蓄投資工具，搭配著距今兩年又九個月前在同棟一樓裡廉價買到的大套房，以後將看情況是否夫妻倆老可以跟女兒樓上樓下就近照顧。

多倫多這十年的變化非常大，移民大量湧入，房價物價飆漲，工作競爭激烈，夏天變熱變長，半年的冬天卻還是一樣酷寒。市中

心興起的住宅從二十多樓上到八十幾層高，並且是數十上百棟地向郊區蓋去，人行道上狗屎垃圾和要飯的也越來越多。我跟很多人聊，白人也好、移民也好，人人都說日子不好過，每個人辛苦工作都只為糊口。

許多人即便有了房子，現在則因杯水車薪而成了房奴。同事朋友都覺得自己要工作到老。選擇大房子揹負大筆房貸的人，看來還得債留子孫。自己難得跟台灣家人通話，講到這個話題被勸該為錢而進階火車副駕駛——鐵路業作息不正常，身體最後會習慣；陪不陪女兒，反正她總是會長大——他們說，這就是人生。

「人生當真如此？」我既不喜歡眾人的答案，只得自己想辦法去突破和改變。我於是不停地思考，如何在薪水不漲但房價物價雙漲的情況下，達成「十五年內退休」個人的夢想？

我想著，人總是要個地方住，因此「租不如買」的變相強迫儲蓄仍然有道理，但是房貸又把我們的生活品質吃乾抹淨了——房貸難道真像銀行經理對我說的是「良性債務」？債務不就是債務？

想來想去，「無債一身輕」才是真正的王道。

由此我得到一個命題：如何在自有住所、收入相同的情況下，能儘速做到「零房貸、無負債」的財務目標？我的結論是，先「以屋換屋」——把市中心增值的兩房公寓賣了，用拿回的現金去買另一個兩房的公寓，接著再以儲蓄加速償還另外兩筆出租屋的房貸。

但是為了女兒小丹的成長品質，要以低價在優質的社區找到便宜的房子又是痴人說夢。

艾瑞克教我一句電影台詞：「永不放棄，永不投降。」（Never give up, never surrender）我繼續觀察市場，幸運地在八月底的一個星期六，看到多倫多西邊、離公司不遠處，一個貼近安大略湖濱的老公寓十分接近預算，隔天我便帶著小丹去附近走走，結果在另一處展示屋裡遇見並結識了地產經紀蕾絲莉・博兒雷克。在她的協助下，雖然兩筆買賣過程有顛跛，我們還是在九月下旬賣了市心中的房子，同一天用現金買成了現在住的公寓，成功免除了自住屋的貸款。

　　展望 2019，我期待能真正進行儲蓄，以朝下一步「無負債」、完全零貸款的目標前進。但在開始前仍得替現在住的這頂樓公寓裝設分離式冷氣，四月全家也要乘坐國鐵經蒙特婁前往新思科省的哈里法克斯市探望艾瑞克的家人，不到年中或第三季，財務累積仍不會有大太的進展。

　　一直談錢，其實，女兒小丹的成長才是我們最重視的。我們希望她在一個安靜的社區中快樂平安地長大。我和艾瑞克除了認為我們應當多陪伴孩子，也要盡力支持和引導她認識自我並開展潛能，因此已經安排好的春季火車之旅，目的也在帶她一起認識加拿大，並讓她前往法語區以刺激她學習法語的意願。

　　另一個很重要的項目就是身心健康。在平時替女兒排定的中國功夫、滑冰、游泳課外，只要天氣加上時間許可，我想多帶家人走出戶外，哪怕只是在住家華廈後面的湖邊散步；吃的部份則應避免加工食品和餐廳速食或過度精緻的餐飲，因此我將多採買生鮮蔬果

來切洗煮食。

2019 年我們家要更快樂、更健康！

註釋

* 「永不放棄、永不投降」出自1999年的科幻喜劇《銀河追緝令》（Galaxy Quest）。

佩格澀思以圖相贈多次合作、協助作者買賣房屋的地產經紀蕾絲莉和她的愛犬魯娜（繪於2020.03.29）。

多倫多火車軼事之「屎尿味集」

昨晚是我第一次跨年夜加班，也是我的最後一次！之後就算是史考特親自打電話來、就算公司給出兩倍半的鐘點加班費，我一定事前排休並且堅持照休不誤！

自己剛進公司在市中心機場快捷支線做客服代表時，家中經濟捉襟見肘，我就算拖著病也必定上班，成了 2017 年公司五百多名同仁裡極少數的全勤。反之，年輕的同事們經常愛來ㄟ來，當日開缺就得由調度室找人來補，總是搞得他們一個頭兩個大。一段時間之後，組員調度室都知道，缺人時只要打一通電話給我就搞定。我還反過來謝謝最資深的史考特好幾次，感謝他優先讓我加班賺外快，因此平常總是對人擺撲克面孔的史考特對我也特別好。

猶記得我才轉成通勤火車車掌時，有次清晨摸黑在荒郊裡開車繞了兩個小時，找不到妙頓（Milton）火車調度場而錯失出車。七點史考特開始當班、接過了電話，指示我這裡轉彎、那裡去，我終於得以ㄊ到起站妙頓火車站接替第二班開向多倫多的早班車。因為史考特調度得宜，所以當天早上該支線營運正常未脫班。

我當然是坦忑不安地回到組員中心，史考特放下手邊工作陪著我去見新上任的總經理，當面建議立刻在車掌新訓加入妙頓線，言下之意是制度不周而不是我故意出錯。史考特並非主管，但是實在太資深，因此總經理看在他的面子上，對我這失誤的小妮子也就不予追究。我心裡想著一定要回報史考特……

　　一年多過去了，這次跨年夜我剛好休假，接起史考特打來徵詢加班的電話，我說自己過去年資淺，年節總在當班而沒法跟家人共度，這次因為是他親自找，加上要補的是自己平時常跑的湖濱東西線（Lakeshore East and Lakeshore West lines），況且女兒年紀小，還是免了熬夜倒數讓她早點上床好，所以我就當沒差而答應幫忙嘍——

　　整個大多倫多地區市公車和省鐵在跨年夜提供免費搭乘服務已經是慣例，多數人認為這樣可以減少酒醉駕車造成的悲劇。我們服務的省鐵甚至還會加開班次，但是這次的加班讓我看見公眾荒唐的行為，也叫我質疑他們到底配不配這一切的福利？

　　成群成千在多倫多市府廣場跨年倒數完的人潮，不用買票直接在聯合車站上到我們這一點四十五分往奧許華最後的加班車，五十幾分鐘的車程裡，每兩、三站就有人亂按緊急服務鈴，因為誤認下車要像搭公車一樣按電鈴，這樣我動不動就得取出心臟電擊器在擁擠的車裡跑來跑去。累人不打緊，最後的空車檢查最噁心——各節車廂裡都是這一堆、那一堆的嘔吐的穢物：廁所馬桶、洗手台、走道地毯，甚至許多就直接吐在座椅上！整列車裡臭氣沖天，叫我至

為同情之後負責善後的外包清潔員。

今天我在組員中心把這事跟一些車掌講，年資排第三的馬瑞歐說：「是呀！我連屎都見過！不知道為什麼明明車上有廁所，有人就是要光著屁股在地上拉屎？」

聽他一講我氣又上來，想到自己一次在列治文山（Richmond Hill）線做晚班遇到一樣離譜的事……

火車開到歐瑞歐（Oriole）站，就要離站時我前後掃視一下車身外面和月台，竟然看到一個身影站在我這節後面車廂的門口，在下體處扶著一根短短的管狀物有液體流出來，激到鐵軌上的石子還發出「淅淅」聲！雖然不敢相信自己的眼睛，但我真的看到一個男人站在火車門裡對著外面撒尿！我氣到在關門後直奔去找那人說教，可惜沒找著。回到自己待的車廂後，我倒也不客氣地廣播：「各位乘客好，文明地提醒，任何時候火車裡都有廁所可以使用！」

乘客在火車上尿尿我在那之前還遇過一次，是在市中心機場線上。

週一到週五下班時，有很多市中心的上班族在聯合車站排隊搭火車，裡頭總有一個穿西裝的男子，一幅高傲的樣子，他已經對我們的幾個同事不客氣過幾次。有一個星期五，他到晚上十點多才出現，剛好搭到我隨的車。我驗票時他微醺地問有沒有廁所，但不巧那兩節車恰巧都是沒有廁所的車型。

我驗完票，走到他附近的車門站著，車停了，他依舊在衛斯騰（Weston）站下車離去，接著我轉身行經他方才坐的位子，竟見到

一個溼溼的大桃子形狀印在坐墊上面！我當然立刻打電話向維護中心報告這事，要他們務必清洗。而自那晚之後的星期一開始，那個驕傲的男子每次排隊等火車的時候，見到我至少都會靦腆地微笑。我直直對著看進他眼裡，示意只要他不再對我們同事使壞，他穿西裝尿褲子的事，咱倆就心照不宣了。

五十五歲退休攻略

最近花了不少時間思考「退休」的問題。把從圖書館借來的書和上網讀到的許多資訊歸結起來,將「退休」定義成「一個人永久地離開全時工作,收入跟著減少,但個人時間增加」應該不為過。

退休需要錢是肯定的。跟朋友同事們聊起來,大夥都認為為退休做準備是一定要的。可是再問問他們,卻發現似乎沒有幾人認真去行動。這可能跟年紀有關。年輕的同事若才二、三十歲,想的首先是成家立業,無可厚非。但是四十來歲的人如果不及早預備,老來恐怕將感嘆沒本錢退休。

我若能在五十五歲前後有氣魄地向公司丟出一句:「夠了,老娘不幹了!」回家吃自己也不用擔心,那種能對工作說「要」、或「不要」的選擇權,真是無上的自由。

美國和加拿大的退休金制訂是以六十五歲為「標準」。「五十五歲退休」的說法,本是一個金融機構吸引客戶的標語,但它說中了很多工作者的心聲。調查便發現,五十五歲退休確實是眾人的目標。許多好員工準時上班,有部份是發自熱情,但之中有更多人的

動力不過是為了掙錢糊口和養家。

　　自己想五十五歲退休，可不是趕時髦。看看我現在的職業吧：究竟有多少人願意在零下十五、二十度的冬夜，頂著風寒冒著大雪去工作？因為天然氣候，「受凍」是加拿大大眾運輸業第一線從業人員必吃的苦，叫我這從亞熱帶台灣島來的女員工敬之唯恐，能早點辭退還是比較好。況且，不管對自己的工作職務有多大的熱情，老實說我更愛遊山玩水、琴棋書畫、做白日夢和睡到自然醒。

　　我現在確實是「不得不工作」，因為沒有足夠的經濟實力。不過相信只要努力準備，十年、十五年後，自己可能真正有權力選擇繼續工作或者「不」。但是，該怎麼做才能提早退休呢？而就算符合資格，政府的「老人年金」在六十五歲前後才啟動，那麼五十五到六十五歲的十年早退期間及其後的餘生，該怎樣平衡經濟與生活？

　　讀完許多相關叢書與報導分析，所有計劃退休之說都強調，第一步要「零債務」。接著要準備足夠的儲蓄以因應退休後的生活及娛樂開銷。我將之歸納出的簡單的公式是，在零債務的基礎上，以現在家庭或個人的年度總支出為基礎，先打七折，再乘 1.1，然後乘以二十五，可以寫成這樣：

所需退休金＝（今日年度總支出）×70%×1.1×25

　　就上述的公式去細想，把「現在家庭總支出打七折」是假設年

老所需減少，但如果老了不健康，醫療開銷增加，那也不能打七折；「再乘 1.1」是對抗通貨膨脹；「再乘以二十五」是假設一個人在六十五歲退休之後再活個二十五年，對於提早退休又有長壽基因的人，那可要再乘上個四、五十吧。這樣算起來，我想在五十五歲早退所需要的錢，就算不是天文數字但還是很可觀。

　　加拿大是福利國家，對符合資格的老人有慷慨的敬老津貼，但是把老年寄託政府其實不可靠。許多他國政府因為財政赤字，已經著手研擬延遲發放老人年金。加拿大現行的做法是「反向鼓勵」──老人若延後提領津貼，之後可以獲得更多的補助；反之，提早於六十五歲前提領，金額將縮水。我離六十五歲還很久，加拿大政府財政負擔日益加重，我懷疑輪到自己老時政府還發不發得出錢？

　　我也主張年老的父母不該變成孩子的重擔。很多加拿大人不靠養兒防老，而是「以房養老」，退休時把自己的人房子賣了改換小公寓來住，用換房多出的錢因應年老的開銷。不過，這幾年特別是多倫多地區的房價瘋狂飆漲，現在住的大房子以後換小的也未必能剩多少。這麼說來，拋開「住大房」的迷思，擺脫揹貸款的壓力，買個「剛剛好」的家一直窩下去，把沉重的貸款變成可以滾複利的存款還更實際。

　　有些人主張以兼差來加速存款，在「提早退休」的前提下，這樣的做法在我看來是本末倒置。不正因工作累，很多人才不想一直幹到老？已經很累還兼差，依我之見是說不過去。然而，不兼差收入固定不會再提升，要在十年、十五年存到退休金，除非是加薪或

跳槽，唯一操之在我的務實辦法是努力降低開銷。

老年病痛很多肇因於年輕時過勞，所以我提醒自己，一定要注意自己跟家人的身心健康，再怎樣也要均衡飲食、保持運動和安排休閒，日後才不會成了藥罐子，積蓄全用在看醫生。

至此，我自已研擬出的提早退休攻略是：

清除負債＋加速存款＋簡單生活＋保持健康

再提醒自己，人生其實很短暫，生命真的無常，想做的事最好現在就去做，別把時間全部用在工作上。

註釋

* 凡事永遠不嫌遲，有財經書籍主張，四十歲才開始為退休金做準備，只要至少存下淨收入的18%，二十幾年後不工作仍可以維持跟中年差不多的生活水平。

加拿大的真實社會

帥哥與天仙

　　怎麼會這樣子？明明眼睛吃到冰淇淋，在火車上看到一個超級大帥哥，我卻差點沒笑到從坐著的車掌椅子摔到地板上去。

　　不是我有問題，是那男的帥到有毛病。

　　有多帥？我說，在亞洲的話可以拿金城武比，拿加拿大自己人也可以跟賈斯汀‧比伯一較高下。他的年紀大概二十五歲上下，濃眉大眼櫻桃唇，棕色的頭髮不長不短，跟臉型配合得剛剛好，身高在洋人裡不是最高但也不矮，應該在一米八出頭。我看他從車廂對面的夾層樓梯抬頭挺胸地走下來，像一隻無毛公雞一樣，非常地有自信。

　　讓我流口水的地方，還在帥哥那凸出、結實又健美的兩塊大胸肌，如果跳一跳我一定也會跟著臉紅心跳又尖叫。不過他既然是在車廂另一頭，我也在工作，當然不可能（更不方便塞錢）叫他跳胸肌（哈！）。

　　不過我從這頭看著他從對面短短三、四階的樓梯上下來，走到廁所門前又折回樓梯處，再轉回頭背對著廁所，不到二十秒鐘的時

間裡，自己也從痴迷少女心立刻切回到務實老媽仔，忍不住轉身哈哈大笑。

因為我看得出來，廁所空著他不上，一定是知道自己太迷人，遇到太多陌生女孩一見他就傾心且主動給電話，所以才會這樣故意穿著白色低胸無袖棉衣走來走去（我也是因為這樣才看到他那健美的肌肉線條），根本就是在招搖。女的這樣做會被講「有胸無腦」，男的我一時就不知道怎樣來形容……

我心裡想著：「啊～先生你也幫幫忙，火車外面是零下十幾度，全車一定找不到第二個穿短袖的人，更別說是低胸無袖的棉衣，好歹你也穿一件外套吧！」我打從心裡覺得那男的舉止實在很滑稽，人長得這麼俊俏可是智商好像對不上，內在美和外在美外完全不協調。

說漂亮的女人一定有胸無腦倒鐵定不對。去年九月六日多倫多國際影展（Toronto International Film Festival, TIFF）開幕那天傍晚，我就看到一位貌美的白人女子，應該也是二十五歲上下，身材高䠷、應有一百七十公分高，氣質出眾，長得比林志玲還甜。她的短髮略過耳際，圍著喀什米爾披肩，穿著一件灰色的小禮服，拎著一個小包包，套著一雙精緻的跟鞋，從皮克靈站進到我的車廂來。車上人多，她就站在離我不遠處。

我向來不吝嗇讚美人，就說她真漂亮。她也很容易親近，微笑地回說自己是去影展開幕後的晚宴見一些導演，聽來是在追明星夢。我認為她的條件很好，連聲音都好聽，如果運氣也好，或許日

後我將有機會在大銀幕上見到她。

「情人眼裡出西施」這句話錯不了，不過每個民族文化也有自己的審美觀。我認真問過一個同事，到底加拿大人覺得「帥氣」跟「漂亮」是怎麼一回事？那個三十出頭的白人火車駕駛項恩說，歌手賈斯汀・比伯對他們來說的確是帥哥一枚，可是「是偏漂亮那的那種」，也就是有一點女性化。真要說一個人好看，他認為大體來說「眼睛要大，藍眼珠是真的比較吸引人，身高也要高。男的體格要強健，女性的話就是身材要有曲線」，這樣聽來不就是在講肯尼和芭比？

雖然是這樣，我認為加拿大人還是很懂得欣賞自信美，一樣不喜歡東施效顰。曾經有一個火車站的客服女同事就問我：「佩兒，為什麼我看到這麼多亞洲女孩子都戴著藍色的隱形眼鏡？明明她們的眼睛就不是藍色的，這樣好奇怪。」我解釋那是受到西方的影響。我也反過去問她信不信，在亞洲如台灣等地，沒有防曬功能的保養品很難賣。

若把這位女同事拿來跟台灣的朋友說的話，我也要問台灣朋友信不信，她是棕色皮膚且塊頭不算小，一次她在櫃檯坐著跟我一起賣票，有個男人當著我的面說她是天仙。我跟她當時擔任車掌的男朋友克里斯提起這事當有趣，克理斯一邊揚起眉角、一邊卻又很有風度地跟我說：「女朋友被人要電話，我臉上真的很有光彩。」

女權的負作用？

　　情人節剛過，明天又是安省的「家庭日」（Family Day）公定假日。我想起了一個乘客。

　　有一個包著頭巾、看來年紀已經上了五十的婦人，一個星期裡總會有那麼個兩三天，夜裡九點二十分左右在艾傑思（Ajax）站坐上我的火車。她總是挑同個座位坐下。我有很長的一段時間一直搞不清楚她是在哪站下車，總之每次火車抵達多倫多聯合車站後就沒再看到她。

　　這個婦人皮膚黝黑，塊頭大，嘴巴也大，大衣都是深色。很多時候同個車廂裡就只有我跟這個婦人，了不起再多幾個乘客。她偶爾會靜靜地吃起東西，非常不起眼。

　　繼上次她跟我要了一瓶礦泉水後，我又好一陣子沒見到她。一直到這個情人節前夕一個零下二十度的晚上，她才又上了車。這次也是只有我跟她兩個人在若大的車廂裡，我想說不妨就跟她打打招呼吧，而她也跟我寒暄起來。

　　原來，這名其貌不揚的婦人住艾傑思，那晚因為太冷，手底下

的部屬沒一個願意上班，做主任的她就得擔起責任，領著風寒去她工作所在的一個位於多倫多市中心的遊民庇護站當班。

「夜裡，天越冷，進來的人就越多，所以不能沒人安頓那些人」，她跟我解釋。

她說，自己2008年從奈及利亞移民來加拿大，因為在母國的所學所做，很快在多倫多找到一個銀行的工作。移民多年前，她先兼職後接手父親的庇護所志業，漸漸轉向了該領域，變成總裁而掌管好幾個中心。來到多倫多後，在一般人視為穩定的銀行工作跟自己的熱情間取捨，她最後選擇公益助人。

在我看來，她選擇的是成天面對「問題人士」與「麻煩」，不由得立刻對她心生敬佩。我也馬上好奇地問，以她多年的實務經驗看來，到底那些跑到遊民之家的人的問題根結為何？

待我在下站皮克靈關妥車門、火車再度開始緩緩前行後，那庇護中心主任徐徐闡述，她現在工作的三個接濟站有時會有新移民，因為人生地不熟或來自問題或戰亂國家而需暫時援助，但那些人大都希望脫貧，最終也多能自立。那麼剩下那些久久依賴庇護的一群人問題為何呢？

那主任這時切入要害，先強調自己絕對支持女權，可是，她見過太多——有太多女人過度強調女性意識而認為自己不用男人也可以活，即便成為單親媽媽亦是。然而，不只是照顧孩子，養家的經濟壓力讓很多單親母親因此心力交瘁而酗酒，甚至用藥來自我麻醉，最後成癮而需矯治，政府就把孩子送到別處安置，不只媽媽心

碎，孩子寄人籬下更可憐，有時遭受虐待又因害怕而噤口；或是單親兒童不知生父而心生怨恨，長大後有的變成鐵石心腸，但其實只是想自我保護、不想再受傷害而戴上盔甲，外在行為卻令之成為問題人士，終於也進了矯治所或庇護中心。

她補充，上述的女性有的在懷孕過程就喝酒抽菸又吸毒，因而生出先天不全或有損傷的孩子，也成了弱勢族群而需援助。

這名遊民中心主任以多年、跨國、實際的經驗發自肺腑地說，女人若成了母親，就要為孩子多著想——自己的男人再不完美，也要努力讓關係維繫，不只自己在經濟和生活上總之多了一個人可以多少幫點忙，孩子更需要父親與母親雙方完整的親情。

因為同屬女人又聽多了、看多了，她直言，「下一個男人或下下一個，都是『一樣的屎』！」乍聽很不客氣，但她真正的意思是：女人該清醒，天下其實沒有完美的男人。她再一次地建議，為了孩子將來好，女人要努力維持與另一伴的關係，即使對另一伴再不滿，她認為只能用無限的耐心、讓時間去尋求改變。

如果破碎的親情是遊移社會底層的根結，可見一個充滿愛的健全家庭力量何其之大！我覺得這個故事在家庭日這天寫下來別具深意。

註釋

* 故事主人翁因先生家族事業有成，放棄一己前途跟著四名子女來到加拿大。每次搭火車，為了省掉作者佩格瀅思收放無障礙平台的力氣，她都用另一道門，在忙碌的聯合車站夾在人群中離去，前往她工作的遊民中心。

加東之旅（上）：火車廂房與「多內兒」捲餅

　　終於兌現了自己的承諾，帶艾瑞克和小丹坐了一趟加拿大國鐵，從多倫多去到新思科省探望家人，造訪了該省有名的佩姬的海灣（Peggy's Cove）燈塔，回程停留蒙特婁，去了植物園、藝術館和奧運會館等地。五天四夜精彩的旅程現在將重點寫成遊記。

　　加拿大的四月天，大部份的土地都還沒化冰，透過促銷，我得以在一月間以半價加幣一千兩百塊，訂了國鐵的廂房，一家三口在旺季來臨前的春天，搭過夜車往返魁北克省蒙特婁市與新思科省哈里法克斯市。

　　我們先從自家公寓附近的長枝（Long Branch）站搭公司營運的省鐵到多倫多聯合車站。車掌是年輕時曾經是健美小姐的牙買加同事潔蓮。半個多小時後我們跟她說拜拜，改坐國鐵商務通勤火車，五個小時後到了蒙特婁，再在那裡登上有廂房和睡鋪的過夜車。

　　這次的加東之旅之所以不坐飛機也不開車，是因為自己多年前搭國鐵睡鋪從溫哥華去了加西落磯山脈的美好經驗，也記取了去年開車全家來回多倫多和新思科省坐到屁股痛的教訓，更重要的是，

做為加拿大公民，我相信我們都應該親眼多看看自己住的土地。

國鐵廂房與高級餐點

我們登上的有廂房車的國鐵，頭幾節車也有商務和經濟座，中段是用拉簾遮閉的睡位，廂房車掛在較後面。我們的獨立房間約有五坪大，配有一個小洗手間在房門邊，一張長椅在入口，與兩張貼著窗戶的坐椅呈英文字母的 L 型排放。房門上掛了三個盥洗袋，裡頭裝有大小毛巾，不過淋浴設備在外頭，必須與其他乘客輪流使用。既然我們只待一晚，這樣的安排沒什麼不妥。

好的是房間裡的大窗戶好像是個實境電視牆：外頭陰雨濛濛，火車行經幾座橋墩離開都會區，鐵軌兩旁的景象從住家變成在早春中仍然枯黃的草木。不一會兒天黑了，我們去到餐車，三個人坐一桌，有侍者送上我們買票時就選的主菜，第一頓火車大餐是美味的牛排。

餐後，我們移到車尾的交誼室，裡頭有小提琴現場演奏，還有點心水果可以自由取用。回到廂房時，原本的三張坐椅已經被隨車服務員整理成兩張睡床，枕著乾淨的枕頭、蓋著舒適的棉被，人在微微搖晃中特別好睡。

睡起來完成梳洗後就是早餐時間。盤子上有奶油烤吐司、牛奶燕麥、新鮮綜合蔬果、優格，配著熱咖啡，看著窗外滑過的景象，好不愜意。

我們正在行經紐布朗思瑞克省。之後我們換去觀景車廂樓上設

有的玻璃天窗座欣賞風景，見到幾座被許多被住家圍著的教堂，火車越往前行，覆蓋在地面上的白雪也越多，還會看到許多沼澤和林地裡仍是枯黑的枝幹。難怪艾瑞克一直不主張搬回老家，他說加東比多倫多冷。

甜甜辣辣的「多內兒」捲餅

等吃完熱騰騰的主廚午餐，下午四點多火車抵達終點站哈里法克斯，艾瑞克的姑丈羅斯、姑姑珍納特和表妹莎拉來接我們，父親大衛則一直牽著孫女小丹的手，一起帶我去市中心吃艾瑞克很想念的那一味叫「多內兒」（Donair）的捲餅。

「多內兒」在 1973 年間被一位希臘移民「改造」出來，創始店「多內兒王」就在哈里法克斯市。因為可用食材的差異，創始人彼得‧甘冒拉科斯（Peter Gamoulakos）把希臘和土耳其捲餅從羊肉換成辣牛肉，同時把醬料改成甜味，大受當地人歡迎。在近年之前，出了哈里法克斯便很難吃到多內兒。

加拿大英雄泰瑞‧弗克斯

小丹在我們去的餐廳牆上看到加拿大的英雄泰瑞‧弗克斯（Terry Fox）於 1980 年五月二十日跑過餐廳前面的巨幅照片，堅持要合拍。

泰瑞‧弗克斯 1958 年於草省曼尼托巴（Manitoba）的溫尼伯市（Winnipeg）出生，後來家裡搬到卑詩省（British Columbia），青

少年時期是個學校運動員，參加棒球隊和跑長跑，大學唸人體運動學。1977 年他因膝蓋疼痛被診斷出骨肉瘤惡性癌症，右腿被截肢。而當他得知化療可以讓自己的存活率從先前的 15% 上升到 50%，他受啟發決定進行一場獨自跨越加拿大、總長八千公里的「希望馬拉松」（Marathon of Hope），來號召全國民眾對癌症研究進行捐款，希望造福更多病患。

1980 年四月十二日，泰瑞 · 弗克斯從北美洲最東端、加拿大的紐芬蘭—拉布拉多省（Newfoundland and Labrador）的聖約翰斯市（St. John's）起程，忍受巨大的疼痛和不同的天候，用左腳和右腿的義肢，邊跑邊跳，從本來一人塊錢的捐款，感召到越來越多非商業的個人和團體支持。當他跑到安大略省多倫多市府廣場時，受到一萬民民眾的迎接，後來也有知名運動員陪跑……

註釋
* 2015年哈里法克斯市正式將多內兒定為該市代表食物。

加東之旅（中）：佩姬的海灣與哈里法克斯

　　加拿大人心中的英雄泰瑞‧弗克斯，在其獨自進行的八千公里的希望馬拉松中可以說是用義肢和一隻腳、一跛一跛地、不停地跑，連自己二十二歲的生日也不歇息，不停地鼓吹加拿大人捐款癌症研究。

　　1980 年九月一日跑到距多倫多一千四百公里遠的安大略省雷灣市（Thunder Bay）時，泰瑞‧弗克斯終於喘不過氣也耐不過疼痛，在醫院中被檢查出癌細胞擴散，被迫終止跑了一百四十三天、5,373 公里的馬拉松，儘管他本人還是堅持之後要完成。當時他共已募集了加幣一百七十萬，等同於現今的五百萬加幣。而在電視台和名人的支持下，於他停跑的一週後有一場五小時的募捐活動，又收到一千七百萬加幣，之後的數月捐款還持續湧入。

　　泰瑞‧弗克斯對癌症研究的義舉與貢獻，使他在 1980 年九月獲頒加拿大勳章，成為加拿大史上最年輕的獲勳人。

　　隔年六月二十八日，政府宣佈全國降半旗，哀悼英雄殞落。

　　泰瑞‧弗克斯可說是為了其他癌症病患而捐出了自己生存的機會。為了感念他，全加拿大各地現今仍有許多以他命名的學校或地方和紀念碑。不只加拿大境內學校，甚至在全球不同城市也有年度性的「泰瑞‧弗克斯路跑」（Terry Fox Run），繼續發揚他的精神。

佩姬的海灣與燈塔

　　第二天艾瑞克的父親載我們去距哈里法克斯市西南邊四十三公里外的觀光名勝「佩姬的海灣」看燈塔。

　　關於以「佩姬」這個女性的名字做地名的典故有好幾種版本：一說是附近地名的簡稱，一說是一個早期開拓者的太太，另一個說法是一位海難的生還者後來嫁到這裡來。1811年新思科省把該地交予一些德國移民開始建村，村民以捕漁為主和少數的蓄牧為生。

　　佩姬的海灣美的地方，在她的海岸岩石花紋是被百萬年前冰河與潮汐移動所刻蝕出來的。而其著名的八邊形燈塔有十五公尺高，紅頂白身，矗立在海邊的岩石上看起來非常地堅毅，是攝影師和遊客經年搶拍的焦點；最早的燈塔在1868年以木造而成，現在的水泥建築則在1914年蓋起來，已被列為古蹟。

史密提的家庭餐廳

　　自2011年艾瑞克首次帶我來哈里法克斯市、我第一次到「『史密提的』家庭餐廳」（Smitty's Family Restaurant）吃飯後，我就喜歡上它。這次我們再次邀請艾瑞克的媽媽芭芭拉到「史密提」與我們一起共進午餐。菜單項目琳琳總總，從起司三明治、漢堡、香腸、煎蛋、火腿蛋鬆餅、法式煎餅、沙拉、烤雞翅等等，對亞洲人來說部份是垃圾食物，但是它們實在很美味，而且份量十足。

　　芭芭拉看到兒子和孫女很高興，不過她對我說，幾經思考，還

是決定留在哈里法克斯而不搬來安大略省跟我們同住，以免變成行事偏袒的婆婆。我好生失望，因為這樣艾瑞克的職涯發展又將因為看顧小丹而延遲，而隔著距離，小丹也很難接受到奶奶的愛，我也感嘆芭芭拉竟放棄子孫承歡膝下，選擇日後一個人在家鄉終老。

很歐風的哈里法克斯

與家人午餐和晚餐之外，及在隔天坐上過夜車回蒙特婁的一些時間裡，艾瑞克當然也帶著妻女在他成長的哈里法克斯市中心走走看看，像是座落於史密提餐廳對面、1836 年設立的「公共花園」（Halifax Public Gardens），以及哈里法克斯省督府（Government House），和哈里法克斯市政廳對面的聖保羅聖公會教堂（St Paul's Anglican Church）等等。

聖保羅聖公會教堂建立於 1749 年，模仿了英國倫敦西敏市的瑪麗伯恩教堂（Marybone Chapel），是加拿大現存最古老的新教教堂，不但為哈里法克斯市最古老的建築物，也是加拿大的國家歷史遺產。在這麼多的「最」之外，一般觀光客最感興趣的，還是因為它鬧鬼的謠傳──教堂二樓一扇窗戶的玻璃上，竟清楚浮現著一顆人頭像！

1917 年，在哈里法克斯市北面有一艘載著許多爆裂軍用品的法國船隻，因為撞上另一艘船而爆炸，半個城市頓時被夷為平地，造成兩千多人死亡，九千人重傷，是為核爆前史上最慘重的爆炸。該次事件，致使一個男人從聖保羅聖公會教堂的那扇窗戶掉落到外

面死亡。有些人又說，爆炸產生的烈焰火光把當時執事的頭像印在玻璃上，所以執事在爆炸當時人應該就站在閣樓的那扇窗戶旁。有些進到教堂內參觀的人則說，裡面感覺陰森森的……

　　告別哈里法克斯接下來我們將再坐國鐵回到蒙特婁，進行為期三天的觀光。

加東之旅（下）：文化藝術之都蒙特婁

　　我們一家三口搭加拿大國鐵，有時坐在景觀車上層眺望遠處，累了就回到廂房，或坐或躺在舒服的床上，一樣可以看看窗外風景，睏了就蓋上棉被小憩，五星主廚料理三餐豐盛，全程花二十二小時，回到了蒙特婁，評價是：有機會定會再坐國鐵過夜車去加拿大其他地方玩。

美麗的蒙特婁舊城區

　　當我們把行李都寄放在中國城外的飯店後，立刻抓緊時間，先到蒙特婁舊城區觀光。

　　跟哈里法克斯一樣，蒙特婁舊城區也是處處歐風的建築，任意一個街角都是美麗的風情，像是 1807 年間興建的蒙特婁市政廳、1847 年開業的孟斯庫爾市場（Marché Bonsecours）、1771 年建的進教之佑聖母小堂（Chapelle Notre-Dame-de-Bon-Secours）等等，一個比一個具歷史。沿著港岸走著，也可以看到摩天輪挨著世界知名的太陽馬戲團的帳幕。

萬萬不能錯過的一站便是具有三百五十年歷史歷史的羅馬天主教教堂蒙特婁聖母聖殿（Notre-Dame Basilica of Montreal）。蒙特婁聖母聖殿開始建於 1672 年，是文藝復興的哥德式建築，十分宏偉且內部華麗，藍色的天花板以金色星星點綴，整體散發出藍、紅、紫、銀、金的光彩，裡頭有一部古老的管風琴，並有許多精細的木雕，其彩繪玻璃不是呈現聖經場景，而是蒙特婁的宗教歷史。

奧運生態館及植物園

　　下午，我們乘坐捷運先去蒙特婁生態館（Biodôme de Montréal），再在陰雨濛濛中徒步到相距不遠的蒙特婁植物園（Montreal Botanical Garden）。

　　蒙特婁生態館是 1976 年的奧運會館，當年被用來進行自行車和柔道比賽。其圓頂外觀像一隻三葉蟲，到現在看起來都還很特別，1992 年該建築被轉成生態科學館對公眾開放。因為時間有限，我們只在生態館外繞行拍照，而決定把時間留在「對面」的蒙特婁植物園裡參觀。

　　若大的蒙特婁植物園非常有看頭，有中式、日式花園和本土植物區，巨大的溫室建築裡綻放著許多美麗的花朵，眾多蝴蝶翩翩飛舞，還不時停留在參觀者身上。

　　出館後我們三人都餓了，去到旁邊的餐廳，平常不愛吃豆類的艾瑞克，竟嚐到了本次旅行中覺得最美味的餐點，餐盤上還佐有小香腸、馬鈴薯、煎蛋和一些醃菜，搭著一碗濃湯、飲料和甜塔，連

我都忍不住說好吃。

聖若瑟殿堂與美術館

隔天早上又是重頭戲。我們搭捷運再轉公車，去到位於富人區皇家山西南角的羅馬天主教聖若瑟殿堂（Saint Joseph's Oratory of Mount Royal）。雖然被列為古蹟，聖若瑟殿堂歷史只有一百年多一點，卻因擁有世界上第三大的穹頂，且是全加拿大最大的教堂——設有兩千四百個座位，加以有數千殘疾盲病的人士在此被治癒的神蹟而聞名。

看完聖若瑟殿堂，艾瑞克和小丹遷就我，去到蒙特婁精緻藝術館（The Montreal Museum of Fine Arts）參觀。它於 1860 年創建，是加拿大歷史最悠久的美術館，1912 年遷到現今地址。館藏有四萬五千件，除了世界文化藝品、文藝復興及當代藝術、加拿大本國藝術，鎮館的還有畢卡索、達芬奇、雷諾阿、塞尚和達利等作品。

我在其中的一個展館中看到了小時候在台灣一些古厝見到的廂型木床，現在在外國被當藝品，但台灣不知現存還有多少架？

在一處牆上我讀到一句美國脫口秀主持人歐普拉的話，我想特別記下來：「你必須找到那個擦亮你內在的火花，如此你才可以找到自己的方式去照亮世界。」

我們第一次來蒙特婁，停留三天兩夜不很夠，離開時依依不捨，全家一致決定有機會定要再回來。

暴龍隊封冠後的第二天

　　多倫多暴龍隊昨天寫下美國職業籃球聯賽（NBA）的歷史及自己的隊史，以 114 分擊敗常勝軍金州勇士隊的 110 分，在成軍二十四年後首次獲得總冠軍，也成為第一個非美國本土獲得冠軍的球隊。加拿大舉國歡騰。

　　暴龍隊代表的城市多倫多，球迷和市民更是欣喜若狂，今天從四面八方湧進市政府廣場慶祝的人潮，光選擇坐火車的就把我們公司營運的班班列車全數擠爆，連我這車掌差點都被擠下自己負責的車。

　　我們的這列車在早晨六點五十五分從奧得夏（Aldershot）發車，是往多倫多方向的第三班東行列車。我不是對暴龍隊拿冠軍不在乎，而是對球迷噴發的熱情不夠敏感，畢竟今天是星期五上班日，完全沒想到在起站就看到比平常通勤族多出數十倍的人潮出現，他們各個都穿紅色的球衣，快把十二節車廂近兩千個座位給坐掉一半。

　　火車來到第二站伯靈頓（Burlington），減速進站前我又看到一堆人等在月台上，男男女女，大人小孩都有，一樣是穿球衣或暴龍

隊圖樣的棉衫和球帽。等到關妥車門後，光我這個車廂就已經座無虛席還有人站著。

　　從奧得夏到第三站艾波畢（Appleby）行車不過才十二分鐘，等火車門關好後，我這個無障礙車廂已經水洩不通，其他節也不用猜，全車乘客數量一定過三千，因為我總是得站在月台上掃視，所以看得清清楚楚。我心想，「這樣下去怎麼繼續載客？」所以我趕緊打電話給中控中心──

　　「這裡是中控中心……」

　　「中控中心，我是 1008 列車車掌佩兒。我們的車剛離開艾波畢，情況特殊我覺得一定要跟中心報告！我們才開三站現在就已經滿載，看起來都是暴龍隊球迷要去多倫多市中心。接下來的幾個小時人恐怕只會多不會少，我建議馬上增調列車，臨時增加東西向往聯合車站的班次。」

　　「是嗎？我來看一下監視器……」中控中心調度員慎重地說著。他在辦公室裡，完全想像不到有這樣的盛況。

　　我繼續說：「還有，為了乘客安全，我必須拉長關門時間，將會造成嚴重誤點，我想先行報備。」因為從艾波畢開到多倫多聯合車站中間還有七站，沒有中控中心的指示，火車若沒有特殊狀況，可以動就得向前開，而我已經預見接下來可能發生的問題。

　　果然，開到了第四站布朗堤（Bronte），雖然只晚點一分鐘，只是早上七點十三分，暴龍隊球迷已經站滿兩百公尺長的月台。火車才進站，每個人就向前湧，好像密密麻麻的一群伶盜龍，一起進

食一隻落單的腕龍。

　　我按程序把車門打開，不意外地看到後面人推前面的，大家都想見縫插針。知道自己擠不上的人，有的還在月台上來回邊跑邊看，之中的幾個好像在打歪主意，彷彿只要找到車身外面焊有鐵條或鐵桿就有意抓住，名符其實地搭一趟「順風車」，簡直快像網路流傳印度火車載客的情況，實在太危險。我趕緊廣播：「本列車已客滿！請在月台上的乘客等候下班，時間預計十五分鐘，謝謝配合！」

　　我確定沒人「爬」上車，火車門卻夾到人，我又得開開關關好幾次才關妥，控制面板上兩顆綠燈亮起，終於可以按鈕通知駕駛再發車。而這些動作，我基本上是在乘客三面包夾下，整個人貼著控制面板完成的。自己進入鐵路業三年半多來，遇過各種人潮，但從來沒有這樣誇張過，我猜全車應有四十人。

　　中控中心經我一通電話提醒，應該迅速察看了所有的監視器，了解到整個系統可能被暴龍球迷給癱瘓掉，得趕快動作。結果我們在駛往第五站奧克維爾（Oakville）的路上便收到了指示，接下來的六站全數過站不停，直接開到聯合車站。

　　在聯合車站送走整車的暴龍隊球迷後，我仍得工作。晚上才從媒體上得知，今天集結在多倫多市府廣場慶祝暴龍奪冠的人潮介於一到兩百萬人之間。自己來到加拿大超過十年，住多倫多市中心八年，跨年也好，演唱會也好，甚至泛美運動會期間，我從・來・沒・有・聽過、看過和體驗過這麼大規模的集會。

加拿大的「菜市仔名」

不知道是不是實在太無聊（儘管這樣的狀況很難發生），今天自己竟然在登入的公司員工帳戶裡花了兩小時，把五百多名火車營運部的同事名單一看再看，還加以分類，全因突發奇想，想做個「菜市仔名」排行榜。

自己講的當然是英文名。真的！在一個大團體裡面，人一多，我發現英文也有台灣話講的菜市仔名！

在這麼大的公司裡跟這麼多人一起工作，而且不時調換工作對象，加上公司近兩年一直在擴編招人，不只是我，連同事之間要彼此記住名字也覺得頗為困擾。

一些男同事們自我調侃，如果不知道姓名，在火車營運組員中心裡要尋人，只形容：「那人是白人，男性，光頭，穿制服，大概六呎高」，同事們恐怕只能聳聳肩，建議到中心大門外頭去找一找。而去到那裡，鐵定會看到十幾個人一排站，或抽菸，或聊天，大部份人都符合上述的條件！

新進同仁對於認人的壓力特別大，因為不想失禮，但是人那麼

多，有些人名字一樣，有些人卻又根本像是從石頭裡蹦出來的，起名沒有根據和線索。當然實情並不是這樣，後者主要因為父母是移民，用母語替孩子取名然後用英文拼音。所以，在大公司裡也好，在加拿大的日常生活也是，大家常常為了叫對名字和記住名字而感到很有挑戰。

我們的五百二十幾個同事裡有 90% 以上是男性，我在公司待快四年下來，認識了一些人，但是還有很多人當著面卻叫不出名字，叫得出的好幾個名字又一樣，實在很麻煩。

今天我認真地數了數，他們之中叫「克理斯」和全名「克理斯托弗」的人數最多，有八個；「麥可」排第二，有七個；「馬修」和其小名「耔特」的也是七個；「馬克」有六個；「大衛」、「艾力克斯」和「項恩」有五個；「安祖」、「約翰」、「亞當」有四個；「堤姆」、「彼得」以及「湯姆」或原名「安東尼」的有三個；「理查」、「艾德」或「艾德華」、「蓋銳」和跟我先生「艾瑞克」同名的都有兩個，這樣分類數下來，已經叫人吃不消。

記得有一次，自己被指派開公司車，臨時載三個一組的同事去營運組員中心附近的蜜蜜可火車站換班，結果三個男的坐上車，兩個白人一個黑人我全都認識，每一個都叫馬修！當下沒啥好說的，我問直接他們，遇到跟自己同名的人怎麼辦？

全公司的人都知道我佩兒是「外國人」，不是在加拿大長大所以沒在這裡上過學，這樣的情況應該沒遇過，紛紛熱心地向我解釋，遇到撞名，他們會連名帶姓地叫。要記姓卻不容易，所以他們

也會替對方取綽號，但用綽號一般就是比較熟的人。

　　他們之一的馬修・貝克問我，中文名字有沒有相同的？我說當然有，而且也是用跟他們相同的做法來做區別。而像是「崔西」、「泰瑞」、「托比」之類的中性名字，在中文雖有，但中文的字裡通常有線索，比方說部首會是女部之類的，英文就完全無跡可循。

　　他們問我中文名字是什麼？我說本名意思是「像玉石」，因為中文不一定要冠詞，所以我不用講「像『一顆』玉石」。他們大多知道綠色的玉石很被華人喜愛，又問我怎麼不用中文而叫佩兒？

　　我解釋說，中文有聲調，跟英文相反，姓在名之前。我的中文姓名因為拼音不精準，結果常常被唸成「講豬佩」，完全不是我！而「佩兒」的名字已經跟著我二十年，當時自己跟隨工作的名人很愛護我，認為我中文小名「小佩」在新聞圈裡聽來會不專業，所以送給我佩兒這個英文名字。

　　在這之前的國小四年級時，英文補習班老師曾替我取名叫「如比」，因為音有點近似我本名而不喜歡。國中時英文課本對話人物裡有個珍，我覺得很「英文」，所以用了珍的名字好些年。

　　三個馬修們聽了都笑了笑。一個說，「珍」真的是個老名字（言下之意是老掉牙），還是帶著珠光寶氣的「瑪格麗特」的簡短版「佩兒」比較適合我。

註釋 ───────────────────────────────
* 瑪格麗特為女性名，希臘文原意為珍珠。

作者下班後於蜜蜜可火車站等車時，隨手以原字筆畫下月台候車室看出去東面的景像與天際線（繪於2020.05.29）。

自殺未遂的男子

　　晚上八點半火車照例從西面慢慢駛進蜜蜜可站，又到了交班的時間。第五節車廂西端的門打開，今晚走下月台來的是一個身高不到一百七還有一點胖的男同事，他很有自信地對我介紹自己叫約翰・彌爾斯。因為從來沒見過，加上他似乎不知道我是這編制五百多人公司營運部門裡獨一無二的佩兒，想必是新進同仁。不過他的姓名和 1859 年寫那本《論自由》（*On Liberty*, John Stuart Mill）的約翰・彌爾太像，倒是很容易記。

　　約翰用很短的時間跟我說火車車況良好，突然就向旁邊踏開好幾步，背對車門用手指示我借步再說話，接著他壓低聲音說：「妳看一下，坐在另一車門邊的那個男的，他很搞怪，從渥克維爾站上車時說是命被人救回來，還說不想活了。我已經大聲斥責他並且要他乖乖坐好。妳注意一下。」

　　「喔，好！」我說，然後上車把火車車門關妥，8：40 準時按通知鈕要駕駛開動，然後在車掌的座位上，依然故我地放東西。那男的開始閒扯，而我也若無其事地問他上哪去？今天可好？一派輕

鬆地跟他講話。

「我半小時前從渥克維爾被一男一女丟上車，他們其實救了我。因為我本來要跳橋，他們路過把我拉住，問我要去哪，然後勸我別犯傻，替我買票送我上這班火車，坐到奧許華（Oshawa）……」

「我活不過今晚了……」

「你什麼意思？」我表現出好奇和關心。火車就要進到下一站「展覽館」，我叫他先讓我把車門開關好，等火車再啟動，請他跟我細說從頭。

「我今天從奧許華來（渥克維爾）找一個朋友，但是沒見成，晚上七點多想說乾脆跳橋死了算了，結果那兩個不認識的男女把我拖住，知道我是從奧許華坐車來的，就幫我買了火車票讓我坐回去。可是妳知道嗎，我不打算活過今晚！」

「怎麼著？」

「我是有張國鐵的火車票，明早從奧許華回渥太華，可是我不回去了，反正不就一個人……我兒子一歲大，他的媽媽也不讓我見他，這樣的人生還有什麼意思？」

「你兒子和他媽媽住奧許華？」

「對。但她不讓我見他。」我們的火車停在多倫多聯合車站的七分鐘時間裡，他繼續說：「上個月我在魁北克，走著走著就癱在地上，被送到醫院去，結果結檢查出來有心臟病，現在得吃藥，我看自己也活不久了，乾脆今天晚上就死一死。」他連眉頭都沒皺一下，表情和聲音平淡，不像先前約翰所講的可能在作怪。

等火車離開多倫多，開向湖濱東線的首站丹弗斯（Danforth Station）要十分鐘，我藉故離開一下下，到樓梯間打電話，請中控中心派鐵路警察到奧許華支援，告訴中控中心或許這麼做可以免除一個生命的損失。電話掛了，我又信步走回來再跟他繼續聊。

　　「嘿，我回來了……你看起來很年輕哪，除了孩子都沒有家人？」

　　「我是比較娃娃臉，但是我已經三十了。十一年前自己從德國移民到加拿大來。」

　　「你那時才十九，怎麼自己來？來讀書？」

　　「我爸媽很神經！我跟他們的政治觀點不同，所以合不來，我就自己搬來加拿大，住到渥太華，因為只有高中學歷，所以找工作不容易，現在又有心臟病，也見不著孩子，這樣人生還有什麼意義？」

　　我遞給他一瓶水，要他歇歇息，換我講我爸爸的故事給他聽。

　　「我2016年三月最後一次見我爸是在故鄉的醫院裡，他肝癌已經末期，器官不能運作，沒辦法如廁，肚子痛得不得了，他也說不如快點死一死。可是我指著窗外對他說，『路上有一些行人，年紀可能比你輕，感覺是活蹦亂跳的年紀，可是誰知道一下刻有沒有什麼意外發生，會不會就此被奪走生命？』」

　　我看著那名男子講，「其實不用自我了結，人生本來就很短暫。不管在哪裡，難過也好、辛苦也罷，來世上走一遭，就要認認真真、痛痛快快地活著，哪怕只剩下幾天，因為，我們都不知道自己會活

多久。」我說，「我爸很想繼續活著，但他最後走了，才六十四歲。我把這話也對你說，你才三十歲，未來還不知道怎麼樣，所以不應該現在尋短。答應我和你自己，應該要勇敢熬下去。」

不知不覺火車在九點三十五分準點抵達終點站奧許華，一男一女兩個鐵路警察已經站在我指定的月台上等，我帶那男的走向他們，要他放心，警察會幫他找資源，看看接下來怎樣對他最好。

他看起來平靜多了。兩位鐵路員警對他露出和善的微笑，一左一右地陪著他慢慢地走向長長月台末端的出口，直到我視線盡頭。我遠遠見他最後的背影和腳步，已經不像我們稍早的對話那樣沉重而似輕鬆了那麼一些。

註釋 ──────────────────────────────

* 除多倫多聯合車站外，奧許華、季爾伍德（Guildwood）、渥克維爾、歐得夏、聖凱撒琳（St. Catharines）、尼加拉瀑布、莫頓（Malton）、班布頓（Brampton）、喬治鎮（Georgetown）、卦府（Guelph Centre）、基秦納（Kitchener）、倫敦等，是安大略省鐵和加拿大國鐵均停靠的火車站。

擔任火車車掌的作者佩格澀思利用在奧許華的待車時間，以
原字筆畫下月台東南面的景象（繪於2020.11.14與2020.11.
15）。

公子哥歐藍朵在美術館牽我的手……

歐藍朵知道我喜歡畫畫，看了我手機上拍存的幾張畫作，他臨時起意說要帶我去對面的安大略美術館找一件作品。

我們今天先是在美術館斜對面的一家小店喝咖啡，繼續深聊上次在少林功夫學院課後沒講完的事。歐藍朵跟我和女兒小丹及他的大兒子麥克斯，都是美術館附近、同樣位在登打士西街上少林功夫學院的學員。上次歐藍朵偶然講到，他對自己在婚姻中的價值存疑，我說應該另外找時間跟他好好聊聊。

歐藍朵從哥倫比亞來，因為富豪叔叔關照整個家族，歐藍朵本來也有不錯的前途，原本可以好好當個室內設計師。不過他不喜歡安逸的生活，一天跟父母說要獨自移民加拿大時，都已經是申請通過後要動身出發前夕，這樣父母就沒法攔阻他。

他來到加拿大，先是去蒙特婁待了一年才轉來多倫多。在一次朋友的派對中，遇見一位皮膚白晰身材高挑的加拿大女人，不知為什麼，對方竟然愛上自己，被倒追之後結了婚。「太太後來才跟我說，當時她心想：『一定要嫁給他！』」歐藍朵跟我講他自己的福豔。

照歐藍朵的說法，自己的爸爸和叔叔出生在窮鄉僻壤，小時候一個禮拜才有一部牛車前來兜售大城市的時髦貨，其中還有幾份報紙。叔叔受到牛車帶來的些許資訊的啟發，好奇地打著赤腳追牛車，越追越遠，最後到了大城裡，還在港口上了船去當船工。幾年回來後，叔叔開始自己搞遠洋貿易，六、七〇年代專門進出口一些歐亞的奢侈品給哥國的有錢人收藏，叔叔因此富起來，持續收購土地，照顧家人和私人土地上的佃戶。

　　「佩兒，妳知道嗎？太太跟我結婚前，我帶著她回去拜訪家人，當然也去叔叔家。叔叔派來一輛禮車接我們，一直開到一處山腳下，一道鐵欄大門由配槍的警衛打開，車繼續往山上開了十分鐘，路上還有幾處崗哨，最後停在叔叔家門口。我太太看到嚇壞了，那豪宅根本就和對面的安大略美術館的前廳一樣大，矗立在山頭可以鳥瞰美景。」

　　「我跟妳說真的，佩兒，我叔叔很低調，但他有一個私人收藏室，裡面有畢卡索和幾個歷史術藝家的真跡！他要我們不可以宣揚。」大概因為我這輩子不可能去他叔叔家，所以歐藍朵就放心地跟我講了這個祕密。

　　歐藍朵又跟我說，因為太太在銀行當高管收入很好，自己則是棕色皮膚、有口音的移民，找工作不容易，所以這些年他都在家顧小孩，但是覺得一身抱負未能施展，好像在吃軟飯。我跟高大的歐藍朵說，不妨跟太太說說自己的想法，等孩子稍為再大一點，請她支持自己開始兼差，有收入的感覺很好，他也會覺得自己更有價值。

歐藍朵有考慮再進修室內設計，他讓我看他手機裡自己最滿意的畫作，是一隻由許多不同顏色的細點細線所畫出的公雞。相形之下，我自覺經常用原字筆速寫的生活剪影好似不怎樣。他見狀馬上就帶我去對面的美術館，因為他是年度會員。

　　我倆在美術館裡看著、走著，歐藍朵突然牽起我的手，我不想過度反應，所以一開始沒作聲。不過他這樣牽著我走了兩分鐘，真的到了我的極限，我終於開口：

　　「嘿，歐藍朵，我知道你們拉丁美洲人都很熱情，但我從亞洲來，東方人比較保守，老實說我不知道該怎樣看待和回應你牽我的手。」

　　歐藍朵聽了馬上放手說：「我以為這樣表達我的善意和喜好還算可以（接受），真是不好意思。」

　　「沒關係。不過我已婚你也是有婦之夫，我覺得我們還是別這樣，免得另一伴知道了誤會或生氣。」

　　「是的、是的。其實我們（拉丁美洲人）的男人如果邀請女的跳舞，女的一定要賞光咧！」他稍稍地辯解。

　　「這樣的話我倒想問，如果那女的不想，又該怎樣讓對方知道？」我藉機問歐藍朵這個我不熟悉的文化差異。他解釋，就是「如果跳舞時男方開始拉緊或要擁抱，女的就輕推但不鬆開且繼續跳，推個幾次，一直保持兩人身體的距離，這樣我們（男的）就知道了。」

　　這樣交換意見後，歐藍朵帶我停在美術館二樓的一幅畫前，畫

框裡的紙或許是因聚光燈的顏色看來有些泛黃，紙上是一幅由藍色原字筆細線與點繪成的優美風景。歐藍朵稍早見我對自己的作品沒有信心，專程帶我來欣賞這幅畫，想證明原字筆畫也能登大雅之堂！

　　我真的有被激勵到。可惜自己太粗心，居然沒記下那幅全館僅有的原字筆畫的作者和背景資料！啊——

註釋
* 安大略美術館位於多倫多市中心登打士西街，近中國城，是繼皇家安大略歷史博物館後，多倫多第二大的博物館，建築本身優美，583,000平方英呎的空間，展出了加拿大、歐洲和近代與現代藝術品。

2019.10.18/Friday/Sunny

應付帶槍的男子

晚上當班前我跟新手駕駛塞克和另一個不太熟的車掌在組員中心大門外抬槓。那車掌的個子在白人裡不高，年紀大概只三十，年資比我還深一些些。因為平時各管各的車，所以我從來都沒見過他。這次他才被主管放三天假回來，遇見我們時隨意地說起最近遇到的無禮乘客：

「……那是在中午左右。那女的也不年輕，看起來五十多歲了，我（跟她）說等一下，要等（我）放好無障礙（通行用）鋼板才能讓她登車。她竟發飆說：『我要殺死你！』然後就把她手裡的熱咖啡向我潑過來……」

「你有事嗎？」我問。

「沒有，我閃開了，所以身上就只被潑到一些些。但是這樣很不對，我就打電話給中控中心。後來（車掌）經理畢勞來電話，問我要不要休個假甩掉這不愉快，我當然就說好啊。對了，聽說你們上個禮拜遇到槍枝威脅？」那車掌問。

平常不太說話的塞克很安靜的回：「對呀。那男的就把外套衣

應付帶槍的男子　179

擺掀開，說：『怎樣？』我說：『沒事。』我們就各自反方向走開了。」邊說塞克還邊做了掀開衣擺亮槍的動作。

我吃驚地大叫：「塞克！這種事你怎麼沒跟我講？難怪後來鐵路警察作筆錄一直問我有沒有什麼槍，我都說沒有！現在我又要打電話去（向鐵路警察）更新和再寫一個報告了！」

事件發生在上個星期五，我們的大夜東行車在多倫多聯合車站發車時已經是凌晨十二點十五分。我站在月台上邊等邊看登車情況，稀疏的人流中，有兩個瘦高的男子從我身旁走過，朝東邊的車頭方向繼續走，後來我也沒繼續留意但反正他們就上車了。

火車開到第四站季伍德，已經是關門發車的時間，突然有一個長長的身影在前面四節車廂遠的月台上向我揮動著兩隻手，身體語言又不像要離開，我便用廣播提醒清空車門，關門後再特別公告：「方才那位先生，若需要協助請過來找我。」不過那人一直沒出現，車也一直開，每一站都只有乘客離開，車上的人越來越少。

列車離開倒數第二站魏比（Whitby）往終點站奧許華前進的時候，我照計劃往車尾走，看看情況怎麼樣，沒人的話我就可以省去一點空車檢查的時間。打開了第一扇通道門，在第六車廂迎面遇到兩個男的，大概三十出頭，正一前一後走過來。前頭的那個說：「喔！我正在找妳呢！想問妳下班後要不要出去玩或去打砲。」

獐頭鼠目的人我不是沒見過，雖然他說話這麼粗，我穿著制服還是要專業面對。我回：「不了。我還有其他例行工作要完成。」

「沒關係啦！玩玩又何妨？」

「我已經結婚而且有小孩，對你的提議不感興趣。抱歉，我要繼續工作了。」

我朝車尾繼續走好甩開他們，接著聽到在身後的通道門關了，知道他們已走進第五車廂去，但是一股渾身不對勁的感覺就從背脊涼上來，我因此沒照計劃走完車尾，一會兒就折回自己工作的第五車廂，用對講話筒呼叫車頭，概述了情況，提出請求說：

「喂！我覺得那兩個男的會在奧許華停駛關門後，埋伏在前面的車廂等我，請你到站後馬上過來支援！」

跟我同天進公司、如今已經是副駕駛的年輕黑人理查講聽到情況不對，很快跟塞克商量，又對我解釋說自己有些例行工作得完成，但塞克一定會盡快前來。

果不其然，火車在奧許華停駛後，我沒見到那兩個男的，於是故意一直用廣播催大家下車，最後他們倆才從第四節車廂門慢慢踩出來，也不往東邊月台的出口走，反而向我走過來！我即刻用無線電呼叫理查和塞克，被方口粗的男的聽到了，他發出短短的「喔喔」聲，腳步仍沒停下，一直朝我走來，顯然知道我的同事最快至少要一分鐘才能從車頭趕到中間這段來。

「不要這樣嘛！我跟妳好好說，邀妳出去找樂子，妳居然這樣不領情。打打砲滿好玩的呀！」瞇瞇眼的他說著猥褻的話時小小八字鬍也跟著動，看起來特別噁心。

他說那話時不巧我正站在車門外的金屬梯面上，本來小個子身長僅一百五十五公分，硬是矮到只有他跟一百八十幾公分的同夥的

横隔膜那麼高，心裡雖緊張，但是我面色不改地說：「你再這樣說下去，我就當你的話是冒犯！」說時另一隻眼瞄到塞克就快到，我就退回車裡把全車最後開著的自己的這道門給關了，從玻璃窗看到那兩個男的只好轉身走，和塞克狹路相逢，但是塞克只是直直向車尾走，那兩個無賴也終於走出了我的視線。

　　我向上報告了，但是半夜經理應該在睡覺，所以我們既無慰問也沒特休，只有連兩天鐵路警察打電話來問細節，繼續工作到今晚，塞克才說那男的褲襠裡有隻槍……我懷疑自己的人身安全到底有沒有人在乎？

註釋 ────────────────────────────────
* 2022年十月二十一日起，加拿大立法生效不得購買、銷售、轉讓手槍與攜帶入境。

從摳門到迅速積攢

2020.02.01/Saturday/Snowy

全家去迪士尼只要兩千七百塊

從美國迪士尼（Walt Disney World, FL, USA）玩回來剛好一個禮拜。今天把這次四天三夜之旅的開銷全都整理出來。我們家兩大一小吃住帶機票，一共花了加幣 2,761 塊錢，比一般建議的五千塊預算少掉快一半。女兒小丹玩得很高興，全家帶回的美好回憶更是無價。

我們分別去了「奇幻王國」（Magic Kingdom Park）和「動物王國」（Disney's Animal Kingdom Park），各玩了一天。

除夕當天一早九點多，我們隨人潮進到奇幻王國大門裡，再往前走一陣子，看到了一座大銅像，華德 · 迪士尼左手牽著他所創造的米老鼠一起被粉紅色的花鋪圍繞。迪士尼右手指向我們視線左方的空中，給人無限的想像和希望，連我和艾瑞克兩個四十多歲的大人都忍不住興奮起來。

早就做好研究，我們直接去排「七矮人金礦車」（Seven Dwarfs Mine Train）。乘車的長長隊伍繞來繞去，等候區內有一些「金礦」，一些壓克力製的七彩大寶石被鑲在小石子中，一起被放在水泥砌成

的「木箱」裡。也不知道為什麼，明明等了四十五分鐘之久，好像應該發脾氣，但是我們居然還滿開心的。最終坐上金礦車在黑黑的「山洞」裡上上下下拐彎前衝，不過兩分鐘就玩完了，我和艾瑞克看到小丹燦爛的笑靨，忍不住雙雙同意說好玩。

大大小小的遊樂設施不少，越刺激的就要排越久，我們儘量挑人少的，像是旋轉木馬；鬼屋也等了至少半小時，但已經算快的了，裡面幽幽的視覺幻影，讓人覺得陰森森的但應該不至於讓孩子做惡夢，尺度拿捏得恰到好處。

為了儘量不把時間浪費在排隊上，午餐用過披薩、薯條、青菜沙拉和義大利肉醬削鉛筆麵後，我建議去參觀資訊地圖上人氣指數不很高的「帝奇魔咒屋」（Walt Disney's Enchanted Tiki Room）。現場的參加者每個人都有位子，大家圍著一棵長滿花朵的樹坐好，一些羽毛豔麗的鸚鵡就開始唱歌，搭配著音樂聲光，我體驗到無比的魔幻。

我們也看到噴火龍和米奇、米妮的歡樂遊行隊伍，一天結束在玩完巴斯光年後。

隔天我們去動物王國，當然又是早早入場。我們堅持，「一定要坐到非洲獵遊車去看動物，才算來玩過。」果然，裡頭各式各樣的動物，像是：長頸鹿、大象、鱷魚、河馬、……等等，全部都有，一點都不讓人失望。最棒的是他們把動物和觀看者隔開，卻叫人看不見隱藏的安全設計，一切就像身處大自然的野地裡。

我也非常讚嘆那處「發現島」（Discovery Island），置身其中

根本就像到了另一個星球的未來。

　　午餐吃過奇特口味的飯食和麵食後，我們買了一枝冰淇淋給小丹吃，誰知她竟咬斷了一顆乳牙，之後每張照片她都張著口摸著下巴，一定要紀錄下自己在動物王國掉的第四顆牙。

　　我們玩到天黑乘船離開前，讓小丹用她僅剩的美金十塊錢去買份紀念品。她已經謹慎了一整天，力求不超出預算，最後天如人願讓她找到了一隻黑色龍填充玩偶。

　　做為家長，我沒有理由卻硬要求自己，一定要帶孩子去美國迪士尼玩。先生艾瑞克也覺得無妨。然後從去年七月起，我就找機會替全家訂多倫多到佛羅里達的便宜來回機票，花了 1,173 塊錢。

　　住宿四星飯店，則是利用連鎖旅館的推銷：話說前年我們開車來回新思科省，住了好幾個旅館，後來收到促銷，在佛羅里達中部迪士尼附近的基西米（Kissimmee）住宿三晚只要美金一百九十九元，條件是必須去參加講座，如此又可以獲得三百美金的美國運通禮卡，聽到這麼好康我就訂下來。但是因為從市中心搬家到西郊，我要求延期，這次才用上。

　　聖誕節的時候，小丹將禮物一一拆開，其中有一張聖誕老公公的卡片，上頭寫著：

　　「親愛的小丹，妳一整年都表現優良，是個好孩子。請把這張卡片交給爸爸媽媽，讓他們兌換機票和門票，由妳帶他們去迪士尼玩。」

　　本來小丹還以為不過又是去年十二月帶她去多倫多思科銀行體

育館（Scotiabank Arena）看的迪士尼冰上嘉年華（Disney on Ice），還不是挺在意。這次去了真正的迪士尼世界，新奇的體驗讓她直說一定要當好孩子，以後聖誕老公公還會讓她帶爸媽再去玩一次。

要補充的是，這次的五天行程中，頭天和最後一天是用在交通，火車駕駛史帝夫住在基士米的舅舅到機場接機，再送我們去飯店。三天中的一天，我們去參加講座，被推銷購買度假屋，我跟艾瑞克不知不覺從被要求的兩小時竟待成了九個小時，而且還真的簽了合同帶回家。不過後來想想，擁有度假屋、一年飛去一兩次不太符合我們未來的需要，終究還是正試通知對方取消了。

另外，回到多倫多在皮爾森機場入境後，我們開始看到測量人體體溫的機器——據說一種可怕的呼吸道病毒已經從中國武漢開始向全球快速蔓延開來。

有錢人真的跟我想得不一樣

　　來到離家走路不到十分鐘的長枝火車站兼差當站員，這是第二個週末。今天自己一個人做五點半的「開站」班卻一點也難不倒我。先前在聯合車站的機場線當外包公司火車客服代表二十個月，後來由內部轉調到省鐵當火車車掌兩年半，前後超過四年的經驗，讓我剛到省鐵車站打工也能獨當一面。

　　長枝算是個小站，星期六日可以很安靜，今天早上十一點多卻陸續有乘客來買票，大部份是「全日通」的票種。接近中午竟還出現了短短的排隊人潮，主要因為思科銀行體育館晚上有多倫多楓葉隊的冰上曲棍球比賽，很多人乾脆跟朋友約定下午提早在多倫多市中心見面。

　　買票隊伍中有個身穿夾克、頭戴短帽的華人男子，輪他到了售票口前，他用很重的口音對我說：'Sorry. Do you speak Chinese?' 我直接用國語回：「說呀！我大概是整個省鐵營運統裡極少數會說中文的。」他立刻切成中文問：「那太好了。是這樣的，我帶我愛人和小兒子才來多倫多一個半月，因為肺炎（COVID）疫情的關係，

不方便到處去，所以也還沒認識幾個人，英文又不太行。妳可不可以跟我講，這火車怎麼坐？我們之後想坐到市中心，再去中國城買菜。」那男人說地很誠懇。

我推薦他買儲值卡，可以省一點錢，但是看到後頭排隊隊伍越來越長，有班火車就要來，我便請他讓我先賣票給後面要坐車的人，之後再跟他詳細解釋。那男人一點也不介意，指著火車站大廳對出去的一棟頗新的大樓說：「我就住那裡。這樣好了，你下班後我帶我愛人和小孩來見妳，再請妳多跟我們講講那（儲值）卡片怎麼用，還有這裡（多倫多）的事。」我們家搬來長枝一年半了，卻連一個說中文的對象都沒有，於是我就爽快答應了。

下午一點半交班前，那男人真的帶著妻小前來。妻子瘦瘦的，穿著一件白色羽絨衣，在華人的標準算漂亮的。兒子胖胖的，大概有十歲，左一聲阿姨、右一聲阿姨地叫我，挺討人喜歡的。他們一家三口竟一起來邀我到他們「家」坐坐。我既已準備跟他們聊聊，也好奇那棟這一帶最高的樓裡到底長怎樣，於是就跟去了。

該大樓標榜豪華住宅，進了大門有二十四小時迎賓保全櫃台，公共區域鋪地毯也有裝潢，據說樓頂有健身房和交誼室。電梯上到十樓，他們租的是一個角間。太太說，因為堅持要湖景，所以選這裡，後來才知道租金付高了，只怪自己心急沒多比較，所幸只簽一年約，因為他們有想在這棟樓裡買一間兩房的湖景公寓來安頓在附近上小學的小兒子。

他們鄭重自我介紹：先生姓胡，在北京的一家大醫院當骨科醫

師，家裡三代也都行醫。他們的兩個大兒子一個北大剛畢業，正在英國玩，因為考慮去那裡唸碩士；老二讀高三，一個人在北京朝陽區的家裡，爺爺奶奶待在附近的另一套房子就近給予照顧。小兒子年紀跟兩個大的差很多，醫生娘胡太太把頭兩個帶大，現在只要顧這個小的。

我是他們迎來的第一個客人，胡太太熱情地邊說邊包餃子要現煮請我吃。

「水餃一定要用新鮮的羊肉做餡料！」我光聽她這麼說就要流口水，因為自己上上次吃羊肉，是 2008 年移民前在台灣吃羊肉爐，上次則是 2012 年時跟艾瑞克結婚當天的家庭聚餐，自己點了一客羊排。

「我常看房地產，你們這個一房大概四十五萬加幣，兩房的話，我想五十七、八萬可能有機會，南邊湖景的話可能要六十萬。」我跟他們分享自己的了解。

「那大概是人民幣三百五十萬。三百五十萬能在北京買什麼？大概就一個衛生間。我們離北京兩個小時的三線城市老家，或許還可以……」

胡太太也不避嫌，當著我的面直接對胡醫生說：「那你下個月回北京，看看是不是把老家那四、五間房子賣了一間，想辦法把錢轉過來買。」

我問他們怎麼會想來加拿大？胡太太說，北京壓力太大，為了攀比和出頭，一個孩子傍晚放了學，先由姥姥帶去補習，補完習都

七點多了，再由剛下班的父母接去學音樂，回到家再做功課，小小年紀不到半夜根本不能睡覺。他們夫妻倆認為，不能讓小兒子這樣下去。

胡先生說：「我們是從去年九月底開始有（帶小兒子到國外）這想法的。本來想去美國，但是看到川普不喜歡中國，我們想說那就來加拿大，然後我們一月中就來了，所以我們是拿觀光護照。」這麼說來，他們的小兒子肯尼是國際學生，學費不便宜。他又說：「我看（加拿大）疫情這麼糟，之後可以在這裡開一間公司，從中國進口這裡缺的醫療器具。妳英文這麼好，可以來幫我。」

胡太太跟進說：「我是北大中文系畢業的，英文難不倒我，我一個暑假就可以學起來，到時我要在這（加拿大）開中醫診所。」

胡氏夫婦很親切更健談，目標和投資想法都很遠大，說話信心滿滿，任誰聽了都知道他們是富人，因為口氣透露著錢完全不是問題。最讓我驚嘆的還是他們做決策的模式，彷彿到歐美讀書、居住和買賣房子、做生意這類重大決定，完全無需從長計議，一切劍及履及，說做就做，思維方式真的跟我不一樣。

註釋

* 思科銀行體育館過去名為加航中心（Air Canada Centre, ACC），是多倫多楓葉冰上曲棍球隊的主場。

肺炎

　　新冠肺炎來勢洶洶，一延再延的居家限令，迫使火車減班和縮短車廂節數。今天我們這班中午十二點十五分在聯合車站東行奧許華的車，等在有頂蓬覆蓋的十二月台上，就要到發車時間，我看到約一百五十公尺外連接地下候車大廳的樓梯口處，閃出了一個瘦長的身影，披著長髮，一跛跛地遠遠前來。想到那人錯過我們的車，下班要等上半小時，自己善念一發，決定等這個乘客一下，豈料是個錯誤的決定。

　　知道自己在這頭用車上對外廣播那人也聽不清楚，我改用手勢，伸出左手食指、左手臂轉著圈，讓該名乘客知道得趕緊。可是她依然一跛跛地走。沒一會兒我終於看得更清楚，這女的根本是踩高蹺，一雙跟鞋兒有六吋高，加上穿窄裙，走路起來連她手上拎著的袋子也晃來晃去，要她走快完全不可能，我只但求她千萬別摔倒。

　　好不容易她走到了車尾，也就是接在我這節後面的第六車廂處，她又不照我比劃地就近用最後一個門登車，硬是繼續朝我這裡來。因為這樣，我們的車晚了快三分才啟動，幸好乘客不多，我自

忖之後各站要追上準點尚且不會出問題。

　　真正的問題卻在這名女乘客。

　　我本不該以貌取人，但這女的在我看來就有些陰陽怪氣。她挑了一個離我最近的位子坐下，踩高蹺這麼一段路，氣喘噓噓，可是她沒戴口罩。政府和安大略的大眾運輸姍姍來遲地強制人們戴口罩已經施行一個月，好像跟她一點關係都沒有。不過，我不是鐵路警察只是一名小車掌，只能提醒而無權要求她戴上口罩，如此我不如噤口。

　　可笑的是，我二月到五月間接了週末火車站站員的兼職，跟主任客氣反應過，是不是該向上級建議至少由人自行決定是否戴口罩。結果那名身高一米八的年輕女主任說，戴口罩表示人生了病，站員這樣做會嚇到乘客與大眾，所以戴口罩工作萬萬不可！？

　　這樣蠢的想法卻比比皆是。在大型連鎖「都會超市」（Metro）當時就傳出有店員推打戴口罩買菜的華人婦女，氣得我打電話去該公司客服中心砲轟。一直到六月中過後，安大略省才宣佈公共場所強制戴口罩，對於先前再三的錯誤宣導，政府官員連個道歉都沒有，結果便是，就是有些人覺得戴不戴都沒關係，因此接間枉死的人數不得而知。

　　好吧！有人強調個人自由，不戴口罩就算了。可是，今天來坐車的那個女的還沒喘完氣就叫我過去。我跟她保持兩公尺距離。她問我有沒有「乾洗手」，我建議不妨用廁所。等她從廁所出來，長髮變削髮，就像變成另一個人，原來她是摘去了假髮放到袋子裡。

她回到座位後再次問我有沒有乾洗手，因為洗手間水龍頭乾了。我秉持助人的心，遞出幾包小小的殺菌溼紙片，但為此也不得不與她貼近。

她又問我一個外星人問題：「妳知不知道奧許華的健身房有沒有在開？」

我回不清楚，因為各個城市禁令規範不同而且時常在變。

她侃侃地說：「喔。因為我剛從溫莎（Windsor, ON）的監獄出來，所以不知道奧許華的情況……溫莎現在疫情全省最糟，有些獄友一直咳，不知道是不是中標了。不過我在假釋前有被檢測過，是陰性。」既然話都這麼說，我也只能相信她。

「現在很多地方都關了。我從溫莎一路換車坐過來，想說去找我爺爺奶奶。可是妳知道的，我很年輕，不會染病，可是如果我帶源，傳給老人家就不很好。所以我想去健身房洗一下澡（好把病毒洗掉）。」

我心裡想：「妳小姐可真愛自己人，還仗著自己年輕就以為不會生病；又萬一妳已帶著病毒一路上傳給別人呢？現在竟要去健身房傳給更多人？！」不過這或許是自己的假想與偏見，所以我就跟她說：「如果健身房沒開，我知道有些收容中心有提供沐浴設備。」

「對喔。我都忘了說，因為好些日子沒去了……。我開始賺大把的錢，就不想（委屈自己）去（遊民中心）了。」

她繼續講，「跟妳說喔，我後來在幾家脫衣舞廊上班，錢可賺多了。可是來了個疫情，現在我工作的前後兩家舞廊都關了，我就

沒收入，就想去我爺爺奶奶那裡投宿。」

「原來是這樣子。」我心裡暗想。

我們的車終於抵達奧許華，那大小姐又踩著她的矮子樂一搖一拐地離開，照計畫去洗澡。等她走了，我打電話給車掌經理畢勞，述說自己跟那沒戴口罩的女乘客靠這麼近，心裡很不安。畢勞說，如果出現病癥一定要呈報，會再看怎樣處理。我感覺自己只能聽天由命，下一通電話就是打回家，要艾瑞克幫我在廁所裡準備好乾淨衣物再放置清洗劑，在我進家門到洗好澡、消毒完、從廁所出來前，他得把自己和女兒小丹鎖在房裡，千萬不要跟我接觸。

註釋
* 溫莎市位於南安大略省最西南一角，隔著一條河與美國底特律為鄰。

想跟我學記帳的大英雄

猶記得去年有一天收到主任凱爾的電子郵件，Excel 表格內載明我要帶新人史賓瑟兩天。到了指定日首日的清晨，我跟史賓瑟在組員中心初次碰面。他是位體格壯碩的黑人，表情一幅沒睡飽、走路也很散漫的樣子，讓我以為他是吊兒啷噹的人。不過，第二天又是一整天在一起，我開始對他改觀，下班後甚至寄送他那份我記了近十年帳的空白電子檔，希望幫助到他的個人生活。但是今天讓我寫下史賓瑟的動機，卻和以上的背景不太有關。

記下史賓塞是因為，今天我在聯合車站第二十五、二十六月台，跟對面二十四月台進站的火車會車，他意外地從那列車裡走出來，我立刻大聲叫他的名字，稱他是英雄！

是的，我想寫下史賓塞的神勇。

早在這次見到他前的好一陣子，我就在工會主持的同仁臉書上，大聲恭禧史賓瑟和另一位車掌，因特殊事蹟獲得省鐵年度表揚。

得獎的另一位車掌很資深，長相我記得很清楚但現在名字我卻又一時叫不出來，猜想可能是亞當。他去年有次成功以心肺復甦術

救活了一個一時沒有呼吸心跳的乘客──乘客突然不適甚至在搭車時斃命的情況很少但不是沒有。省鐵歷史上有好幾人被我們公司的營運組員特別是車掌救了回來。

史賓瑟的功績也很絕。很久沒見，我今天光天化日下高聲喚他的名字，他已知我向所有同事公開稱讚他而對我更親切，走過來後甚至抱了我一下。但我接著劈頭講他：「你瘋了嗎？你怎麼會幹那種事？！我都跟我先生說，換做他是你，切記要顧念家人而以自身安危優先。」

史賓瑟乍時意外我怎罵他，但一下秒就理解，我是關心他，便向我解釋，其實他在進公司前是在多倫多皮爾森機場做保全，見過很多奇怪的人。那天發生在他車上的事，他認為肇事者應該無心傷人，所以才會大膽地把自己跟他鎖在一起。

史賓瑟說，那是一班夜間七點多湖濱西線的車，其實乘客不少。開到奧克維爾站附近時，突然有好幾個人從隔壁車廂跑過來還繼續奔逃，其中一個人跟他講，第三節車廂裡有個男人亮刀說要殺人！這種情況人在火車頭裡的副駕駛不見得能夠在第一時間出來支援，所以車掌得率先應付。他速速從第五節跑到第三節去，果然看到有個男人在揮舞一把短刀。

「我的保全經驗和直覺告訴我，他只是一時情緒不穩但無心傷人。」所以史賓塞立刻把該車廂所有乘客都緊急疏散，卻把通向第二和四車廂的門各給鎖起來，留下自己單獨跟那男的在一起。「我就好聲好氣跟他說話，最後我們面對面坐在一起。我聽他說不如意

的事並且安撫他，一直到聯合車站、到他被鐵路警察帶走為止」。

我真的覺得史賓塞很大膽，從事發的奧克維爾站到聯合車站，過站不停也要二十分鐘的時間，他居然為不認識的乘客們跟這狂徒賭命。聽完史賓塞親口說事發的經過，最後我還是忍不住唸他：「下次還是不要這樣做！」我想除了我之外，大概沒有人會對史賓塞講話這麼直接，因為他總是一臉「老子不爽、最好別惹我」的表情。

說回之前帶史賓塞的那兩天，要到第二天他才比較信任我，跟我說他二十六歲，有個女兒，並且和父母住在衛斯騰那區的公寓裡，家裡含他自己共有五口要養，但是他老是透支。我聽了之後知道他家境恐怕不好，誠心建議不妨從每天花三、五分鐘記帳開始，了解金錢的流向，才能做出更好的財務管理。之後我還特別傳給史賓塞我自行設計、用了快十年的 Excel 記帳表單。

我先是口頭、後是在電子郵件裡跟他說，以為記帳就可以有錢那肯定不是。我也做預算但完全不期望支出能控制在預算內。在我，記帳和預算，只是讓自己更有意識地知道自己錢花在哪裡，可以回顧有哪些不必要的支出。而預算快超支時，自己也會有所警覺，而能要求自己和家人慢下來、加以控制花費。長久下來，就從有意識變成下意識的自動節制，辛苦賺來的錢就不致於像打開了的水龍頭一樣、水嘩啦啦無止盡地泄出去。

史賓塞有沒有用我的表單記帳我沒有追問。但他知道我樂於助人且會關心人而喜歡我這個前輩，所以我跟他講話很坦率直接，他並不介意且完全不生氣。

你媽的飯很臭！！

「你媽的飯很臭」這麼粗劣的話，任誰聽來都不喜歡。如果還被人家嫌「你媽媽煮的飯很臭」，任誰都會覺得太超過。

女兒小丹在多倫多長枝地區唸小學一年級的時候，就被一個女同學這樣譏笑過。一個不過跟她一樣七歲大、叫瑟瑞亞的女孩，當眾嘲笑我為小丹煮的玉米雞蓉粥味道很古怪。這樣的侮辱應該持續著，小丹最後氣不過，終於回口說：「這是我媽媽的愛，一點也不臭！」

回家她跟我提這件事，眼淚撲簌簌地流。我心裡更是難過無比，因為早就知道混血兒的她卻長得像我會吃很多虧。

當時我安慰女兒，那同學一定是沒吃過亞洲料理，所以不習慣不同的氣味，錯過亞洲美食真是沒福氣，其實應該同情她。我不願也沒對她說的是，同學小小年紀就懂恥笑人，看來是劣質的家長教壞的；世上這麼多的歧視和紛爭，其實都是可惡的大人搞的。

這次我難得有空也好不容易取得了食材，用心燉煮出一鍋金針藥膳排骨湯，看女兒愛喝就順口說，不如明天帶到漢米頓

（Hamilton）這裡的新學校當午餐。我看見她極度猶豫，意識到她對之前遭言語霸凌仍存有陰影，同時氣憤族裔歧視居然在孩子間就發生！

我一定得想個辦法，把女兒的自尊與自信給找回來，讓她知道媽媽是台灣人沒什麼不對！我還要她知道，人生不該一味委屈求全，做人永遠要抬頭挺胸！

我首先上臉書，不假思索地針對這整個事件，以英文一口氣寫下一篇長文，怒問都已經二十一世紀，怎麼還有這樣的事？質疑究竟我們是活在一個什麼樣的社會與世界？發佈後短短時間內被大量轉傳，也收到許許多多的留言，每個大人都在鼓勵小丹勇敢做自己。還有很多人分享自己的看法與經驗。

一個父母是香港來的同事寫：「我就是這樣長大的。我媽讓我帶飯，我要嘛用少少時間吃一半，把另一半帶回家騙說我不很餓，要嘛把食物偷偷倒掉，在學校挨餓。學校教一套卻又做一套，對文化歧視假裝沒看到。佩兒，告訴小丹要堅強，她最後終會成為勝利的贏家。」

很多年前在台中一所技術學院選我課、現在攻讀中文博士的朋友說：「中藥材對我們而言又香又營養，但是對未曾見過的西方人而言，的確是新的體驗。人類的排他行為，去到哪兒都躲不掉，只能訓練孩子保護自己。我的孩子在土生土長的台灣也一樣被同學霸凌。我曾想要去跟老師討公道，但被我的孩子阻止，他（兒子）說我出面他的處境會更難堪，我只能忍下來讓他自己處理。」

一個住在美國的台灣網友也回應：「我的孩子也一樣，在學校別人都說我的孩子是中國人。出生在美國，臉長得華人就是中國人？……我家對面的（鄰居）還不讓他孩子跟我的孩子一起玩。」

　　一個非常喜歡我們「我愛多倫多」設計的老顧客表示：「我很心痛知道這樣的事還在發生，想當然那是被大人誤導的。小孩子真的不知道多元性讓這個世界更富有。我兒子就有三種（血緣）背景，也住過不同地方，致使他很有創意也很自信……；的確是要花很長一段時間，小孩大了一點才會知道自己文化的優勢。」

　　我先前在席爾思百貨紀念品店打工的一個古巴同事心有戚戚地講：「我們以為大人比較聰明，真的嗎？我自己在大學的時候就被（同學）嫌說我的食物聞起來很辣。請跟妳女兒說，她要立場堅定地回應。」

　　我的白人朋友和同事們有的打趣說：

　　「我小時候每天都帶起司三明治，結果被人笑。」

　　「我小時都是從家裡帶豐盛的午餐，成了全班最幸福的小孩。」

　　「太好了，妳女兒有一天可以反過來笑那些過量攝取糖份最後得糖尿病和阿茲海莫的同學。她（小丹）吃得比較健康，活到九十歲也沒問題。」

　　另一派回應則帶著省思：

　　「我沒搬到首都渥太華、沒跟古巴來的老公結婚之前，我比較沒機會接觸不同的文化。現在我們有兩個女兒，我教她們要尊重差

異。」

　　從網友變成要好朋友的若西說：「我把這件事跟我女兒討論，讓她知道隨便取笑別人可能深深刺傷人。我告訴她，如果沒什麼好話可說，還不如閉嘴。」

　　火車車掌同事泰若也認為：「學校應該要讓家長知道，孩子面對的現實是什麼，要同時教育家長和學童，霸凌和文化歧視是不被容忍的。」

　　我讓小丹把留言一則一則去讀，讓她明白嘲笑她的同學是錯的，有很多成熟的大人都支持她，讓她感動到哭了。她自願錄製影像放回臉書上，告訴大人們她會變勇敢。我想，女兒的自信和自尊我是成功救回來了。然後呢？

　　我也把這事跟漢米頓這裡新學校的老師說了，希望老師留意。就像同事泰若所講的，我也說，加拿大的社會結構正因更多的移民到來而迅速改變，本地孩子以及他們的家長都應該學習尊重與包容差異。我希望校方從中發揮教育的正面影響力，未來再也沒有一個孩子或個人會對自己所屬的好文化哭泣。

網路釣魚脫勾記

我的媽呀！如果剛剛沒在網上讀到《多倫多生活》（*Toronto Life*）雜誌那篇〈負心漢〉（*Heartbreaker, September 28, 2022*）深度報導，我的人生會不會完了？！

本來只是隨意流覽，那篇文章還有 6,500 多個英文字，簡直像長篇小說，自己隨時都有可能不讀了，但我卻繼續讀。讀到了第十段，「油田」兩字像是晴天爆出的霹靂！因為中午自己才答應一位在臉書上看來文質彬彬、自稱在杜拜工作的油田鑽井首席工程師，哪天我會帶女兒去他住的美國洛杉磯會見他十歲的兒子！

我也算是高學歷，自認見識不少而且小心機伶，但從加「油田工程師」成臉書朋友，對他在 Messenger 上的禮貌問候愛理不理，到主動提議去見他兒子，不過才短短兩個星期！到底我是怎樣昏了頭，竟會說之後去找人家？

這兩個月來，因為我在另一個臉書社群的文章大受歡迎，陸續有一些人傳送讚美和肯定訊息給我，我把其中兩三個人加成好友，但均是正派交流。「油田工程師」則在兩個星期前要求我「加成好

友」。他掛名「艾迪」，照片看來已屆中年並不像壞人，背景是「從香港來」、「住洛杉磯」。我心想，「他跟我離這麼遠，應該不會對我人身不利」，所以就接受了他的請求。

頭幾天，「艾迪」通過 Messenger 簡單用中文向我問候，我都不搭理。幾天下來，我開始覺得自己沒禮貌，就簡單回說「不錯」，雙方並未進一步交談。然後又是一兩天，他開始問一些輕鬆的話題，像是我的工作、有沒有孩子之類的家常話，為時都很短。

我非常小心，不會全面答覆，反而會回問一些問題，結果他自稱是油田工程師，人在杜拜。至於為何加我進臉書當朋友？「艾迪」頭次解釋是在網上看影片時無意發現我，後來一次說是在找尋舊識時搜到我，第三次說因為自己決定走出喪偶之痛，朋友建議不妨在臉書上開個帳戶開始認識更多人。因為不是一氣呵成地對話，幾次來回我只是在腦裡大概記下他所說的，但是現在回想就知道，他前文不對後語。

重點是，自己竟因為知道要小心，聽他說要在網路上尋找真愛，開始「好心」勸他不要，建議他從日常生活中去交真朋友比較實在；加上我對「鑽油田」這個工作很「好奇」，所以就稍為跟他多說起來。他接著說他有個十歲的兒子，因為自己的工作性質只能讓他住校，「艾迪」就這樣穩穩咬住了我的「同情心」！

昨晚天涼，小丹上床時我替她蓋被子，又用熱毛巾替她擦臉和用面霜簡單地按摩，她撒嬌說「妳是全天下最棒的媽媽。」霎時我居然想到，那個高收入的油田工程師可以讓兒子住校，但那小男孩

還是不能天天見到爸爸，也沒了母愛，真是孤苦伶仃──我就是這樣中鏢的！今天中午，我頭次主動發訊給他說有機會將帶女兒去洛杉磯找他兒子玩。

晚上我有讀東西的習慣。剛剛碰巧在網上看到〈負心漢〉的長篇報導，講的是在多倫多發生的一個血淋淋的故事：一個略有積蓄的中年離婚婦女在付費交友網站上遇到一個男人，以為是真愛，但他其實是專業的愛情金光黨，以共同投資為名目而騙光她的積蓄。

該報導的重點是，近年有大量的網路騙財騙色案件，很多是以假亂真。文中第十段提到，很多人在網路上「談感情」，卻用遠在海上的油田工作或偏遠國家做義工為藉口而避不見面，這一點「艾迪」那個「油田工程師」卻相反，他曾很霸氣地說要飛來多倫多見我，還是我說自己已婚，不妥相見……

其實，我有對「艾迪」施測，看看是否真有其時、其地和其人。結果兩次他都把時差說得正確無誤。其他的一些對話在我來說都沒什麼，「人生嘛，什麼事都可能發生」，特別是生離死別──所以，我的「開明」也變成一大弱點，加上「好心」、「好奇」和「同情心」，結果由人謊話連篇。

發現事有蹊蹺後，我已立刻把「艾迪」從臉書和 Messenger 上封鎖。這次嚇人的經驗讓我訝異專業騙徒手法何等高明，就算一個人再聰明、再小心，稍不注意還是能讓對方有機可乘。我相信很多苦主都覺得顏面盡失，只是暗自流淚……

很希望大家都讀到〈負心漢〉，真心希望不要再有下一個受害者。

註釋

* 網路釣魚（phishing）是一種網路詐騙手法，利用假訊息、假網站和假社交，博取人們的信任，對個人和企業騙取資訊或金錢。

** 〈負心漢〉標題為作者自譯，完整英文報導請見
https://torontolife.com/city/shaun-rootenberg-profile-of-a-romance-scammer/?fbclid=IwAR27oF78i8OdzJwM1vdreZjly4PoVCGxe1rfFRpN_dc9IvZACsa9HrZi8IA。

2020.10.14/Wednesday/Overcast

自殺

就是下班前的最後一趟車了——

早上七點三十五分，我們的火車從起站奧許華向西行，中間會停在多倫多聯合車站大概七、八分鐘，再開兩站到蜜蜜可，九點交班後，我和兩個駕駛就可以分頭回家了……沒想到，今天火車八點十一分停駛在丹弗斯站。

火車照時刻表開到丹弗斯，已經減速正要進站，我卻突然聽到手持無線電裡傳來三十出頭的年輕駕駛安祖的聲音：「緊急！緊急！緊急！」然後「碰！」地一聲，六十多歲的老駕駛哈努把氣壓剎車全放了，滑行了一小段距離，不久整列火車就停下來。火車沒完全靠站就停駛，乘客們只覺得莫名奇妙；我做了車掌三年，心裡知道恐怕出人命了。

我的職務之一是維持乘車品質，縱使知道大事不妙，卻要讓乘客安心，於是立刻拿起廣播話筒說：「這是車掌（廣播）。顯然我們的火車緊急停駛了，原因可能有很多，現在不清楚。我們的倆位駕駛將按程序處理，稍待一會，我會為大家更新情況。」然後，我

照公司程序帶上話筒，開始向東邊的車尾跑——從下層跑到最後一節車廂，再由上層折回西邊的車頭——邊跑邊數人頭。因為疫情的關係，火車從之前的十二節變成六節車廂，但是搭乘的人還是不多，乘客數共三十五人。而自己這樣跑了將近一圈，到車頭駕駛室時用了不到兩分鐘，自忖應該是時候可以敲門問究竟了……

「叩！叩！」兩聲，安祖以右手開了駕駛室的門，用左手食指打橫作樣劃著自己的脖子，臉色發青，把聲音壓到最低對我說：「她肯定死了……她就站在月台東邊的盡頭，好像在等車，突然放了行李箱就跳下（鐵軌）來了。」

我確認安祖沒受到過度驚嚇，再打電話給中控中心，清楚報告自己記下的事發時間及車上乘客數，接著回原本自己待的第五節車廂再廣播：

「各位乘客請注意，一件遺憾的事情發生了，造成我們的火車必須待在原地。稍後您們將會看到一些警察和救護人員，他們的作業可能長達兩個小時。由於情況特殊，造成各位的不便，請大家諒解。順便提醒有約在身的，請撥電話告知約會對象自己會遲到，我並謹代表兩位駕駛，再次向各位致歉。」一說完，哈努從外頭用鑰匙手動開啟了我旁邊的車門，小聲跟我說，屍體就在我們這節車下面。

我的廣播起了作用，乘客意識到應該是有人被火車輾過了，卻不驚不慌也不鬧。無奈與我同車廂的人裡，仍有這麼一個拿起手機想要拍屍體。我提醒他應尊重死者，並請他停止攝影。一個搭我們

車前往工作的便衣女警，亮出警員證說可以幫忙。她應和著我的話，也試圖勸阻男子攝影，結果男子見她個頭嬌小，大聲狡辯一切是他的自由。

　　一位也是搭這班車去工作的火車副駕駛戴瑞克，也出面自願幫忙。我腦筋一轉，立刻打電話給中控中心，建議不妨讓乘客由西邊頭一節車廂下去月台，免掉約束他們在火車上的時間以及可能累積的抱怨，接著商請女警和戴瑞克地毯式地趕集全車乘客集結到車頭，我則用廣播說明和指揮大家移動，並提醒勿忘隨身物品。

　　我也穿上安全背心，帶上所有工作和個人物品，跟在最後幾個下車的乘客後面，不用廣播直接跟他們說，經過這件事，我們今天回家都應該抱抱心愛的人……

　　上午的意外從事發到乘客全數安全離車約莫四十五分鐘，正常情況絕大部份要花上兩個小時。下午直屬主管畢勞打電話來關心，說公司已經收到好幾個乘客對我今天處理事情的褒獎。

　　在當班的營運主任前來接我們三個回組員中心的路上，我問老哈努，開火車三十幾年，他遇過幾次類似的事件？哈努說，自己大概每五年就會遇到人臥軌或跳軌。

　　先前一位開了十年火車的女駕駛安娜則說，她發現像感恩節、聖誕節這樣家人團圓的節日，還有情人節前後，以及三、四月的報稅季，鐵道自殺事件比較多。

　　我們也都知道卻不聲張的是，有些火車營運從業人員因為經歷和目睹他人自殺而受到驚嚇或心理創傷，甚至感到自責，最後永遠

離開了這個行業。

2021.11.11/Thursday/Overcast

七十七塊錢帶來的大轉機（上）

又換工作時間了。

因為新冠肺炎疫情的關係，公司配合省政府運量，不但減少人力，還一直更換同仁的班表，幾乎是每三個禮拜變一次，未免太頻繁。

這次自己得在清晨三點半從組員中心出發，跟火車正副駕駛一起開公司廂型車五十多分鐘，到我住的漢米頓市西邊的一個叫石子溪（Stoney Creek）附近工業區的一處調度場去拿空車，再把火車挪到起站西港灣（West Harbour）。我們這次負責的是駛向多倫多，並繼續開到奧許華的第二班東行列車，早上五點半發車。

其實我們家離石子溪明明就只有十五分鐘的高速公路路程，但是一來自己下班後沒有交通工具可以從火車站回調度場取車，二來最近時常算不到誰會請假、自己又會跟誰當班，為了避免出狀況，又為了省油錢，我都乾脆在前晚七點多就離家，前往歐得夏搭公司營運的火車到蜜蜜可的組員中心過夜。

組員中心有休息區，設置有大的躺椅房，也有單獨的小睡房。

我一定選臥房——其實自己這樣睡在裡面的單人床上過夜前前後後加起來已經有一年。大部份同事都不愛公司的休息室特別是我講的睡房，因為裡頭只提供乾淨床單和枕頭套，沒棉被，我有好幾次半夜在裡頭被凍醒，但是沒有人知道。裡面的窗戶基本上都是常年關著的，窗簾也一直垂著，好在白天遮擋外面射進來的陽光。另外三面都是大塊水泥磚堆成的牆，門關起來時根本像一個牢窖。除非情況特殊，大家都是在家舒舒服服地睡自己的床，接近工作時間再開車前來上班。

今天正駕駛哈奴請假，組員調度中心找來亞瑟代班，他不知道住得遠的副駕駛狄倫會自行開車到艾波畢與我們碰頭，又因為來到組員中心一時沒見到我，就自己開走公司車先上路去。幸好我覺得不對，請組員調度室很快地聯繫上他，他才得以在上高速公路前轉回來接我。

上次我跟亞瑟一起工作都是幾年前自己還在聯合車站做市中心機場線客服員的事了。亞瑟跟多數老同仁一樣知道我，馬上就請我坐上副駕駛座，真的很客氣。絕大部份的時候，正副駕駛因為覺得自己薪水多、位階高，都期待車掌做司機，這也是公司內部另一個不公的文化，已經有很多個組員間為此鬧不合的例子。五十多歲的亞瑟和年上六十的哈努倒不會這樣待我。

亞瑟邊開車邊跟我聊天，突然問說：「佩兒，聽說妳有好幾棟租出房，妳是怎麼辦到的？」

人家有問我必答。我先說自己五月才搬到漢米頓，本來買那房

子也是做出租用，但合作的地產經紀蕾絲莉建議是時候把我們在長枝住的老公寓賣了，漢米頓那房子就改自住，用賣公寓一部份的錢，貸款又在漢米頓市中心買了一間上下分門出入、可分租的磚造房，成了我們在自住外的第三個出租物業，但如此我們變成有四組房客、四份租金收入。

另一部份賣公寓的錢，則被我和先生剛拿去簽約，也是在漢米頓市中心，訂了一個有湖景的一房預售屋，建案是未來樓下設有精品飯店、辦公室跟商店街的複合式大樓住宅。

我說，大家都知道車掌的薪水就一般般；我在進公司前幾年還是低收入家庭，先生也只是打打工，五年內弄到手上有四套半房地產，怎麼當包租婆其實都是自己摸索和思考出來的。我發現，大家講到房地產，不管自住還是出租，腦子裡都是前有花圃、後有草坪的大房子，這樣一來連要買一棟都很難。大家怎麼都沒想過，小小坪數的公寓也可以當家？更何況租客大多也只能負擔小單位而非租金高的大房子。

我跟亞瑟說，自己進公司當客服員後，把在聯合車站西端、天空走廊上的紀念品店收了後，拿回三萬塊錢，因為不想讓先生艾瑞克覺得有那麼一點現金日子就穩當了，所以執意投資房地產，也是擔心哪天連自己都掉工作了，多倫多市中心的公寓住不下去，一家三口還有個地方落腳再開始。

觀察房地產超過十年，自己知道那麼一點錢在大多倫多地區什麼也買不起，但是兩個小時高速公路車程外的倫敦市還有機

會。我又對亞瑟說：「你知道嗎？我們沒有車，還是坐灰狗巴士（Greyhound）去看房，看的是一棟近四十年的老大樓裡一間四百平方呎的套房，裡面又破又舊，人家叫價 49,500 元，我以冰箱家電壞了為由，把總價議成 47,500 塊買下來。」

七十七塊錢帶來的大轉機（下）

2016 年十一月二十三日，我們一家三口再次坐上灰狗巴士去安大略省倫敦市中心簽買房合同。律師驚訝地指著貸款文件說：「七十七塊錢！？這七十七塊是貸款還加地稅呀！有沒有搞錯？」因為實在太便宜，隨便上館子吃頓飯就不只這個錢，但居然是房屋貸款分期繳納的額度。

律師不知道，我多年前房貸經紀沒做成，學得的知識倒還在。我跟行銀訂定每兩個禮拜付一次貸款，一年就繳二十六次，跟一年十二次的月繳比，這樣做可以早點把本金繳下去，就是替自己省下一些利息錢。

律師還問為什麼不動產上擁有人沒有先生就我的名字，這麼做依法配偶必須同意。我搪塞說，就是自己身為華人在投資上的偏好，加上移民來加拿大前跟爸媽發下豪語一定要在這裡買房子。人就坐在我在旁邊的艾瑞克心裡知道，自他被 IBM 裁員後都是太太在辛苦攢錢，所以在律師面前也就安安靜靜地依我處置收店取回的那三萬塊，由我自行貸款買下套房。

我在公司車副駕駛座上細說從頭，跟從菲律賓來的火車駕駛亞瑟解釋，自己買那小套房的動機就是華人說的「狡兔有三窟」，本意是悲觀地防堵加拿大就業不穩定下家庭的生存危機。交屋後我把付完頭款和律師費後還剩的一萬多塊錢，一半用在換新木地板和買

一台新冰箱上，粉刷工作還是艾瑞克完成的。之後我們將改頭換面的「新套房」租給一個在附近上私立技術學院的女孩，穩穩用收來的低廉租金繳房貸和一切開銷，我也繼續工作著，真的很慶幸。

一年多後我開始想，應該在那棟樓裡再買一個一房公寓，之後女兒長大可以住套房，就近與在樓上的我和艾瑞克相互照顧。就這樣，我們再以九萬二買了第二間公寓，如法炮製套房的做法，簡單修繕後出租，以租金繳貸款。

雖然有兩份租金，但是並沒有多餘的閒錢，我想終結自住房貸，便把多倫多市中心的老公寓賣了，搬到西郊的長枝。長枝離公司的組員中心開車不過六分鐘，有時我還走路兼運動來上班，其實也是為省錢。最棒的是，搬到長枝、清零自住屋貸款的決定馬上讓我領薪水後開始有餘款，我就想到不如把大套房換成兩房，以後不用跟女兒分住而可以同住，而且應該換免管理費的屋種，才能把更多租金放進自己口袋裡。

不過，在短短兩年半的時間裡，繼大多倫多地區之後連倫敦的房價也開始上漲，我只好帶著艾瑞克和女兒小丹，開車到四個小時外的溫莎市去，花十二萬貸款買下一間破鎮屋，頭期款和修繕費就是用賣了倫敦套房的錢。

發現房子可以越換越大，我們就把住了一年半的長枝的老公寓也給賣了，改買漢米頓的三房，又訂下預售屋，並再加買那間上下分間的磚造房出租。「後來我才從跟我請教（房地產投資）的一位年輕女同事那裡知道，我這一系列的做法叫 'BRRRR'，人家都出書

再賺一筆，我卻完全不知道。」

　　開著車的亞瑟聽了我一口氣說了五年間如何又買、又賣、又搬家，同時力行撙節各種開銷，簡直不可思議，換他忍不住跟我講起自己的憂慮……

　　亞瑟的太太今年五十五歲，新冠肺炎疫情沸沸揚揚，讓她決定從公司的主管職位提早退休。如今家裡只剩亞瑟一份火車駕駛的收入，雖然很高，但不消說肯定比雙薪少。但是太太已經養成養尊處優的習性，「無聊就上網買東西；週末就呼叫親朋好友來家裡烤肉，烤肉不準備牛排就覺得不夠排場怕被嫌寒酸；有人生日也不好不送禮，送禮又覺得不可以小氣。」他接著說，「所以我想不如也來買個出租屋，一定得把存款用在什麼投資上，讓她沒閒錢可亂花。」

　　我聽了之後，建議亞瑟好好跟太太談談，讓她知道自己的煩憂。亞瑟說自己已經試過，可惜太太就是做不到。知道這樣的情況，我雖很健談，但真的不好意思對亞瑟說，我們華人又有一句話，那就是「由儉入奢易，由奢入儉難」。

註釋 ─────────────────────────────

* 「BRRRR」是英文字Buy, Repair, Rent, Refinance, Repeat各字取頭個字母組成，意思是「買進、修繕、出租、再借貸、重複」。亦即，低價買進房地產加以修繕後出租，等該物業淨值上升，再用它去跟銀行借貸，然後再比照相同的做法，持續操作。嚴正提醒讀者，各項環節背後還有許多細節必須注意，切勿直接模仿。

多倫多的有錢人

在台灣、年輕時，因為當名人的跟班，我在錄影棚內近距離看過無數的「有錢人」，像是李連杰、成龍、張曼玉、郭富城、金城武、劉德華、連戰、大小 S，甚至是席琳狄翁和基努里維，多到數不清、記不得了。因為這樣，我有機會窺見舞台之外杯觥交錯、金光熠熠的富貴一角。

我說的是公元 2000 年的台北，當年大眾精緻剪髮約在台幣兩百一到兩百五之間。有一次我陪老闆去做頭髮，髮型沙龍隱身在一間高檔的百貨公司頂樓，一位男性洋人設計師替老闆打薄並做層次後，老闆整個頭部看來很輕盈，面容也一下子年輕許多。那次兩小時的造型服務，老闆笑笑地付了五千塊台幣！

印象最深的一次，我替老闆送結婚禮金給一位比我虛長五、六歲的化妝師，漂亮的她據說嫁入豪門。我騎著 50CC 的摩托車前去，也忘了是在哪家五星飯店，去到了婚宴大廳口，有兩扇純白色的大門自天花落地，紮紮實實地迎賓。敬業但好奇的我只在收禮台向裡速速一望，見到成千上百的紅色玫瑰花瓣鋪在地上，吃驚原來百萬

婚禮是那樣氣派！時至今日那樣的規格應該是千萬婚禮吧？

幾年後，我也在二十六、七歲時結婚了，應當時的先生、現在已是多年不相往來的前夫之求，以自己的台灣本土教育條件和工作經驗，替「全家」兩口申請技術移民加拿大。因作業流程和等候拿到我博士候選人資格，獲准後真正抵達多倫多時已是 2008 年秋天。無奈當時加幣兌換台幣匯率為 1:30，我們的盤纏莫名奇妙縮成薄薄的一萬加幣，家庭財務變得很拮据，我從就要著手博士論文的青年學人，一下子淪落成了楓葉國裡但求溫飽的一介草民。

多倫多是加拿大最人的城市，是加拿大的金融之都。我隱身其中的頭七、八年，為了省下車資，經常徒步行經市中心的一些高樓，每座擦身而過的地標都向我驕傲地展示著它代表的錢與權。座落於央街和國王街的「國王西街一號」（One King West Hotel & Residence）複合式高級飯店住家就是其一。我在來到多倫多前在網上查找便知悉，2007 年前後它的套房轉讓售價在十二萬加幣上下，十多年後的今天則漲到了四十幾萬。

背對國王西街一號南行再右轉就是前街。一次正午過後，我走在前街南邊的人行道上去聯合車站工作，看到對面的五星級費爾夢皇家約克酒店（Fairmont Royal York）有一輛金色的藍寶堅尼剛停進玄口。我一時目瞪口呆，暗自驚嘆：「天哪！那是一整塊扁扁的、跑車形狀、會移動的金塊！」從裡面開門出來的駕駛是一位中東樣貌、著白色高級衣料、年歲不過四十的男性，飯店侍者對著他鞠躬相迎。

我到達車站後，馬上跟年輕的火車副駕駛大衛 · 文森講這件了不得的事。他用手機一查，那架金藍寶堅尼車造價要美金八百萬元！

　　多倫多的有錢人是從四面八方、全球而來，貧富差距可想而知。儘管大富大貴對我遙不可及，我卻納悶：在這裡認識越來越多的人裡，誰是百萬富翁？

　　我漸漸發現，近年自己因為變換工作，從而和一些開火車二、三十年的資深駕駛共事，多年高薪讓他們能夠買房、成家甚至投資休閒木屋和擁有小艇，他們是實實在在、普普通通的有錢人。

　　今天，我跟先生去漢米頓市中心交預售屋的第三次頭款分期支票，在展示中心意外碰見了地產開發業主、「國王西街一號」的打造者哈利 · 史汀森（Harry Stinson）本人。身形削瘦的他身著深藍背心，一頭白色散髮，從隔板後面的「辦公室」走出來，開口就自嘲，「沒想到我穿得這樣（不起眼）吧？」

　　說真的，他混在人群中，就跟一個普通的退休人士一樣，哪裡像富豪？連他那雙黑色的露指手套都起毛球了，好似是從「一元雜市」（Dollarama）買來的。可是，部屬說，史汀森先生天天都到接待中心來工作。原來，這個讓人跌破眼鏡的富豪是個兢兢業業的人。

　　今天，公司火車駕駛們和巨富史汀森教我重新審視一個人生老教條：白手起家要努力；致富得一步一腳印。

真的累壞了

2021.06.15/Tuesday/Sunny

小貓咪？

　　大夜下班後，早上我按例在蜜蜜可上了十點的西行車，坐回奧得夏取前晚停在那裡的自用車再開回家。這陣子新冠肺炎疫情特別嚴重，沒啥乘客，我經常挑第五節車廂坐，乾脆藉機跟不同的車掌聊聊天，認識一下總是各做各的同事。今天遇到的是亞當・布浪。乍見他，我一時有著那麼一些些的嫌惡感，但又想多了解他，所以上車後自己還是一屁股坐定在離他三公尺外的乘客位子上。

　　亞當・布浪細皮嫩肉，看似年紀大概才三十出頭。他的個頭跟其他白人比又很小，大概一百六十七公分高，所以讓人覺得他應該很年輕。然而他在人群裡就算不做大動作也一定會被注意到，因為他那整頭的白髮，跟他的娃娃臉很不相襯，實在很顯眼，不免叫人又懷疑他年歲是不是已經有四十？

　　這是我第一次跟亞當單獨聊天。一開始對他的嫌惡感，起自另一名車掌阿蕾達對我講的悄悄話……

　　阿蕾達是繼我轉成通勤火車車掌近一年後，下一個才又成功從聯合車站機場線客服轉調過來的老同事，我轉過來前的一個月還帶

過當時仍是新人的她。她有一百七十二公分高，因通婚而從墨西哥來到加拿大已經十年，留著一頭烏黑的長髮，棕色的皮膚，一雙眼睛圓溜溜地，說話有著濃濃的西班牙口音。

阿蕾達只比我小一歲，又跟我一樣從副駕駛訓練課裡被直接刷下來；我們交換過意見，她也覺得遭到不合理的對待。阿蕾達也是個母親，一對兒女大的跟我的小丹同年，小的在上幼稚園。我知道她已和丈夫分居，但是為了經濟上的現實和看顧孩子，她卻還寄宿在先生名下的房子、也就是他們還是夫妻時住家的地下室裡。不過她跟我強調，先生三番兩次外遇，她的心已死，婚是肯定要離。

兩個禮拜前，我坐到阿蕾達的車，戲謔地問她滿面春風怎麼一回事？阿蕾達說，自己跟亞當・布浪過從甚往已經一陣子，不過亞當只想搞地下戀情，這讓她又不太開心。她給我看亞當傳的私密簡訊，問我有沒有什麼想法？

「我很想妳。之後再找時間碰面……」亞當的簡訊內容都是不置可否的調調，我這頭腦清楚的第三者很快讀完，直接了當跟阿蕾達說，感覺亞當只是想要性。因為這樣，我也對亞當有了先入為主的成見。今天第一次和亞當抬摃，也想逮住機會替阿蕾達多了解一下他的為人，或許他沒自己想得這麼糟？

亞當介紹自己的姓「布浪」很法文，自己真的是在加拿大的法語區長大。他進公司當車掌前，在距多倫多北邊四個多小時的撒德貝瑞市（Greater Sudbury）做貨運火車副駕駛，但是覺得多倫多的機會和各方面資源還是比較多，就留十二歲的女兒在撒德貝瑞，自

己先南下來打拚。

「我很想女兒，每個禮拜一放假，我就開著車北上去探望她，收假前又開回來，一年就把一部老車給開到報廢。……我想等到這裡一切穩定下來，買個公寓，接女兒來這裡同住，給她更多的（學習）資源。」這麼聽來亞當其實是個好爸爸。

他問我：「佩兒妳的英文很好，是在這裡出生的嗎？」

我說不是。

「我 2008 年技術移民來加拿大都三十一（歲）了，那時英文不太好。第二份工作是在一家足部理療診所招徠華人投資者加盟，但是一般電話也要接。有一次，有一個黑人口音的男的打電話進來，我不是很確定他在喇塞什麼，但是聽到他說：『妳是不是不知道我在講什麼？』然後他就講，『妳的「小貓咪」可好？』我覺得他莫名奇妙，問加盟幹嘛提到貓，而且我又沒寵物……」說到這，亞當和我倆人都噗哧一聲、捧腹哈哈大笑起來。

「我怎麼會知道『小貓咪』有另一個意思？自己英文破到被言語性騷擾都不知道。最後還說『謝謝！謝謝您來電指教。』」

亞當笑著說：「情有可原，因為那是俚語，英文課本裡怎麼學得到？！」

「是啊。我們國中英文的第一課學『你好嗎？我的名字是珍。』『我很好……』」

這一笑一談，讓我覺得亞當人很隨和，開始理解為什麼阿蕾達會喜歡上亞當。不過我們也就這樣說說笑笑到了奧得夏，我並沒有

替阿蕾達出頭，問亞當他幹嘛搞神秘戀情。我以為，合則合，不合則散，他們倆最後總是會找到對價關係，找不到也會知道什麼時候該剪斷。

註釋 ─────────────────────────

* 「小貓咪」英文可用pussy一字，其粗俗的用法亦做「女人的陰部」或「性交」。

職涯交叉口

　　半小時前送出手機簡訊給同事麥可，謝謝那天他花時間跟我講了那麼多，並交待自己已照他所建議的，正式退掉了那個十拿九穩的「鐵道工程安全維護員」的新工作。

　　一切都是自己的取捨——新工作意味著收入增加，但要犧牲的就是自己做媽媽的時間。而在金錢和教養女兒兩者間，最終我選擇了後者。

　　自己會申請另一家省鐵外包的工程公司的鐵道工程安全維護員一職，原因大致可歸結成兩個。一是前年五月自己在公司內部申請晉升副駕駛受訓卻未通過，繼續做現在火車車掌的工作，收入只能隨工會和公司議定的升幅跟所有同事一起被調漲，不足以加速改善家境。我們家窘了太多年，我必須想辦法逆轉。二來部門經理換人做之後，主管畢勞的風格很快地影響了我們每天的營運，乍看相同的事，後來變得綁手綁腳，而且車掌在整個營運系統裡有被矮化的現象，做下去一定不會更好玩。

　　其實，第二個原因早讓我在 2018 年年底就試著申請省鐵站務

員的工作，但是求職者眾多，一直要到去年春天，我才獲得了機會，但僅是週末兼兼職，所以全職的車掌工作仍辭不得。三個月後站務員的差事就因為新冠疫情而被咔掉，必須耐心等回召。

新冠越來越嚴重，火車上亂竄的牛鬼舌神越來越多，鐵道警察悄悄地退到陣線後面，我們公司管理部門卻照樣把同仁們推上火線。特別是我們做車掌的，沒有太多防護也沒有權力對胡鬧的乘客說不，只能憑新冠與地痞宰割和欺負。當我看到一些年資比我淺的同事在公司縮編下被臨時遣散而轉到另一家省鐵的外包公司工作，讓我起心動念想說何不也申請看看。

我用 Messenger 問也是車掌的丹尼爾那裡的工作內幕？先前是工地工頭的丹尼爾說它實在好──公司不只配給個人專用公務車還發油錢和手機，薪水一年隨便就破十萬，事情卻很少，頂多就是人要開車去到指定的鐵道旁監控往來交通，確保施工人員的安全，他相信能力高超的佩兒我一定做得來，並且也樂意替我跟負責招聘的主管打聲招呼。

工作申請送出後，十天前自己跟先生和女兒到離家一個半小時的伊利湖（Lake Erie）畔的席爾科克（Selkirk Provincial Park）露營，三人正在樹林裡散步、聽鳥鳴，突然間自己平常安靜的手機音樂聲竟然響起來，是該公司人事打電話來做「面試」。我坐在一塊大石頭上回覆，儘管事前未準備，但問題都不脫我的猜測，像是對「全安第一」的堅持和如何跟不同性格的同事相處，以及確定同仁會開車且上班時間都可配合等等。這些我們當車掌的幾乎天天都在做。

幾天後，我收到錄用通知與工作合同。我開始詢問更多人的意見。曾跟我一起同班受副駕駛訓練的麥可，也因年資比我低，被臨時遣散而去到那家公司裡做鐵道工程安全維護員，並等著被召回原職繼續做自己喜歡的火車營運。他極力反對我換公司，理由是那職位經常日夜顛倒且假日上班，我會沒時間陪女兒。他自己跟擔任火車駕駛的未婚妻住一起，都因為工作連著兩個禮拜沒一起吃頓飯呢！

　　其實不只有麥可，另一個更資深的副駕駛艾潤也勸我別去，雖然錢多非常多，但必須長時間外出，開車到處去，許多地方是偏郊，加上寒冬也要工作，他認為對女性不是最合適。艾潤不知道我詢問過麥可，但竟也提醒我，換了那份工作我會因見不到女兒小丹而不快樂。

　　認識我一段時間的人都知道，我工作很認真，目的在盡一己照顧家庭的最大責任，對此他們都有些看不過去，覺得我過於拚命。於是當我又想在自己的肩上放更重的擔子時，他們便極力勸阻我。想來我真的是個幸運兒，在金錢與家庭間不知如何取捨、站人生的交叉口上時，會有朋友誠實地提點我該往哪裡去最好。

誇張失物排行榜

做大眾運輸業特別是像我這樣帶著客服性質的車掌工作,一定會撿到人家丟失的東西。就算不是親自發現,也總有好心人把東西繳上來,希望能物歸原主。六年下來,光我一己打包送到招領中心的失物就至少三千件以上,加上同事經手的,真是不可勝數,其中有些被遺忘的項目還真叫人咋舌。

坐火車帶上二人座沙發、五十吋電視這種大件物品,忘掉已經算誇張,但就我經驗過的「誇張失物之最」,第一名卻是個「女兒」。這要說回自己還在多倫多市中心機場線的聯合車站裡⋯⋯

為趕車連人都能丟掉

有一天,一個看來三十出頭的媽媽,帶著一個年約六歲的小女孩來櫃台買票。火車每十五分鐘一班,但她聽到月台連著火車的匣門發出將要關閉的嗶嗶聲,自己剛好付完錢,跟我坐櫃台的同事搶過票便就往門裡衝,雖然有叫女兒趕快,但那孩子當時正拍著小皮球,小球球不聽話往別處彈,女兒顧追球,媽媽顧追車,匣門一關,

母女兩人只能說拜拜。

小女孩當然哇哇大哭起來，那母親也焦急地拍著車門玻璃，我則趕快撥電話給車上的客服同事商量歸還「失物」的對策，最後通知媽媽等在皮爾森機場月台，由我們市中心聯合車站這裡的另一個同事護送小女孩搭下班車過去。

真的！有乘客連「人」都可以忘了帶上，全因為貪快。

刑案證據也可以忘掉

誇張失物之最之我的排行榜第二名，是一個法庭刑案資料與作證光碟。

我當車掌後，一次行空車檢查，在座位上發現一只黃色資料袋，本來以為是垃圾，一時轉念拿起來，結果有點重量，把裡面的兩樣東西取出來，一份是七、八張法庭記事的紙被訂在一起，大致講的是一個刑案，而另一張光碟顯然是證物。

我心想，「媽呀！到底是誰？這樣的重要的東西都掉，如此真相不就不明不白！被害者也將遲遲等不到正義，實在不應該！」我立刻去電中控中心報告發現特殊失物，竟被指示是「非（有價）貴重物品」，打包送招領中心就好。到現在我仍不知道，掉的人是律師還是法官？重點是失主到底有沒有來把東西找回去？

發現「千萬皮夾」

當然，人們通常不是故意忘掉自己的東西。小小的手機是失物

的經常品，但因為有些不便宜，加上裡頭有個人資料，公司已將之定成「貴重物品」，必須在發現的第一時間呈報。

又有一次我在行空車檢查時，發現一支黑色的手機，尺寸只比一般手機稍稍大一些，拿起來卻沉甸甸地重一倍，整支發出黑碳般的光澤，還有精心設計的密碼鎖。不管怎樣我反正就是先打電話上報再把它打包送失物招領。回家後艾瑞克聽了我的形容，說那是一隻跟我月薪一樣多的諾基亞。

掉了價值加幣三千五百多塊的東西損失雖不小，但其實也不算什麼。早先一個火車客服男同事，另外還在多倫多的一所學院兼職當保全，一天他巡視校園撿起了一只皮夾，翻閱所有人證件知道是個中國留學生。皮夾應該沒人動過，裡面有五百塊現金，還有一張銀行提款機收據，帳戶餘額是加幣五十萬，等同於台幣一千三百萬！同事驚嘆地跟我說：「你們華人真有錢，一個十八歲的男孩子帳戶裡的金額居然夠買一間房子。」我羨慕地回說希望自己也那麼有錢。

小心！失物招領詐騙

我也經常會撿到皮夾，但裡頭除了證件大部份是空空如也。這或許暗示了為什麼我極少在火車上真正地撿到錢。

唯一一次我在走道上看到前方有一張加幣一百塊紙鈔，喜滋滋地衝過去，結果走道另一端也有個搭車的空中少爺跑過來要撿。我先到、用腳先踩住那紙鈔，他慢個一秒不服氣，就用眼睛瞪著我冷

冷地說：「我知道那（錢）不是妳的喔！」我又只能把錢打包送招領，心裡滴咕說：「來認的人又怎麼證明錢是他的啦？！」明明是天上掉下來的紅利，卻因被人看見而不能放進自己口袋，「真塞！」

　　不過，不管失物是什麼或怎樣發現，工作人員收到了最好還是按流程做比較好。

　　一回有個新進女同事安娜把撿到的一個信封連帶著裡頭的錢，直接「還給」了一個自稱是擁有者的乘客，還以為功德一件，結果那人下車後，另一個人過來問她有沒有看到或收到一個信封的錢？！主管出面了解，發現整件事可能是個詐騙圈套。

　　不得不說，這年頭很怪，掉東西很麻煩，找到失物的人也要很謹慎。

佩格澀思被本圖所繪的車掌同事派翠夏付費索買因而作成此
畫（繪於2021.07.16）。

兒童局找上我這壞媽媽！？

下午三點鐘，家中電鈴準時響起，我著著車掌制服親自應門。已經下班到家一個半小時的我，一直在等這兩位訪客大駕光臨。

開了門，門前站著兩位棕色皮膚的女士，稍為年長的那個可能跟我年紀差不多，頸上戴了一條吊繩垂下一張名牌。她跟另一個女同事手上都持了一塊資料板，上頭夾了些紙。我說：「歡迎，我就是佩兒，妳們要調查的壞媽媽。」這話讓她們臉色微微下沉。

她倆進門後，先用聽似非洲一帶口音的英文自我介紹，說是來自「漢米頓兒童援助」（Children's Aid Society Of Hamilton）外包公司的社工，接著年長那位用平和但堅定地口氣說，因為收到舉報我有虐童嫌疑，所以依程序前來訪查。第一件事要我和艾瑞克填表，她們並且得先跟我們的女兒小丹單獨進行訪談。我既知道自己會被找上，更何況已約了今天，一點兒也不吃驚且一切配合……

上個星期四傍晚，我跟艾瑞克一如往常一起走路去離家不遠的「男孩女孩俱樂部」（Boys and Girls Club）夏令營接小丹「放學」。因為工作已經戴了一整天口罩，我想透透氣，所以站離活動中心門

口有些距離。夏令營輔導員帶著小丹出來交給艾瑞克時，意示他借步說話，邊退步邊側眼打量我，但我還是清楚聽見她說：「請有心理準備，你們會接到『兒童援助』的電話。因為今天小丹講了一些事，我們有義務打電話呈報……」不用猜，她舉報的人是我。

走回家的路上，我們平心靜氣地聽小丹吞吞吐吐解釋說：「我今天沒帶到中文作業，我說，『我媽媽會殺了我』……」

小丹出生的頭五年，都是由艾瑞克在家帶比較多，我一直在忙個人發展和家庭生計。艾瑞克在小丹不到兩歲時被 IBM 資遣後就沒工作，他父女倆既然天天膩在一起，小丹的母語其實是英文。直到我轉到多倫多市中心機場火車快捷線當客服代表，週休二日年資又上升後，我才在小丹四歲時開始教她注音符號，用了一整年的時間她才都記住。

接著在艾瑞克支持下，我們安排她上一週一次的中文課。艾瑞克打死不學開車，繁體中文開課地點曾變更，又因我們家越搬越遠，兩年間都由我風雨無阻地送女兒去學習。

搬到漢米頓後，因為新冠疫情，這裡的中文學校一直採網課，我仍督促並指導小丹學中文。但是這半年來我的挫折感越來越大——不唸、不催、不逼，她就犯懶不寫字；說之以理、動之以情都沒用，令我開始發脾氣，氣到奪門而出，離家去組員中心過夜，還因動怒而感覺自己的眼角在下垂。上個禮拜她依然故我，我抓狂起來，說要把她心愛的絨毛玩具小兔子拿走、撕了、丟了……

我不過想要女兒知道，「平穩生活並非不勞而獲——要努力學

習求進步，未來才有好機會」。但我用心良苦，一個八歲的孩子仍不懂——帶功課去夏令營是基於恐懼而非出自真心，當然容易忘，揣揣不安不是感到對不起，而是怕大發雷霆的媽媽會真的把小兔子「殺掉」。夏令營領隊聽了她的「心聲」，舉報我有暴力虐童的嫌疑。

　　市府很快地在一個星期內就派來今天的兩位社工到府調查。她們在房間訪談完小丹，輪到我們在樓下的兩個人大。艾瑞克搶先說一切純誤會，我馬上接過嘴講，「這一切既是朝我來便該由我解釋」：

　　「八年來我一直辛勤工作，先生是有優勢的白人，可是只有一半的時間在兼差，家裡經濟重擔我扛比較多，現在還做必須忍受風寒雨淋的鐵路運輸業，萬萬不是當初唸博士的自己可以預見的。而為了全家，我總是挑大夜班，白天睡幾個小時後顧女兒，好讓先生儘可能在外尋求發展。結果呢？他拖拖拉拉，這麼多年只滿足於兼差領法定最低時薪。我看到他的消極已經慢慢植入女兒性格裡，她功課愛做不做，老是在磨菇，一直講也講不聽。從來沒人想過，面對這一切我實在有資格好好地生氣！」

　　聽我說完真心話，年長的那位社工馬上回應：「這些我和（旁邊）同事都可以理解。我先生也說，加拿大人做事沒有迫切性。」

　　艾瑞克聽了初次見面的移民也像太太一樣這麼評論加拿大人和自己，羞愧中好似終於恍然大悟。社工做結語，「今天這樣探視下來，我們也覺得只是溝通上的誤會，已經給小丹一份文宣，上面有

說明父母和子女各別的責任與義務，你們可以一起讀一讀」。她說我仍會被照章歸檔一年，但是不用太擔心。

　　社工離開後，我跟艾瑞克決定立刻和小丹一起研究那份文宣，了解各自在家庭裡的角色。不意外，做父母的有義務給孩子安全、溫飽和學習機會。小丹這時才完全明白，當學生的就是要交功課。

喔吧桑哭了

　　把火車門在渥克維爾站都依程序打開，再在自己的這道門把無障礙通行鋼板徒手放好後，我從車廂和月台間的溝子裡踩上來，僵直地站著，身體開始微微顫抖。月台另一邊有一列火車正等在我們離站之後發車，三個比我資淺的男同事原本偷得片刻在閒聊，後來發現這邊的我雙手捏著拳頭，上氣不接下氣地開始哭起來，他們立刻停下對話，不知我佩兒究竟怎麼了？

　　我雖在同事面前氣憤地哭著，還是知道得用車內對講告訴兩位駕駛，因為激忿的情緒讓我再也做不下去；我也去電告知車掌經理畢勞，史無前例地要求今天提早下班。我一邊大口吸氣來抑制自己哭泣，一邊跟畢勞說起六分鐘前在上一站布朗堤發生的事情——

　　火車進站就要停妥前，我透過門口玻璃窗看到外頭有個年輕女孩，原本站著看手機，後來跑來我這道門外頭。我把門打開後站在原地，並未在第一時間替她放下沉重的鋼板，因為她顯然行動自如，不需我額外彎腰使力。可是她就是站著等進門——又是一個不明究理的乘客，我們做車掌的見太多。

鑑於少數有特殊需求人士的隱私，公司要求車掌行「不問政策」，因此我明知那女孩不需要卻因無知而等著上車，後來仍得為她去取無障礙通行用鋼板。就在我轉身動作的時候，她看到車門洞開，一腳跨過車身和月台的間隙要進來，是省鐵忌諱的不安全行為。正回過身的我來不及指示她停下，直覺以身抵擋，卻被她全身向前運動的力道給撞上。自己往後傾倒的同時，至少知道即時鬆手，所以最後跌坐在火車樓板上時，才沒被那塊掉落的八、九公斤重的鋼板給壓到。

　　那女孩見狀，立刻跳出門去，用同個車廂的另一道門再次登車，僅以蚊子般的聲音講了一聲對不起，馬上就向樓梯走上樓去，留我給下層車廂內的所有乘客看窘狀。也就是在那時候，我發現她耳裡塞著被長髮遮住的耳機，「人雖外出卻只想沉浸在音樂世界裡，難怪都接收不到外界的訊息！」其實，這樣的乘客一般也是那些容易掉東掉西和坐過站的人，每每出狀況又要我們疲於奔命地幫忙。

　　跌倒不很痛，讓我哭的是覺得自己一直被乘客粗魯地對待。自己上個禮拜休年假前，才被幾個高大的男人圍著咆哮，現在又被心不在焉的年輕女孩在眾目睽睽下撞成四腳朝天；明明是急難救星，乘客們不高興卻又可以碰、可以罵，我覺得自己好渺小，好似什麼都不是。

　　上上個禮拜六，我休年假前最後一次當班時，因為多倫多聯合車站和丹弗斯站間鐵軌維護，我們的早班西向車在丹弗斯停駛。行

進間我用車上廣播預告了數回，車進丹弗斯前又說明要前往多倫多的人可以到附近轉地鐵。火車一停、門一開，我就看到一個男人氣沖沖地從兩節車廂外的月台上走來，同一時間，又有另外兩個男人也到我面前，加上大概是搭上班車留下的兩個人站在後面，一共有五個男的在車前圍著我，每個都比 180 cm 高。

那個氣到冒煙的男的伸長了手、手指指到我鼻子叫囂著，「好端端怎麼停駛！」但停駛又不是我決定，幹嘛兇我？

人牆中間的那個像還沒長大一樣說道：「地鐵站在哪？火車站沒站員，妳得帶我去……」

右邊的那個年紀最長，灰色的頭髮帶著濃濃的俄羅斯口音對我大吼：「我就因為討厭共產才移民來。你們這（省鐵做法）根本就是共產黨！你（們）是共產黨！」最後一句話的英文 'You' 不知道是單數還是複數，如果不是「你們」而是指我，那我覺得被大大冒犯。

火車停駛影響很大，乘客的一天可能被打亂，省鐵事前對鐵道要維護的宣導卻接近零。我打電話跟中控中心講，自己被一群乘客臭罵，火車站裡應該多派站員來引導地鐵站方向，結果被告知，不到九點沒有排站員上班。因為這樣粗枝大葉和任意妄為的做法，難怪乘客生氣，但怒氣全都朝著我這唯一穿制服的外包員工來，我成了眾人唯一的出氣包。

我對那些男人說，抱歉情況是這樣地不方便，但我的責任是把車門按時關妥，讓空車可以準備回頭跑下一趟。說完我真的就把

門關了，心中想著，「我這小女子對你們五個發火的男人恕不奉陪」，其實是怕真的被揍。不巧的是，承受了那麼多不應得之重，該來交班的新進女同事竟因不知道丹弗斯沒有停車位而嚴重遲到，我只好頂班忍怒再做兩小時。

接下來一個星期的年假，自己雖照計劃帶先生女兒去美麗的藍山（Blue Mountain, ON）露營，心情卻很低落。本以為休假後原氣就會回來，今天又被這個女孩子撞倒，我真的再也忍不住而認認真真地哭起來⋯⋯

站著睡的羅伯

　　好些陣子沒見羅伯了，這次他居然扶著助行器上到火車來，而且沒一會兒又沉沉地睡去，紙口罩一邊吊在耳上，一邊落了。「羅伯呀、羅伯……」，我心裡暗暗地說，「你怎麼一下子老了這麼多？」

　　羅伯是一個偶爾出現的乘客，可是我對他的了解可能比其他的車掌多。第一次見他，他的舉動古怪得不得了，我還得打電話向中控中心報備……

　　忘了是個什麼天，應該是晚上快八點，我的這班車停在湖濱西線的最末站歐得夏讓乘客自由登車，之後要向東邊返回多倫多。五十幾歲的羅伯是這樣出現的……他先禮貌地向我問好。因為車上沒有其他乘客，我們就閒聊。我問他上哪去？

　　「我去密西沙加（Mississauga），會在波奎迪克（Port Credit）站下車。我要去探望我那九十歲的阿姨。」

　　他精神奕奕地問我：「妳知不知道到那裡我該坐什麼公車去登打士東街？」

　　我請他等等，轉過身去取工作用的手機來查找，聽到他起先還

在背後咕噥些什麼，結果一分鐘我再轉回來，只見他不作聲地原地站著，上半身呈九十度彎下，雙手自然下垂地鞠躬著！？

「他這是在搞什麼鬼？」我心想。

「先生，先生……先生！」我試著叫他，但他一動也不動，臉朝著地板，真的僵在走道上鞠躬！！我慢慢走向他，見他沒反應，就蹲下去察看。他呼吸正常，但竟然這樣站著睡著了，而且什麼東西也沒抓！

法令沒規定站著睡覺犯法，我一時也不便打斷他，只能守在他附近，想說若有其他乘客要路過，至少我可以請他們繞道。可是五分鐘過去了，再兩分鐘火車就要開動，我開始覺得不妥。「萬一他沒站穩跌倒摔傷了，那我和公司會不會有業務上的過失？」我只能打電話向中控中心說這件怪事。

中控中心馬上送來兩名已經在我們車上待命、負責追查逃票為主的鐵路警察，連他們都看傻了。最後，火車真的要開了，那個高高壯壯叫丹尼爾的驗票官只得把羅伯搖醒，我們都叫他還是坐到椅子上睡比較安全。

羅伯坐定後跟我們解釋，自己有睡眠障礙。待兩個男驗票官離開後，他跟我再說明，有時自己會三、四天不想睡覺，因為這樣就很累，累到很睏，但又睡不著；剛剛就是身體累到了極點，不想睡又睡著了。

對於那樣的混亂狀態，我實在很難理解，但心裡很同情他，因此特別呼叫剛剛的兩位鐵路警察多幫幫他，陪他在波奎迪克站下車

去找要坐的公車。

接續再一兩次羅伯來搭車，我從他口中研判他可能住漢米頓市中心一帶的收容所，日子應該不好過，因此我有蘋果、香蕉或橘子之類的吃的就會整個給他，他也跟我說得更多。

原來，羅伯有個女兒，已經二十六歲，只在超市做做收銀的工作，錢賺得不多。「我真的很想幫我女兒，可是我自己也沒辦法。」對此他似乎很在意也很掙扎，有次就問我：「妳覺得我該不該告我爸爸？」

「我媽死後我爸把她生前賺的、存的錢都留著自己用，一分錢也不分給我和我哥哥。都已經八十幾歲的人了，活也活不久了還這麼貪心！」

我想想，如果羅伯有睡眠障礙，一定沒辦法正常工作，政府津貼也很有限，但是對女兒的父愛讓他把腦筋動到自己父親身上，父子都是老漢卻為了錢而得對簿公堂，也真讓人唏噓。

我不知道羅伯最後到底有沒有告父親。而新冠疫情期間到今天，中間我還見過羅伯四次。一次是在漢米頓一間預借現金鋪外面，羅伯跟一些衣衫不潔的人抽著煙，看起來有說有笑。第二次他被查到沒買票坐霸王車。第三次羅伯一樣來坐火車，一個施打毒品的針筒不小心掉到走道上，他急急忙忙撿起來放回口袋裡，大概希望我沒看見。第四次，我在火車抵達波奎迪克站前把他從椅子上叫醒，他緩緩地起身走向靠近我的車門，下車前輕輕地對我說，「對了，我的阿姨過逝了。」

乘客羅伯因有睡眠障礙，一直睡不著因而太累而禁不住睡著的一幕，被作者佩格潑思以工作用的原字筆給畫下了（繪於2020.11.09）。

超級暴風雪

　　算不算是時運不濟？自己大膽跟新主管艾列克斯請休了整整一個月的無薪假，今天第一天回去上班，竟然「被困」十一個小時，全是上天狂下四十公分的暴風雪害的。

　　凌晨三點，我先用公司車戴著正駕駛項恩和副駕駛阿芙奏，從多倫多西邊的蜜蜜可組員中心開到漢米頓石子溪火車調度場的路上，因為下大雪行車變得越來越困難，要下高速公路前，能見度僅剩不到十公尺。到了清晨四點多，我們走在調度場裡，雪已經積到我小腿肚那麼高。

　　跟其他列車一樣，我們的火車頭下方有個「牛鏟」（cowcatcher）可以把成堆的雪推開。而我們東行奧許華的早班車，從西面一路往前一站又一站地按時間開了兩個小時，搭乘的人不多。最後僅僅離終點站五百公尺，鐵道上一處電動機械卻被長時間的低溫給凍住，鐵軌沒辦法從第二道切到第一道，火車無法正確進站。

　　項恩先把車速降到像走路，最後仍得把火車完全停住，好讓阿芙奏下車去行手動機械換軌。但是到處是厚厚的雪，就算項恩的資

格較老，憑記憶和查資料給出的指示還是讓阿芙奏像在大海裡撈針，阿芙奏一直找不到轉軌閘。我在車裡就算充耳不聞他倆語帶挫折的無線通訊對話，只消看看窗外，也完全明瞭那原本簡單的任務已經因為天候而變得有多困難——

窗外反正就是天上、地上、一張畫紙一樣的一片白茫茫。

原本鐵道北面是我們火車剛過魏比修護調度場後的一片空地，有草、有樹、有一些土，現在全白；南邊只有一點枯樹，然後地面下傾，所以從坡上的火車裡看出去大部份是天空，但今天早上也只剩白色或地貌起伏勾勒出的白線條。寥寥無幾的乘客們都可以體諒火車在這樣惡劣的暴風雪天裡停下來，大家都很有耐心地等待。

一個小時後，我看到兩個人包得全身鼓鼓的，雙手持著行路杖從北面吃力在雪地裡向我們的車走過來。我從無線電中得知，他們是魏比調度場的機械師，受指示前來查找「消失」的轉軌匣。半小時後，項恩用車內對講通知我，原來火車不慎稍稍開過頭，把轉軌閘壓在下面；他和阿芙奏已經違反鐵路營運法則，依規定不能再挪動列車，必須等候主管來堪察。

營運主任馬修到來時，又是兩個小時以後的事。他得負責把我們帶回組員中心去，接著必須如警方做筆供般跟項恩和阿芙奏察問「事發與違法經過」。

剛接到我們的時候，馬修在公司吉普車駕駛座上氣呼呼地說，原本五十分鐘的高速公路車程，竟花了兩個小時，道路交通因為大雪到處打結。結果他載我們回去花了更久的時間，直到接近中午十

二點才抵達組員中心。一路上，我們看到無數的車陣，受阻原因有的是前頭有車受困雪堆裡，有的整輛翻覆，還有很多大卡車車頭打滑，跟後面的連結貨箱呈了中文的筆劃「乀」而無法再動彈，真的是到處一團亂。

因為車掌只受少數鐵路營運法的規範，今天的事與我無關，馬修讓我直接下班回家。一位新進的車掌同事好心載我到蜜蜜可火車站「趕車」，車子卻差點陷進雪泥裡，還好他笑說不礙事，讓我罪惡感降到最低。不過看到火車時刻表，我只能苦笑，所有的雙向班次都嚴重誤點，我又只能等，等待期間各車班都是一延再延。

一個小時後我終於搭上一班西行車，可是火車只開到我自家車所在的奧得夏的前一站伯靈頓。我得再轉搭同系統的安省巴士到奧得夏，然後慢・慢・車開回家，我沒忘記一切安全至上。

開到家門口，艾瑞克正用那台前年夏天我以店面結束營業清倉價八十塊買來的小小電動鏟雪機，在社區道路上奮力地替我們的小車清出一塊地。看到被機器噴飛的雪像在海上玩水橇濺起的水花一般高，他跟我卻沒那番雅興欣賞和歡呼。成功停好車後，兩個人都累沉沉地抱怨「好冷！」而我休了一個月假恢復的原氣，居然被這場超級暴風雪在一天之中就幾乎完全耗盡。

註釋

* 傳統火車車頭設計有一塊斜斜的大鐵塊，被稱為牛鏟。過去火車行經大陸與荒原，經常有牛隻及其他野生動物在鐵軌上「遊蕩」。牛鏟的設計就是將其推開，以利火車繼續行進。

佩兒出動拯救你

「我未免也太被器重了唄！」自己心裡咕噥著，因為一連四天大夜班開車在雪裡跑來跑去完成不同的任務，說真的，公司裡大概只有老車掌可以這樣使命必達，但是老資格的卻不會像我這樣來做待命班，還是做大夜。

自己挑大家最不喜歡的深夜工作，全為配合家庭，如此艾瑞克白天也得以外出打工替家裡賺點錢，小丹放學就由我接。跟艾瑞克這樣搞日夜接力賽已經好幾年。不過待命班過去我幾乎沒做過，就怕突發狀況。這次因新冠肺炎公司人力和班表縮減，選擇不多，我只得勉為其難接下大夜的待命班。

第一天，這星期一的凌晨三點半，我收到組員調度室同事指示，即刻開公司廂型車送當班的營運主任去高速公路車程一個小時多一點的積承努火車調度場視察。

省鐵有八條支線，以多倫多為中心，由東向西扇形排列分別為湖濱東線、斯都維爾線（Stouffville Line）、列治文山線、貝里線、積承努線、妙頓線、市中心機場快捷線和湖濱西線，每條線都有自

己的「特色」。比如，老車掌們都說，斯都維爾和列治文山線比較「安靜」，因為乘坐的以華人為主。

　　所有同事都知道，從多倫多的蜜蜜可組員中心到積承努，國道路況好的話要開整整一小時，但是不太好開，常有飛車亂竄，還要跟一輛又一輛的連結大卡車搶道。2017 年我在車掌受訓的頭個禮拜就發生車禍，以租貸購的全新「紅色小戰車」差點被連結車尾甩到隔壁有車的車道上，幸好我及時拉回方向盤，本人毫髮無傷，但駕駛座這半邊被毀容。當時黑夜高速裡什麼也看不到，嚇破膽之際只能任由肇事者逃逸。這段故事證明開車往返積承努是挑戰，也說明大家為什麼都不愛去那裡當班。

　　這星期一我雖只是開車送營運主任去積承努，但是當時下著雪。調度室要我儘早上路的考量是對的，因為出了多倫多地區，高速公路上就一路漆黑，下雪讓能見度更糟，必須留意車速和車距，以免打滑碰撞。幸好我人車均平安去返，加上在積承努停留的時間，用了五個小時。

　　星期二又被臨時叫去積承奴的火車站，原因是一個新同仁身體不適，當班前十分鐘才請假，根本違反公司三個小時前就需報備的規定。我四點鐘速速離開蜜蜜可，必須趕五點二十啟動的火車，邊開邊找去火車站的路，因為自己從沒去過。好不容易抵達了，火車正依時間表從旁邊挪往月台，我揹著裝備在及膝深的雪地裡從後頭追趕，還得用無線電跟來不及打照面的正副駕駛溝通當次營運的細節。

「佩兒怎麼難得來這裡？一連兩天拯救積承努全靠妳了！」無線電裡傳來另一個不知名的男同事的聲音，看樣子大家都知道新同仁說不來就不來，竟讓資深的我飆車來補位。雖是急急忙忙，但我辦到了，當天乘客坐車渾然不知幕後有這段。

星期三相較比較簡單，挑戰「不過」就是黑夜在大雪中開一個小時的車，遞送火車每日營運的必備資料到魏比修護調度場裡的組員室再開回蜜蜜可。

星期四凌晨我的手機又響起，調度員亞當說我這次得去頂編號 1409 的班。我一聽就知那是在妙頓線，自己還是公司新人時頭次去也是唯一的一次，在沒有路燈的產業道路上迷路兩小時。為了避免又找不到地方，這次我馬上開廂行車上路。就要進妙頓調度場時，亞當又打我手機問：

「佩兒，我是說 1904（的班）嗎？」

「不，你說 1409 喔。」

「喔，對不起，是 1904。」

「什麼！！！」我大叫。

差一點就差很多！1904 的班在漢米頓市中心，怎麼摸黑從妙頓開過去，還要在出車前趕到，是個大問題。在時間壓力下，我想到，自己去年從漢米頓開車帶家人去西北邊的布魯斯半島（Bruce Peninsula）露營，曾經經過妙頓附近，於是即刻把車拉回高速公路，憑記憶走省道去到漢米頓車站。

自己抵達漢米頓市中心車站時，火車也已經依營運時間表挪到

月台上讓乘客登車。我氣喘噓噓地看手錶，只剩兩分鐘就發車，沒想到此時一位男子跟我報到，說自己是受訓的新人。我急回，「以下操作完全不依正常流程，因為時間不允許，請由我把該做的都做好，你就看著，之後我再慢慢跟你解釋。」就這樣，那班車又準時開動，乘客也不知道這些插曲。

下班後，新人跟我說也要到蜜蜜可坐火車回漢米頓。一問才知道清晨他也為趕時間而亂停車，此刻想回去停妥。我澄清，除了上下班通勤時間，火車並不駛進漢米頓市中心，搭公車可能很麻煩，不如由我從奧得夏開自家車載他去。結果，我們在火車站附近繞來繞去，半小時後撥了幾通電話證實，他的車子已被拖吊到巴頓街（Barton St.）兩千多號放置。我說那裡都接近石子溪了，知道他也不識路，於是又開車載著他去贖車……

正常的話自己平時下午一點前就可以到家，今天拖快三點，幸好來得及接小丹放學。八個小時後再當班，希望不要再被召去做什麼特別任務了。

我被鹹豬手摸了一把

　　要在不到九歲的女兒面前做性騷筆錄不是一件容易的事。成人世界裡黑色的那一面，真的不用太早讓孩子知道。可是，星期五傍晚的情況有些不許可，我只好把它當成濁世中身為一位母親必須提早教會女兒如何自我保護的任務——

　　持久的疫情下人們終究得慢慢回復生活與工作。為提供乘客保持安全社交的距離，省鐵列車剛從縮短的六節加回十節車廂。時間是上星期五，三月十一日。那天早上我們的 9110 車次，由奧許華到多倫多聯合車站的列車，依照時間在接近八點半進站了。進站前因為月台調度和軌道燈號訊息指示，我們站外等了五分鐘，我用車上廣播向乘客說明一切均屬正常。

　　火車後來進到第十一月台後停駛。我把車門關妥後，開始做空車檢查。我從車掌的第五節車廂向東，先從下層走過一到四節，再從上層折回西面，到第八節要上樓梯時，我看到另一端的走道上有一台黑色的電動折疊車，上前後發現一個全身黑色衣著的黑人男子在座位上熟睡，年紀大概快三十，一雙黑色滑板鞋還脫了放在地板

上。我試了兩三次才把他叫醒，請他把個人物品帶好速速下車。

我轉動鑰匙用手控方式把車門打開等著他。一會兒他從樓上下來，就要下車時卻又停下腳步，笑笑問我是不是那個（車上）廣播的聲音。我說是。他變得更加歡喜，身體靠過來還伸長左手要攬我，我本能地後傾並叫了一聲「喔～！」但因為之後必須關門，所以人還待在原地。

那一時半刻我又想，「他看起來倒不是壞人，而且加拿大嘛，真的不用太保守」，所以又將後傾的身子拉直並稍稍靠向他，用肢體表示自己方才可能過度反應了。天知道，他這次再伸出左手，意圖不在化解而是製造更大的糾紛──他直接用手抓了我的屁股，還伸出中指試圖碰觸我穿著兩層褲子的下體！

「一定得回擊！」第一時間我心裡這麼想，卻又擔心自己身著制服，用鋼頭鞋跺他會不會被上級認定是對乘客施暴而被革職？「但我一定要回擊！」想著我便以牙還牙，右手伸出鷹勾爪重重地捏他的屁股，還大聲斥喝一聲「嘿！」這樣做他終於離去。

我悻悻地完成空車檢查，回到車掌的第五節車廂，用車內對講跟女駕駛阿麗說了這事，她覺得不可思議且叫我一定要報警。

我先打電話到中控中心呈報事發經過，強調我直覺得那人是「性騷老手」，因為他的動作熟練又迅速。我要求鐵路警察立刻找人，免得再有其他乘客受害，辨識方式是他那台應該不便宜的黑色電動折疊車。

接著我打電話給部門女主任，女主任很生氣，又呈報給部門新

經理，就是六年前跟自己一起在市中心機場快捷線做客服的艾列克斯。艾列克斯很明理果斷，給我三天假甩掉這不愉快，但也提醒我，恐怕會有很多來自警方的電話要接聽。

我坐上下班火車回到家，接近中午果真有一位省鐵女警跟我聯絡，她說嫌犯已經被逮，但不幸也被我言中，至少有另外三位女性也報警遭他性騷擾。女警說，對於乘客省鐵不能要求她們指證嫌犯，這樣他就可以逍遙法外，對我這制服員工，她建議我想想願不願意把他告上法庭。其實，我都四十好幾也遇過很多爛事，這次性騷對我來說沒什麼，但想到如果受害的是年輕的女孩，驚嚇一定很大。基於這樣的「社會責任」，我便說願意。

傍晚載女兒上完數學課開車回家的路上，多倫多警方打電話給我，我把車停在路邊，做了五十分鐘的筆供，女兒小丹聽得清清楚楚。事後我對她說，大人的世界很複雜，萬一不幸遇到人家要碰她，一定要閃，閃不了就用學到的功夫抵禦，然後要報警保護自己和別人。

星期六女警又來電，說嫌犯已被仲裁交保，但是被限令不得出現在包括我在內的受害人一百公尺內的地方，且不得與我們交談。

今天是艾列克斯給假的最後一天，我本已經準備好明天回去當班，接近中午卻再次接到多倫多警方的電話，通知我相同的男子昨晚又故技重施而上了夜間社會新聞！這次受害人更多，且情節輕重不一！

我即刻去電艾列克斯表明自己開始擔心，萬一那男的又被保

釋，自己的工作時間他算得到，聲音認得出，有可能成為報負標的。艾列克斯馬上准了我個有薪延長假，但因經費和保險與規章，我之後有可能要接受心理輔導……

2022.03.30/Wednesday/Overcast

反亞歧視之現身說法

　　大約一個月前在臉書上看到焦點團體對象招募，多倫多大學一位助理教授（姓名音譯為方林）正針對「『反亞』種族歧視與教養」（Anti-Asian Racism & Parenting）進行社會研究。我毫不猶豫地報名，參加英文組，一來想把自己的負面經驗間接化為社會貢獻，二來想會會其他的參與者，聽聽他們的情況怎樣、又怎麼說。

　　下午三點一到，我已坐在電腦前等候，主持人和其他七個參與者陸續上線。參與者的共同特點是有孩子的家長，恰巧都是媽媽。自我介紹一輪後，顯然只有我是成年後才移民來加拿大，其他人要不很小的時候就來，要嘛是移民二代。英文只有我有口音，說巧不巧我的經歷也最氣人。

　　照她們的說法，在職場中遭到的歧視是一種隱形的打壓，或是似是而非、模稜兩可的嘲弄，就是感覺自己再怎麼敬業，也只能坐著辦公而沒機會起來當主管。我的經驗卻像是被人直接吐口水打臉，一顆心被露骨的風涼話直直刺破。

　　我一輩子都忘不掉水族館的那個人事經理，名字叫夏敏，留著

一頭中短髮，經常戴著珍珠項鍊和耳環，看來幹練客氣。我鼓起勇氣去找她討論當主任、爭取全職的那天，她起初跟我直屬部門主管林西一樣不置可否。我不知怎樣證明自己夠聰明、有能力，脫口而出自己在台灣是博士候選人，結果她冷言冷語地回：「有些博士連英文都講不好，只能開計程車！」

在加拿大的都會區，似乎印巴人開小黃的多，相傳他們之中許多曾在母國做教授。我自己就遇到至少三個類似背景的移民找不到相襯的工作。他們說話的確有口音，但難道他們英文通通都「不行」？

我當然也永遠記得自己是怎樣錯失升做火車副駕駛、領十數萬年薪的機會。

公司跟工會有合同，提供每位火車車掌學習成為副駕駛一次性的高壓訓練，參與者首先必須在兩週的課程後通過「加拿大鐵路營運法則」和複雜燈號的筆試，接著是為期六個月左右的工作實訓。我申請受訓時獲得不少鼓勵，喜愛我的同事和主管都期盼我成為第一位在安省開火車的亞洲女性移民。沒想到兩個禮拜裡小考總是全班名列前茅的我，竟在大考中成了最後一名，分數七十不得補考。

失敗前倒不是沒跡象。大考前三天，授課主管賴瑞突然從一向對我親切變成連正眼都不看我。我想我不過是太天真，相信他所說的「天下沒有笨問題」，結果重複相同的問題而惹惱了他。

考試完畢他試圖把我一人留在教室裡，另一個男同事道格則因自願放棄而在場成了證人。賴瑞要道格不要放棄開火車、領高薪的

大好前途，轉過頭來卻對我講：「我兒子住溫哥華，會說中文。妳考這樣（爛），是不是英文的問題？」英文既是我的第二語言，當著這白人的臉，我沒法強辯，只得收拾東西回家去。

隔天，關心我的亞買加女同事潔蓮問我幹嘛這麼早丟白毛巾、舉白旗？恰巧又在場的道格指出關鍵：「她根本沒有被給予相同的機會！」潔蓮又說，其他在及格邊緣的人全都是靠賴瑞給提示才即刻補考過的，因為賴瑞自己不想太晚回家。我聽了既忿怒又傻眼，但時機已失、為時已晚，賴瑞昨天要我簽了白紙黑字的退訓同意書給公司。

有意思的是，我做車掌，搭乘火車的公眾對我的態度也可以很極端。有很多人聽到我以親切、有特色的中文口音報站，好奇意外又欣喜，因為我與眾不同。少數人卻對我擺臭臉、撂難聽的話。就有那麼一天，火車停駛在歐克維爾站，一個白人老頭駝著背、踱著步來找我抬損。跟著他過來的是一個互不認識的白人女性。那中年女人怒眼瞪著我說：「我聽不懂妳（廣播）講的，我聽不懂！」老先生仗著自己年紀大，立刻挺身助我，揮著手對那女人說：「噓、噓、噓！去、去、去！我還在跟她講話，輪不到妳！」

反歧視研究還有一個妙問題，就是我們這些做媽媽的女人覺得自己是哪裡人？我們的孩子又如何想？

移民二代覺得自己是加拿大人，自小移民的覺得自己是菲律賓或越南裔加拿大人。他們的孩子也都覺得自己是加拿大人。

我住安大略省十四年下來，覺得自己是「多倫多人」，仍不覺

得自己「夠加拿大」。然而我不只一次訴告女兒，她在加拿大出生，是加拿大人，只是媽媽是從台灣來。因著這樣的身份認同，我要女兒定要了解自己的母國加拿大，也要多多認識媽媽的故鄉台灣，學好中文。

　　人只有知道自己的「根」，才能站得挺、站得穩。

漂白的黑道

　　銀行對我來說是這樣的：用一個人的人品來比喻，那就是現實無比；用一個人的身份來比喻，那就是漂白的黑道。

　　今天早上接到 S 銀行來電，電話中的理財專員非常客氣，但她不過是要告訴我，我跟先生申請提高房屋淨值抵押預借現金額度，因收入限制而未核過。理專建議，待先生恢復工作，再等個兩年看他收入穩定的程度，可以再重新申請核批。

　　我馬上謝過她的通知，雙方都客客氣氣、很快地把電話掛了。我懶得爭辯，其實，今非昔比，我哪需要再借錢？現下不過是想把特定一項資產擁有的潛力預先做出更靈活的安排罷了。

　　銀行就是那麼現實。先前，我跟先生都有固定收入時，它們三不五時地推銷信用卡，預借現金等等的金融商品，我們還常常加以婉拒，就是不想超支和負債。現在恰恰反過來，怕我們伸手。

　　我說，銀行真的是穩賺不賠的生意。眾人把錢放在那裡，它拿去投資，賺了錢只給出一點蠅頭小利，叫做「存款利息」。人們因為各種目的想跟它借錢，那就是貸款，「服務費」也叫「利息」，

但你向銀行借款給出的利息比你借錢給銀行而得的還高。

　　銀行還對申貸人秤斤論兩，要求提供收入資產和負債證明，並且要求信用分數，一切的目的都在確保借出的錢收得回來。就算出了萬一，借款人的抵押品也將被查封，拍賣後錢仍歸它。

　　我人生中頭次收到銀行捎來的房屋貸款續約通知是在 2017 年。當時我們住在多倫多市中心的一個老公寓就快要五年，先生丟了工作兩年多，我則剛收了精品店生意，全職當火車站員已經一小段時間。每個月，全家靠著我一份單薄的薪水支撐家計，省吃儉用若不透支就是萬幸。收到了貸款到期續約通知，我對信上列出的數字特別敏感。其中，一個金額兩萬六、叫「借款成本」（Cost of Borrowing）的詞，令我一時不解，但不消幾十秒後我就明白，接續五年，我不只每月得老老實實還款，還將奉送銀行兩萬六的「利息」！兩萬六！難怪我怎樣辛苦也存不到的錢！

　　從那時起，我便決心擺脫貸款。但買房不借貸，對我們這種升斗小民何止困難？

　　我倒有句座右銘：「只要有難題，就有解決辦法。」我想到，乾脆把公寓賣了，將結清貸款拿回來的錢，如數去買另一個空間得宜的公寓。當時多倫多的房價已節節高漲，在選擇不多的情況下，我們在 2018 年入秋時搬到了多倫多市的邊郊。沒了貸款，我持續工作，先生也打工了一段時間，銀行突然竟對我們友善起來。

　　後來我又仔細想，我雖討厭跟行銀借錢，但為求發達似乎還是得借力使力，以錢滾錢。又從那時起，我更明白「為什麼」跟「什

麼時候」去跟銀行打交道。

回想起來，2017 年我就曾想過搬來現居的漢米頓，卻也被 T 銀行房貸專員當面告知不符申貸條件。五年後的今天，S 銀行又對我說不，殊不知同一時間，R 銀行卻烈歡迎我與他們討論退休投資的可能。銀行們的嘴臉沒變，依舊拒斥窮人、逢迎富人，全為一己營利。我看清楚、學聰明後，現在不管哪家銀行想賺我的錢，恐怕都沒那麼容易。

燒掉

「妳這樣很不正常！」心理醫師的助理艾卓安早上在電話中這樣對我說。她不是指「我這個人」不正常，而是說「我遇到的事、以及我回應那些事的方式」不正常。因為我的反應太冷靜、太平淡，沒有應該有的忿怒和怨氣。

我從三月十一日起開始停止上班，不是失去能力，而是火車上來來去去、形形色色的人的瘋狂作為，讓我對自己的人身安全越來越擔心——從獨自面對帶槍的猥褻男人、與接觸自新冠疫情嚴重地區來卻不戴口罩的女假釋犯、和被一群生氣的男乘客包圍咆哮、又被一個冒失的少女撞成四腳朝天、到在火車上被性騷擾的慣犯摸了一把後，我本來還計劃回復工作，不幸的是，該嫌明明是累犯卻迅速被保釋。而在那一連串的最後一起事件的一個月後，曾經一起當班的一名駕駛，竟在多倫多士嘉堡區一間回教禮堂外被開車行經的惡徒亂槍掃中，上了頭條新聞，足見整個社會已成一團烏煙瘴氣，讓我完全沒有再面對烏合大眾的熱情。

總結來說，社會急速變遷，特別是加拿大最大的都會區多倫多

及其周邊在短短時間內起了很大的變化，單單就這幾年，光在鐵路運輸服務工作中聽到、遇到這麼多情節輕重不一的鳥事，造成第一線營運人員們的疑慮，公司和省鐵管理單位卻沒有太多積極作為來保護我們的安危，我開始不想為金錢賣命。

不過待在家裡持續領乾薪還得有理由，數週後我依公司行政程序被勞工保險要求心理創傷治療。但卻又等了好幾週，直到四月下旬我才有機會真正接洽上諮商員。這樣慢吞吞的過程，反正就是典型的加拿大效率與文化。

艾卓安就是我打了幾通電話後終於接洽上的「諮商員」。正規地講，她只是心理治療診所裡的助理，負責先接下新病患，讓「新客戶」填寫心理評量，再花時間在醫生接見之前聽聽此人的故事，給予同理式的安慰，替醫生建立病患的基本檔案。

艾卓安一定是受過訓練，所以跟她講話時我覺得很能被理解。我在詳述那天被摸的事後，她問我心理的感受，很驚訝我回應：「跟我從小到大遇到那麼多的爛事比，那根本就不痛不癢。我之所以會報案請求加重處理，擔心的是其他年紀輕一點的女孩兒們遇到了會很受傷。」她發現我對該事件根本是麻痺，知道我一定遇過更大的事，對我開始憐惜起來。

接著的一個多小時，我又跟她講自己的過往與人生，快速帶過大致就是成長在拮据的家庭、長期面對緊繃的學業與職業、婚後有婆媳問題、移民後在各方面不適應、離婚、必須扛下家裡經濟、經驗到許多歧視與遭霸凌，等等等，一連串的回顧，我最後又說通通

已經沒什麼。但是在艾卓安聽來，我的每件經歷都可以在別人的生命裡造成永恆的傷害，她承諾定會替我安排與醫生晤談。而若非必須配合保險行政，我必定會推掉被建議的情緒復健，因為我早有了強韌的心理。

　　早在二十四歲那年，我就快承受不住各種壓力，固定去台北市振興醫院見心理醫生。把我帶去治療的是兩個怪異的心相：一是覺得自己分裂成兩個人——小女孩時的自己在內心黑色的世界裡哭泣，成年的自己卻可以幹練地採訪新聞同時唸研究所；另一是洗澡時覺得自己是泡泡，輕輕飄起然後「啵」一聲爆掉，對世界運轉也沒影響……

　　當時每星期三下午見醫師，我都是漂漂亮亮地進晤談室，五十分鐘後走出來，好像在裡頭被人狠狠地揍過，臉上的妝都花了，必須補粉並重畫眼線，接著才若無其事地去電視台工作。

　　我拒絕藥物治療，但持續看醫師。近一年後，有一天我跟醫師說，自己已經可以繼續面對人生的挑戰，之後再也不需要回診。從憂鬱症好起來的親身經驗，讓我深信，人在受到傷害時，一定要找到情緒的出口，或對相信的人傾訴，或是放聲大哭好幾場都可以，必要時尋求專業協助——要給自己足夠的時間復原，但是不可以是永遠。總要有那麼一天，要甩掉心裡承載的傷痛，活出新的勇氣，人生的路仍須繼續走下去。

　　二十年之後自己在加拿大因在火車上遇事，被當成一個心智被燒掉的人一般地由行政程序轉介情緒諮商，其實自己只是長年工作

累了，心理沒問題。我倒覺得，真正該被好好治療的是整個失序的
世界、諸多敗壞的人心。

註釋

* 2022年四月十七日凌晨一點多，多倫多有五名回教男子，在士嘉堡區做完新年
祈禱後，於教堂外的停車場被一開車經過的人持槍掃中，其中一名為作者的同
事。二十歲的嫌犯後來被逮捕，在犯案後五月後，被以企圖謀殺罪及持有非法槍
械判刑。

換個姿勢重來一次

約翰街二十九號

　　安大略省東南邊的小鎮袞思比（Grimsby）確實有那麼一條約翰街（John St.），但是沒有二十九號這個住址，至少在未來的幾年內應該不會有。

　　袞思比在漢米頓市的東邊，「約翰街二十九號」只是一塊空地。過去一年來，我跟艾瑞克一直積極計劃著買下那塊地上要蓋的連排屋，以做為退休後永遠的住所，今天卻收到建商的電子郵件說整個建案取消了。知道那個好不容易「搶」下的三房三衛一車庫的「第二十三單位」，就此胎死腹中，我跟艾瑞克不過只是各自「哼」了一聲，繼續一起忙打包，因為再過三天我們就要啟程搬去三千五百公里外的亞伯達省卡加利市（Calgary, Alberta）。

　　雖然很喜歡我們漢米頓的左右兩戶鄰居，但是當初買下這百年老房的目的是投資出租，因緣際會下成了自住。住進去後才發現，木造的老房子狀況不少，最難改善的是客廳地板有些下陷，且走起來會有點搖，這些對加拿大人而言沒什麼大不了，但是對於在九二一地震飽受驚嚇的我，卻是個完全無法忍受的巨大困擾，所以我三

天兩頭便吵著一定要搬走。

　　過去五年多倫多和它周邊車程一小時左右、甚至一個半小時的大小城市，房價瘋狂飆漲。就像一顆石子投進水裡，新移民湧進公共設施比較完善的多倫多市，幾年後奠定了基礎，有的就慢慢向外移。過程中，一些本地人或老移民也因感到城市擁擠而往外搬，在郊區尋求可以負擔又空間大些的房子。於是，房地產四處熱絡，到處買賣轉手繁頻，就這樣一波波地帶起了「大多倫多地區」（Grater Toronto Area, GTA）的房價。我們要再搬家，勉強還能買的又是離多倫多更遠、在漢米頓隔壁的衰思比。

　　衰思比的房地產其實也是強強滾，我們就改看預售屋，只要訂金放下去，房子在蓋的兩、三年裡還可以繼續存足頭期款。而搬了幾次家也住過不同的社區，我跟艾瑞克更清楚在衰思比該看哪裡又該找什麼樣的房子。「約翰街二十九號」一次滿足了我們所有的需要——

　　走路兩分鐘到鎮上最大的圖書館，三分鐘到餐廳和小店家林立的鬧街上，再繼續走三分鐘就到一個大超市，繞到後面是個露天游泳池；延主街走個十分鐘，就有不錯的法文融入小學及中學；同樣是徒步十分多鐘，又可以從「家」走到湖濱，反方向的山上則有步道可以健行和眺望風景。

　　建商規劃了三排樓，共四十四個單位，每排六到七間，有兩種戶型：大門一隻階梯，一上一下分別進上下兩戶門。「樓下」的客廳廚房在地面樓層，後面靠著車庫，地下室有一間套房、一個書房。

我們看中的是「樓上」，室內有支樓梯可以通到樓下獨立的車庫去，客廳廚房在二樓高，再爬一樓，是三個帶廁所的套房，頂樓則是整個的大露台。

　　預售屋廣告首先於四月底在臉書上曝光，我查了查發現地點很理想，開車繞出社區就可以上交流道去多倫多工作，於是立刻跟行銷經理聯絡，幾天後我們一家三口就在建地上跟他一起比手劃腳，憑著施工藍圖想像未來的家的樣子。

　　行銷經理說該建案預定兩個月後會開賣，「第一期」中間戶廣告定價是五十五萬，我們馬上表達高度購買意願。不過，六月底時收到的電子郵件是通知改成八月線上登記；八月收到的是寄給所有潛在買家的 3D 繪圖；真正線上登記日是近半年後的去年十月間，「採先到先得」的做法，買房子到最後竟得比誰的網路速度快、點滑鼠的手指快。艾瑞克在網路塞車中用不到一分鐘的時間反覆試了好幾次，竟只排到第十四名。

　　行銷經理知道，我們是最早跟他接洽的終端用戶之一，並非投資客，他也很想守住承諾幫助我們這個單純的小家庭，想出的辦法是讓公司剔除了重複登記的人，也提早開放「第二期」──我們變成第七名。便宜些的第一期既被挑完了，我們只能第一個挑第二期，但可以任意選一戶。然而，不過是與第一期平行的另一棟排樓，一樣的中間戶價錢竟然多了十萬、訂價要六十五萬，已經超出我們預算的高標。但是因為太想要，我們仍咬牙選了「第二十三單位」，等著正試簽約。

我們已經在七月賣了倫敦市的一間出租公寓，把袞思比「約翰街二十九號二十三單位」的訂金準備好，結果因建案一直延而轉做其它用途。為了這次交訂金，我們又賣了在溫莎市的出租屋。而明明去年聖誕節前，建商說年後會出買賣合同，今年二月卻還等不到。月底我無意間在網路上看見另一個買家公開抱怨建商要把他那一樣是三房、但是是角間的單位調漲到九十三萬，嚇得我和艾瑞克馬上打電話去跟行銷經理問明白。

自去年年底來，大多倫多地區不同建商在完工交屋前強迫買家加價的新聞時有所聞，政府無法可管。爭議不是「不買拉倒、買家拿回訂金」就好，而是房子蓋了一段時間，房價幾乎翻倍，相同的訂金卻再也買不起其他地方，有些人成了一輩子的無殼蝸牛，這也再次說明房價飆得有多誇張。

電話中建商行銷經理向我們解釋是與該買家溝通不良，否認九十三萬的新價格，但不能承諾不會漲，聽了讓我們完全失去信心，對該建案自此不聞也不問了。所以今天收到建案取消通知，我們反正就要搬去卡加利，一點都不覺得痛癢。

漢米頓的鄰居們

　　艾瑞克跟我在過去的十二天裡，幾乎是全時間地打包家當，昨晚大功告成。我們也早在一個月前就預訂今天早上搬家，但是搬家公司卻拖到傍晚六點半才到。可能因為組員已經在別處費力一整天，居然在搬我們的床墊時鬆脫了手，床墊從樓梯往下滑落，把一面牆撞出了一個窟窿，為我們星期天賣房交屋添了一個亂子。

　　搬家公司給我們的帳單其實不是一筆小數字：從安大略的漢米頓運送三房兩廳大大小小的東西跨省到西邊亞伯達的卡加利，用掉半輛大卡車，一共收 9,300 元加幣。這個數字還不計我們自己另外準備的包裝材料的兩、三百塊錢。可我也早就說過，加拿大是「貴」寶地，9,300 塊跟別家公司估的 15,000 元相比，好像我們「撿到便宜了，服務就別太挑剔。搬家工人弄壞東西，客戶您就摸摸鼻子自己認了吧！」簡直是豈有此理？！

　　正當我和艾瑞克與搬家公司都忙到焦頭爛額之際，面對我們房子右手邊的鄰居賴瑞，兀自坐在兩家之間的矮木樁上，邊看東西搬出邊跟我們家女兒小丹天南地北地聊。

年紀與艾瑞克相當的賴瑞，其實是我們兩年前要搬來漢米頓前認識的第一人。當時我們的房子還在裝修，他信步來跟我們抬摃，介紹自己曾是漢米頓市民選出的教育局董事。

　　正式成為鄰居後，兩家自然更認識。賴瑞跟第二任同時也是現任妻子泰拉都是公司資深或主管級，疫情期間得以在家工作；雙方的父母都住漢米頓。倆人二加一、共三個女兒都是青春期，一到週末就各自去前任或祖父母家，偶爾也全家一起去北邊租來的小木屋度假。因此雖然他們一家人都對我們客氣氣，但並沒有真正「玩」在一起。比較熱絡的互動算得出的僅有：一次我們付錢僱泰拉的女兒海莉陪一個人在家的小丹，和我替賴瑞主持的《點子》社區電子報（The Point）採訪撰稿的那段時間，以及我帶著小丹一起去替賴瑞競選 2021 年綠黨（Green Party）國會議員發傳單和清理公園的形象活動，還有我們搬家前一家三口大力協助賴瑞重建兩家後院居中的圍籬。如今我們要離去，賴瑞表現出他對我們這樣的好鄰居的不捨。

　　我們最不想說再見的是住左邊的馬克和艾菲。馬克只比我大一歲，是貨櫃車司機。艾菲大他九歲，在菸酒公賣局工作。他倆也是在各自婚姻破碎後同居，孩子都已成年，所以馬克和艾菲挺清省，房子頂樓和地下室租人，倆人經常在後院搞一些雜活，常常和我們聊天。

　　開貨櫃車的馬克很有思想，會跟我聊政治、哲學和文化。有次我委婉問他，加拿大人能接受的女男老少配尺度是多大？他很坦白

地說，就是不要看起來像老娘和兒子在一起就可以，所以十歲甚至十五歲，大致都還可以接受。馬克也是無師自通的藝術家，在庫房裡切磨做出漂亮的木製品，畫完油畫也都會立刻請我過去端詳，分享創作的概念與過程。

知道我們家的親人都離很遠，重大節日馬克和艾菲必定邀請我們一家三口到他們家吃飯。像是去年十二月，他們從我口中得知艾瑞克父親過逝剛滿一年，卻因新冠疫情而無法舉辦喪禮而有些感傷，二話不說就請來馬克那可愛的父母與我們共進聖誕大餐，為我們製造家庭團圓的溫馨與和樂。

小丹今年生日時，他們大致知道我的車掌工作遇事以及艾瑞克多年在事業上皆不順遂而有意換個城市重新做調整，又替我們準備了一頓復活節大餐，還送小丹一條精緻的銀項鍊做永恆的祝福與留念，讓我們非常感動。

今天我們搬家，馬克跟艾菲早就跟我們道別，因為他們必須飛到卑詩省落磯山脈中參加婚禮。這樣也好，我們就不會因離別而感傷落淚。

其實，昨天小丹的同班好同學奧大維爾，也和弟弟賈布爾由他們的父母馬修及納塔莉帶來我們家，跟我們一起吃買來的外食當晚餐兼開派對，用意也是替我們送行。因為我帶小丹去離他們家不遠的功夫學院學詠春，他們全家也加入，兩家變朋友，不只會比劃拳腳，也講很多話。

我們在漢米頓雖然只住兩年，認識的都是一般人家，但是這些

平凡、善良的人們卻施給我們最大化的友情。他們就是移民口中的友善的加拿大人！

五天後開始新生活（上）：安大略公路之旅

　　艾瑞克把裝著兩隻天竺鼠「大理石」和「木炭」的籠子，塞進滿載著我們一家三口隨身衣物和幾項必須品的日產小白車後，我們在漢米頓家後院拍了幾張留念照，五月二十八日星期六早上七點多，全家便啟程前往三千五百公里外、加拿大西部的亞伯達省卡加利市。

　　因為搬家，這趟遙遙的公路之旅所經之地極可能是我們畢生的「唯一」，所以我們不打算像貨車般不眠不休地開三天，而在中間插入一些景點，停下來看看從沒到過的加拿大的一些地方。

　　第一站是離多倫多北面四小時的撒德貝瑞市，目的地是安大略省立「北方科學館」（Science North）。

還會想再去的北方科學館

　　北方科學館的建築從某個角度看，像一架飛碟藏身在樹林裡，但其實那主建築從天空看下去是一片雪花的造形。進去後先得通過一個石鑿的山洞，石壁是個億年的斷層，光是這樣的迎賓方式，就

讓參訪者興奮無比。

真正入館後，裡面螺旋梯旁四樓挑高的空間裡，吊著一個在魁北克省發現的二十公尺長的長鬚鯨巨大骨骼，搭配著一些活體昆蟲展示，以及許許多多動態的科學體驗，非常非常有意思。我和小丹甚至看到了正在游水的加拿大代表動物河狸，是人生中的第一次！棒的又是整個科學館不像多倫多到處人擠人，熱門的項目只要稍稍等一等也一定可以看到、摸到或玩到。

我們從下午一點待到快四點的閉館時間，接著回住宿的「諾斯北瑞飯店」（Northbury Hotel and Conference Centre）沐浴休息。全因時間有限，不然我們定也會去北方科學館另一處以地球科學與礦業為主軸的「動力地球」（Dynamic Earth）館玩，也可惜無緣跟那裡的一枚世界最大鎳幣照張相！

加拿大輕航老飛機中心

吃過飯店熱騰騰的早餐後，第二天我有六百多公里的路要開。中午照計畫停在蘇聖瑪瑞市（Sault Ste. Marie）的「加拿大輕航老飛機中心」（Canadian Bushplane Heritage Centre）。

我們進到其中的一架骨董小飛機裡，它的駕駛前窗被改成螢幕，裡頭有椅子可以坐下來看空拍短片，置身其中好似真的飛在蘇聖瑪瑞市上頭，還可以看到河對面的美國，那裡也叫蘇聖瑪瑞哩！而在小小的影視廳裡，則播放了令人感觸很深的森林火災教育片，看了叫人深深敬佩消防人員的奉獻精神。

加拿大最大娃娃鵝

離開蘇聖瑪瑞市，我們駛離五大湖的休倫湖（Lake Huron）區，先向北再向西，沿蘇必略湖（Lake Superior）開往三百多公里外的白河（White River）。

我先開到了一直對艾瑞克和小丹賣關子娃娃鵝（Wawa Goose）那裡。

娃娃鵝是一個叫「娃娃」的地方，為了引吸觀光客而設立起的一尊巨大野鵝像，是全加拿大之最，高有 8.53 公尺，展開的雙翅直徑近 6.1 公尺。「娃娃」是加拿大一支原住民毆吉布依（Ojibwe）語的大野鵝的意思，該地位於野外露營勝地阿勾瑪縣（Algoma）內。最初的娃娃鵝是塑膠做的，根本禁不起嚴寒的天候考驗。後來透過在地募款，用鋼造出了現在的這隻，成了著名的攝影景點。

令我們感傷的是，天竺鼠木炭不敵一天半在車裡搖搖晃晃，可能因暈車而一命嗚呼。情不得已，我們將之草葬在娃娃，讓牠與娃娃鵝相伴。

維尼熊的故鄉

三人帶著眼淚再上路，在天快黑前到了白河。來白河除了休息過夜，目的是和維尼熊拍照。

迪士尼的維尼熊（Winnie-the-Pooh）從美國紅到全世界，維尼本尊卻是出自加拿大安大略省的白河這裡。

話往回說，1961 年美國迪士尼推出可愛的小熊維尼卡通，擄獲世人的心。在那之前，「經典維尼」是由英國作家艾倫・米恩（Alan Alexander Milne）及插畫家恩內斯特・施帕德（Ernest Howard Shepard）創造出來，1925 年聖誕夜在倫敦報紙上首次刊出，隔年十月開始出書，已經廣受歡迎。

　　「維尼」是米恩兒子的絨毛玩具熊的名字，他們父子在倫敦動物園裡看到一隻從加拿大曼尼托巴省溫尼伯（Winnipeg, Manitoba）來的黑熊「維尼」，因而替玩具熊也起名「維尼」。那隻真熊維尼則是由加拿大中尉哈利・科爾布恩（Lieutenant Harry Colebourn）從安大略白河火車站以加幣二十元向一名獵人買來的寵物，以家鄉溫尼伯的短稱來替牠命名。

註釋

* 長鬚鯨是繼藍鯨後世界上第二大的哺乳動物，因遭過度捕殺，目前瀕臨絕跡。

五天後開始新生活（下）：經草原省到卡加利

　　維尼真熊千里迢迢跟著主人中尉哈利・科爾布恩從加拿大到英國，卻因為主人後來移到法國，而被留在倫敦動物園裡。牠本來是加拿大安大略白河的孤兒，後來在英國倫敦受到動物園訪客們的喜愛，間接啟迪了世界上最受歡迎的卡通維尼熊的誕生。人們開車或搭加拿大國鐵來到安大略小小的白河，很多是想追探維尼的故鄉。

　　看完了維尼、在白河高速公路邊的汽車旅館過夜後，第三天必須經過雷灣（Thunder Bay），再於天黑前抵達進入曼尼托巴省前的一個叫卓殿（Dryden）的小鎮過夜。連開三天，我們仍在安大略省裡，加拿大之大，繼 2016 年三月我們自多倫多開車往返東岸的新思科省後，再一次深刻體驗。

「馬拉松」開車再向前

　　艾瑞克人在新思科省會哈里法克斯的姑丈羅斯，於臉書上得知我們正行跨省汽車旅行，告知在白河之後會經過他的故鄉馬拉松

（Marathon）。今早我們特意從高速公路叉去那小地方為他拍幾張照片。我們想，他現在住離出生地兩千五百多公里遠，要回一趟實在不容易。

羅斯藉這機會跟我們在電話上講故事：自己的爸爸是馬拉松方圓百里內僅有的牙醫。羅斯青年時期由媽媽帶著他和手足去多倫多一帶受更好的教育。後來羅斯又不知怎地落腳在東岸的哈里法克斯，現在人都已經七十好幾。他的故鄉馬拉松非常小，我們只能取鎮公所的景傳給他看。

我們進到阿瓜撒崩瀑布與河谷（Aguasabon Falls and Gorge）欣賞自然景緻過後，開往雷灣的路並不寬，雨時大時小，增加些許行駛的挑戰。我在專注開車之餘，仍看到許多美景，因為彎彎曲曲的過山路，有時就是先對著一面湖去，然後再從旁經過，還有一些梯田，很可惜我們跟許多省屬自然公園失之交臂，因為必須按計畫行事。

雷灣的卡卡貝卡瀑布

雷灣的一處紫水晶礦場因季節再過兩天才對外開放而無緣參觀，我們卻不會錯過與加拿大英雄泰瑞・弗克斯的紀念碑拍照的機會。而在市中心裡具有歷史的亞瑟王子飯店（Prince Arthur Waterfront Hotel）吃過午餐後，該城附近的卡卡貝卡瀑布（Kakabeka Falls）也超有看頭，轟隆隆的水聲幾百公尺外就聽得到，是繼尼加拉大瀑布後，安大略內的第二大瀑布。

到了卓殿時，天氣真的很差，雨越下越大。樓上的住客一直搬動桌椅，我們很累卻很難入睡。就在我快睡著時，艾瑞克在夜裡十點多，竟把我吵起來，嚷嚷著：「我一直都在看氣象報告，剛剛有龍捲風警報，預測路徑就是朝卓殿這裡來！如果龍風真的掃過來，我們就帶小丹躲進廁所浴缸裡，把床墊放我們頭上（做保護）！」

幸好，他才說完，我們仔細再盯著電視警報一下子，龍捲風級數迅速減輕，甚至消失無蹤，但汽車旅館外頭的雨還是很大。

加拿大皇家鑄幣廠導覽

第四天早上，我們終於離開安大略省，進入曼尼托巴，要去溫尼伯市的加拿大皇家鑄幣廠（Canadian Royal Mint）參加導覽。令艾瑞克很感動的是，鑄幣廠中庭的小水池裡，一個以「藍鼻子百年紀念」的主題展示還留著，讓他想起了自己的曾外祖父莫友・夸斯的海上傳奇。

一趟導覽下來，我們又才知道，原來加拿大是第一個發行不可揭開的彩幣的國家，而且有替世界上七十多國製幣。台灣也是加拿大鑄幣廠的客戶之一。

大西部般的草原

最後一晚的旅店，是在薩克奇萬省的白木（Whitewood, Saskatchewan）的小地方，感覺根本是到了美國電影演的大西部裡。不過白木客棧卻是由一對韓國移民老婦夫在經營，風格雖然老舊，

但房間乾淨且餐廳食物美味，是行經加拿大貫通國道旅客物美價廉的選擇。

六月一日早上八點鐘我們把房間鑰匙交還旅社櫃台，接著就是一直開、一直開、感覺永無止盡的車程，主要因為從前一天的曼尼托巴的溫尼伯出來後，地形就已經是一片平坦，唯獨強風不斷而叫我不得不警醒，否則景象實在很單調，難保駕駛人不會開到睡著。隔天再從薩克奇萬東邊的白木繼續開，要到亞伯達省西邊快到落磯山脈山腳下的卡加利市，路上一樣是平坦的草原。加拿大中部真是個大穀倉。進了亞伯達省沿路則有越來越多的油井。

一直開到下午三點多，我們在清朗中遠遠看見綿連的落磯山脈，越接近卡加利車子也越多起來。四點半進到卡加利市，正巧是星期三下班交通尖峰時間，來到陌生的城市，第一個要見的是我們的房屋仲介海瑟 · 蘭柏。

晚餐後，海瑟帶我們去看即將過戶的三房鎮屋，是我們的「新家」，而我們晚上住的，則是已經買進的漂亮公寓，之後將出租。我們在卡加利的新生活，已經有著不錯的開始。

重遊班夫兩樣情

剛從落磯山脈的班夫（Banff）露營回來，全家心情大好。

班夫我不是第一次去，但距頭次 2004 年造訪，這第二次竟是十八年之隔。

二十七歲那年十月底的行程，是在溫哥華和維多利亞（Victoria）觀光三天後的一天晚間七點從溫哥華火車總站出發，買的是加拿大國鐵的小小睡鋪，折合台幣 7,600 元的夜票，讓我捨不得闔眼，路上一直窺望窗外被皎潔月光照亮的加西地貌，黑幕間依悉見著了一些木造房舍和閃閃發亮的湖泊。最叫我驚嘆的是看到一列掛了上百節車廂、綿延數哩的貨運火車。一直要到多年後於 2016 年自己從安大略開車到東岸的新思科省，才真正明白加拿大真的很大、很大，鐵路運輸當然很長、很長……

隔天，接近中午時分，火車抵達了隔壁亞伯達省的傑士伯鎮，接著行程改以出租車穿越落磯山脈，駛過優鶴國家公園（Yoho National Park）、冰原大道（Icefields Parkway）、露易絲湖（Lake Louise），最後一站是班夫，然後直接開到卡加利市坐飛機折返溫

哥華轉機回台。

當年自己實地考察，初見加拿大如詩如畫，十天之內彷彿置身夢幻，矢言將故地重遊，完全不知道旅遊和生活完全是兩碼子事，傻傻地接受前夫堅持移民這個全然改變人生的決定。

2008 年九月，我正式以技術移民的身份到了中間偏東邊的安大略省省會多倫多市定居。台灣的博士論文因現實沒辦法做下去，我直接面臨的是英語和西方文化適應及持續的經濟與生存的挑戰。當時有人告訴我，移民人生是「大苦三年，小苦兩年」。相較下我感到自己的際遇更是風霜加倍。直到 2017 年秋天轉到了安省省鐵上做火車車掌，普普通通的薪水在量入為出下終於足以買車跟養家，並得以利用貸款做幾次低總價的房地產買賣，家境才在近五年內起了轉變。

未料今年卻因對工作時的人身安全起了很大的疑慮，加上我身心皆累而辭退工作，但是財務上準備仍不健全，想到的配套辦法又是搬家。先前我們已經舉家從多倫多市中心搬到市郊，再從市郊搬到另一個城市漢米頓，今年還千里迢迢地來到卡加利，好在自己有移民的歷練，現在就算到了無親無戚的地方我也不再害怕，更不用說如今有先生和女兒共同扶持和壯膽。

先生和女兒沒到過加西，但早就聽我講過卡加利旁聳立的落磯山有多美，也由我計劃搬家安頓後的這次四天三夜的露營，讓我得以實現多年前許下的諾言。

此行我們全家充份享受了沐浴在大自然之中的愉悅，不管是健

行還是划船，先生和女兒覺得所到的不同景點都很美，我卻感到班夫跟自己最初印象中的絕美有些落差。細細推敲，原因在於自己已經漸漸習於加拿大的風土民情，內心慢慢被同化為「新加拿大人」了。

現在的我了解到，為什麼他國遊客爭相探訪的秋楓，在先生艾瑞克看來，純屬季節轉變的自然現象，沒什麼特別——很多東西你有了就覺得沒什麼，是以「稀缺」才有價值。如此，「物以稀為貴」說來不過就是一種心理。再申言之，他人看來的平凡無奇，只要懂得欣賞與珍惜就是自己的寶藏。

我在接近三十歲時便不再怎麼愛戴眾星拱月的「名牌」，一方面錢都用在博士班學習上，二來更因為我只愛自己所愛的東西，較重視以抽象的品質來配合自我的價值。這是為什麼，我多年努力追求的其實不是大富大貴，一旦與貧困脫勾，我很快就能瀟灑地跟工作說拜拜，轉而追尋讓自己心情愉快、健康的家庭生活。

陶淵明採菊東籬的悠然才是我一心響往的。現實日子裡接送孩子上下課、閱讀、踏青、露營之類簡單活動對我來就很棒。

2022.09.04/Sunday/Sunny

加拿大的遊牧族

　　昨天夜裡狂風大作，把我們設在帳篷頂上的大塊遮雨布給吹得啪啪啪徹夜直響，加上氣溫驟降，讓露在睡袋外的頭皮發冷，我們全家大小都沒真正熟睡。

　　最可惡的是得憋尿。想到從國家到省公園處網站以及營地廁所隨處可見的文宣，提到野地可能有熊出沒，夜裡就算有手電筒在身邊，我還是決定忍等到天亮才跟艾瑞克和小丹一起去如廁，結果一早就遇到了營地經理，不到八點就在搞清潔。

　　「早呀。妳是通宵工作嗎？昨天傍晚我們還跟妳在管理站講話，怎麼這麼早又在這裡看到妳？」我代全家問。

　　「（露營）旺季我是真的得連續做十二個小時。」眼前這個身著亞伯達公園處綠色短袖制服、戴著乳膠手套的白人女性聲若洪鐘地回我話，聽來跟昨天下午和傍晚跟她打交道時一樣有精神。

　　昨天，我們誤以為營地入場時間是下午兩點，還自作聰明，特意早半小時把車駛進預訂的場地紮營，結果被開貨車經過的營地經理撞見。她從車窗裡的駕駛座上笑笑地對我們說歡迎，謝謝我們依

規矩把訂單夾在告示板上，又澄清真正的入場時間是下午四點，所以抱歉沒能及時替我們清理場地。

因為有些不好意思，我們在搭起帳篷、吃過現做的漢堡、再去打井水洗滌餐具、繞行營地一圈勘察各項設施後，正式去管理站找經理「報到」。當時正巧向她買升火木柴的其他訪客陸續離開，馬上輪到我們跟她講話。既然不是頭次跟她打照面，我們改成問問題。

「我心裡大概有數，但我還是想問問妳，這個營區有沒有沐浴設備？」我問。她說沒有。「那像我們這樣沒萬全準備的人都怎麼洗澡？」

「他們有的就……不洗。」大概是我臉上出現嫌惡的表情，她緊接著說，「還有很多人會到附近的大湖去游泳，就當作洗澡。」

「那妳呢？妳在這裡工作難道沒有沐浴間？」我一時好奇問。

「沒有。而且我就睡在我身後的露營車裡。」

不用她指我們早已注意到，在管理站側邊有兩台被放在地上的露營車篷，寬度約各是兩張雙人床大小。

「那妳怎麼洗澡？」我實在好奇。

「就在工作空檔或前後開車二十幾分鐘去附近的一個加油站，那裡可以洗澡。」說著她還熱心地提供兩張區域地圖，攤開其中一張並在上面用螢光筆圈出她講的加油站，加註旁邊有個賭場可以去試手氣，又圈出那個叫貝瑞兒（Barrier Lake）的大湖，建議不只游泳還可以去划船。我和艾瑞克謝過經理，決定晚餐後帶小丹去打水處把毛巾弄溼後擦拭身體。

時序雖可說是秋初，也可辯解現在仍是夏末，地下水卻差沒結冰。我在光天化日下把外衣脫了，只穿運動內衣和短褲，當眾洗冷水澡。「反正加拿大什麼人都有，我這樣算保守，沒啥好奇怪。」我自忖。

　　「洗過澡」、換上乾淨衣服，我們終於可以安心在睡袋的包裹下試著睡覺。夜裡的狂風在朝陽中退去，我們今早再次在廁所前遇到營地經理，我繼續問她：「妳這樣的工作感覺就是生活，但天天生活都工作，總也得休假吧？」

　　她回答：「喔，我的工作一做就是半年……」

　　「妳半年都不回家？」

　　「對呀。我本是曼尼托巴（省）人，做（露營地管理）這行已經三十年。但想說來亞伯達（省）看看，再來決定要不要搬到卡加利（市）租個套房。」她絲毫不介意地說出自己的計畫。

　　「那一年之中的另外六個月呢？妳都做什麼？」

　　「我在曼尼托巴接接粉刷工程或兼其他差事，然後快夏天又開始投入為期半年的營地管理——住野外，沒手機，沒網路，跟外界斷了聯繫，世界發生了什麼驚天動地的事，還是訪客說了我才知道——這樣很好，我什麼事也不用憂煩。」

　　我對這樣游移的生活模式感到不可思議，但不好意思追問像她這樣看似仍三十好幾的女人如何經營感情？又有沒有小孩這類私事。

　　在走回帳篷的石子路上，我對艾瑞克說那經理人還真友善。小時經常跟爺爺奶奶四處露營的艾瑞克說，大部份他遇到過的長期野

宿者都很和善，可能是因為接近大自然而心胸比較寬闊。

艾瑞克說，露營不只是加拿大境內比較經濟的家庭度假方式，很多人投資買上一套裝備齊全的露營車，裡頭有睡房，還有衛生間、廚房、電視跟冷暖氣，還是過得很舒適，所以整個夏天都待在野外的大有人在，其中有部份人還可以暫時定居做季節性的工作，反過來的現象就是很多人因季節性工作而住在露營車裡，就像那女營地經理。

習慣城市裡便利生活的我，雖然喜愛自然，但對這樣好似游牧的生活方式還是敬謝不敏。

註釋
* 加拿大中間有三個草原省，由西向東依序為亞伯達省、薩克奇萬省和曼尼托巴省。

包租婆的難言之隱

又要賣房子了。這次要脫手的是在漢米頓的租出房,將是我們在四年半內賣的第七套不動產。

本來,艾瑞克跟我以為,這個上下兩層分門出入的雙併磚造屋,將是女兒小丹長大後跟我們倆老同住的房子,成年的小丹可以擁有隱私與獨立,又可以和父母互相照應。但是,「計畫趕不上變化」,這些年從生活裡也好、房地產投資也好,我們早就學到凡事應保有彈性,投資也不該帶感情,所以,房子該賣還是賣吧。

租客出狀況是我們這次決定賣房的首要原因之一。

七月底的一個深夜,樓上的租客傳簡訊來,說樓下的女租客遭不定期留宿的男性友人施暴已經數月,而且情況一次比一次糟,她都擔心到要叫警察了,但是樓下租客先前卻不領會她的關心。我和艾瑞克馬上撥電話安撫她並問個究竟,表示會諮詢法務相關單位,看看該怎麼辦。

不出所料,警方對我們說,除非當事人反抗暴力,鄰居和屋主最多也只能幫忙打一一九。我和艾瑞克又特別發信去問候樓下租

客，還提供一長串情感與心理諮商服務的聯繫方式，結果對方完全
冷處理。

八月最後一天，樓上租客再傳簡訊來，隨後與我們通話說，樓
下的情況不但沒改善，還變本加厲，連共同使用的後院都留下一堆
狗糞不打理；原本上下兩單位是和和氣氣的鄰居，樓下的不知為何
性情完全大變，還會反口罵人；加上大環境經濟嚴峻，她和男友開
始擔心付不出租金，所以考慮搬出去。

在買漢米頓這處不動產之前，我跟艾瑞克還共同持有過三個出
租屋，加上結婚數月前我搬進艾瑞克的公寓，把自己擁有的套房出
租八個月後變賣，當包租公包租婆這些年來學到的是，租客總是來
來去去，就算有合約，人家有事要走你也留不住。

正因安大略省的法令保障租客多於房東，相反的，除非租客想
搬走，房東要趕人更不容易。很多新聞就報導房主因為惡客霸佔房
子又不付租金，非但進不了自家門，還得繼續負擔房貸並花錢打官
司，最後變得身無分文而淪落街頭，真的很荒謬。

第二個原因是，房貸利率升息已經造成我們投資回報降低。今
天加拿大的中央銀行（Bank of Canada）才又宣佈利息上調 0.75 厘。
為了抑制通貨膨脹，這已經是今年內第五次加息，能貸到款的人少
了，房價連連下跌。不賣房子沒損失，等到房價回穩就好。但對像
我們這樣用浮動利率的房屋貸款人來說，受到的影響是立即且嚴
苛的。

回頭看今年三月初央行第一次加息前我們的家庭收支紀錄，當

時每兩週替這出租房還的房貸是加幣六百五十六塊錢，之後節節上漲。下次繳款日就在下星期五，我們的帳戶將被扣繳九百零二元。意思是，我們每個月因政府不斷升息變得要多送給銀行四百九十塊，而要支付的房屋保險、地稅、管理費（視房屋類型而定）和水電費（視租賃合約而定）也年年上漲，我們租金收益短時間內大幅下降。

收益下降，有租客要搬走，留下的又搞亂子，我們人在三千五百公里外，長距離管理又是一個挑戰。我們先前就吃過一個大虧。

2019 年年底，我們買下安大略溫莎大學（University of Windsor）不遠處的一個兩房一衛百年老排屋，屋況很差。前任屋主跟多數房東一樣，認為租客不會善待租屋，所以做法就是「東西壞了也沒必要修，反正最後還是會被搞壞。」我們跟他想得不一樣，接手後決定把房子內內外外做個大整理，可以上調租金，並以此吸引素質優良的租客。

我從三個面談的工頭裡挑一個簽約，合同註明分三期付款並定下完工期限。結果訂金付完後，對方做事拖拖拉拉還藉故超前要錢，連沒錢替貨車加油而無法上工這樣的賴皮話都說得出來，就是咬定我們住在四百多公里外的多倫多，不可能動不動就開車往返監工。最後期限到了，那人將錢都藉故取走了，不但工程沒做一半，品質還很差。我跟艾瑞克只能再想辦法擠出更多錢來請別人重做和修補被破壞的部份，還不談加長施工期無法將房子出租而多所出來的「空屋成本」。本來我們已經寄出存證信函，但想到訴訟曠日廢

時也將耗損精力，只能忍痛認栽。

　　平心而言，在房價下跌時賣房子的損失該視情況而論。我認為，照目前的市場狀況，若我們真的照設定的價錢賣掉了漢米頓的租出房，損失將在於沒賣到最高點，少賺錢但並沒有賠錢。熊市中能不賠就很好。只要損益平衡，我跟艾瑞克傾向把讓人心煩的「壞資產」處理掉，晚上可以安安心心睡覺更重要。

註釋
* 　在加拿大，報警電話為「九一一」。
** 2022年間加拿大央行為抑制通貨膨脹，自三月起連續加息七次，使得基準利率
　　於短短數月內由0.25%升成4.25%，造成許多城市房價迅速下降，2023年一月又
　　再升25個基點，被批評為「暴力加息」。

詠春功夫之醍醐灌頂

　　今晚的詠春課，湯尼師父請假，由王師父獨自授課。本期的學生似乎全員到齊，加上我和小丹，有十四個人。我和小丹從安大略省漢米頓市的「新世界武術健身中心」（Neworld Martial Arts Fitness）轉到卡城中華文化中心（Calgary Chinese Cultural Centre）這裡上詠春課的兩個月以來，王師父還是頭次要求新舊生全部排排站，練習「小念頭」。平時，他都是教舊生「黐手」為主。今晚跟著打了詠春四十年的王師父做一套基本功下來，我感覺自己像小尼姑進了大廟庵，又有如被醍醐灌頂。

　　2020 年因為從多倫多搬到漢米頓，不想讓小丹中斷武術，但是找不到已經學了一段時間的少林功夫，加上疫情的關係，我們母女當年十月中才就近前往住家不遠處的「新世界」學院斷斷續續練詠春。在此之前，我的世界裡完全沒有詠春，也根本不知道「葉問電影系列」已經走紅多年，因為它第一部上映的 2008 年冬天，我才剛移民加拿大，接著自己的日子忙到一遢糊塗，看電影是奢侈。

　　練武可以強身。而我要女兒自小開始學功夫，還帶著功利主義。

首先，在有限的時間和金錢投資下，讓她學舞蹈不如學武術，這樣若遇霸凌或騷擾還可以防身。其次，參照自己學習英文的經驗，女兒要在西方世界學好中文，增加字量只是「術」，認識中華文化才是「道」。當初我選擇帶她到多倫多中國城上少林功夫課，也暗地計劃讓她在街上走走看看，沾染一些中華文化的氣息，助益中文學習。

　　與其在旁邊等孩子上完課，後來我也開始學少林功夫，幻想可以當俠女，其實只不過在伸展全身僵硬的老骨頭。諷刺的是，一次上完課帶六歲的小丹坐一班街車回家，莫名奇妙被一個白人男子盯上，他趁坐我對面的乘客下車，故意擠過來，用空洞卻憤世的眼神當著我的面瞧，就差鼻子沒黏到我臉上。我擔心女兒安危，只能裝做若無其事地撇開頭。

　　後來，他又回到原來的位子，幾分鐘後站起來，竟當眾朝著我丟垃圾。這下我可不能示弱了，大聲問：「你這是幹嘛！有什麼問題嗎？」

　　他回：「有！」

　　「那我們就來談談！」

　　但他卻沒再說下去，而是在下一秒、車一停、門一開就溜出去。要不是女兒還小，等門關了我一定對他筆中指。

　　我對坐在斜對面的一個白人女乘客激動地說：「妳都看到了吧？哼！我納的所得稅應該比他的多。」

　　我的意思是，自己雖是移民，對加拿大的社會也有參與和貢

獻，至少認真工作也誠實納稅，不配這樣的對待，同時內心很感慨，車上這麼多人看到那男人侮辱帶著一個小孩的女人，居然沒有半句譴責。從那天起，我更堅定要跟女兒一起練點拳腳功夫來保護自己。

跟龐大的少林功夫系統相比，詠春吸引我的地方是不用我這中年婦女跳上跳下。而且它強調以柔克剛，借力打力，連身形較小的人都有可能克敵制勝。

也算諷刺的是，我們去的多倫多少林拳法學院（Shaolin Temple Quanfa Institute Toronto）裡的華人比例不算高。後來在漢米頓教我們詠春的，還是個白人，那裡大大小小三十幾個學員，一樣沒其他的華裔。感覺全世界的人都在探究中國功夫的奧妙精深，就我們說中文的只管忙著賺錢。

搬來卡加利前，我早就在網路上查找詠春課程。跟另一個「白人的」詠春學院比，我特意選擇卡城中華文化中心的這個課程，用意還是想讓上課環境裡蘊含的中華文化深入到小丹的人生裡。

王師父和湯尼師父以說粵語為主，但普通話也可以通。因為學員文化背景不同，他們兩位主要用英文教課，只是王師父的表達平淺。然而，王師父平常跟我們這些初階學習者示範一些手部動作，我總覺得他是在施綿掌，真是看不清也聽不明。據資深的學員說，很多其他教詠春的還會特意來向王師父請教呢！

大師一出手，便知有沒有。今天他教小念頭，實際比較微小的動作差別對力度和抵禦所產生的兩極效果，破解許多身埋機械的關

鍵，真不是看上千的 YouTube 詠春教學影片可以看出來的。一樣的舉手頭投足卻可能是不同的肌肉牽動，沒有王師父慷慨相授，我大概將進步得很有限。

王師父說，自己在好市多（Costco Wholesale）工作，張羅試吃品時常常遇到奧客。我問他真的遇到欠揍的人他會怎麼辦？他跟其他教過我們的師父說法如出一轍——別動氣，慢慢地轉身離開。

就像電影裡葉問總是謙沖和氣，不跟人鬥一樣，包括先前的少林拳法學院和漢米頓的詠春師父在內，這些習武多年的專家們一致認為，暴力當前，最好的應付方式還是想辦法閃開，因為一開打，難免要挨打。就像電影中的葉問，雖然是英雄，代價也是偶爾鼻青臉腫。

痛苦・味蕾・進步

　　應該是十四年前的九月十四日晚上九點半左右，我跟前夫搭乘日航從大阪轉機直飛多倫多的班機抵達目地的。飛機降落前，我在低空中透過小小的窗子，看見黑夜裡地面上許多路燈整齊地排著，把街道像棋盤格子般地劃開，路上車流比同一時間的台北少太多。或許因為那麼一點的冷清，生性熱情的我竟哭了起來，讓前夫有點不知所措。其實，我是心裡害怕。因為，「移民」這個旅程，我買的是單程票，不知人生的列車未來將駛向何方。

　　前夫雖然說服我移民跟著由他攻博士，但他根本的想法是「前有加拿大可攻，後有台灣可守」。他心中的那張來回票，讓他後來在面對挑戰時無法果敢，成了當年我們這對三十出頭的年輕夫妻的矛盾根源，儘管表面上問題在於錢。

　　為了生存、為了錢，我很快地在一間中文報社找到全職的初階工作，不得已放棄自己在台灣已經著手進行的博士論文甚至是學位。又為了不讓前夫前瞻又後顧，加上發現「租不如買」，我也堅持向夫家借來台幣九十萬當頭期款，以加幣十萬塊貸款買下一間破

舊的一房銀拍公寓做為我們的「立足點」。只是，我微薄的薪水支應房貸後所剩無幾，前夫卻在試讀研究所課程後覺得有困難，堅持改唸三年全職專科學院，目標大幅向下修正，我覺得自己成了墊背！就這樣，我氣他、怨他、恨他，我離開了他。

前夫和家人逼我把公寓賣了以取回他們的九十萬，婆婆也收走了五年前買給我的小小結婚鑽戒，懲罰我對她兒子的背叛。提離婚的我其實仍有情義，自願在賣公寓後平分的二千多塊錢外再給前夫六千加幣，希望哪天他回到台灣不至於什麼都沒有。至於我自己，則獨自在多倫多市中心租了一個半地下室小套房，再次從零開始。

那年是 2010 年。

同年，我還離開了「中文圈」到一間伊朗人的診所做行銷推廣。透過裡頭一個同事介紹，我也在伊頓中心的一間觀光紀念品店打工。一週七天，我不是在工作，大部份就的時間是在去工作的路上。夜裡回到「家」，則因為孤獨和無助，經常一個人坐在浴缸裡嚎啕大哭。

為了存錢，為了替自己買一個「家」，我不但拚命工作，也拚命存錢。有整整一年，我的早餐是兩個迷你果醬餡餅再加一杯牛奶，午餐是帶自己做的炒飯配茶再加點零食洋芋片。「豪華」的晚餐是開一包三袋一塊錢的「麵先生」（Mr. Noodles）來煮，鍋裡頭會打個蛋、加條培根和撒一點冷凍蔬菜。

天無絕人之路，就算後來日子還是苦了很多年，終究慢慢地進步到今天。

回頭看，日子好起來，是不知不覺的。而發現日子好起來，卻總是自己的味蕾提醒的。

　　應該是 2016 年到火車站工作後，有一次我在家依樣煮了幾年沒吃的「麵先生」，結果我吃了竟快吐出來。「麵先生」的配方都沒變，是我變了──我不再買最便宜的泡麵，後來改煮好一點的麵條，仍會打蛋，但加的是冷凍蝦或丸子，再切進洋蔥、胡蘿蔔及生蔬，以自己喜歡的醬料調味。

　　2017 年轉到火車上工作，薪水又提升了，偶爾會煎牛排給先生吃。很多年沒吃牛排，再次吃到安格斯牛肉，就算只自己煎的，也覺得是人間美味。

　　前一陣子，我在沃爾瑪超市買了一大盒的果醬餡餅給全家當早餐，跟十一年前只買迷你的給自己比，我改買手掌大小的且是家庭號，配上家裡現煮的咖啡，心想這樣應該可以。但是，才咬幾口餡餅我就忍不住向先生抱怨它「變難吃」，也佩服以前自己竟這樣天天吃，還吃了那麼久的一段日子。

　　上個星期六，我們全家去附近的大型生鮮超市 Safeway，站在成堆促銷的無子葡萄前，三人還在討論買不買，只因我們都不太愛吃葡萄，總覺得它糊糊、軟軟、酸酸的。後來我心想，「葡萄富含鉀和維他命 B 群，不大不小的一盒促銷價四塊九九，就買吧！難吃也不用挨太久。」結果，這葡萄卻是人間極品，前天我們還去加買兩盒。

　　我跟先生和女兒在飯後吃著綠葡萄，講著它有多好吃。女兒說

它又脆又有彈性，而且很多汁；先生說它大顆又有肉；我也喜歡它無子，三人越說越喜歡。

我們也奇怪，怎麼以前都不喜歡葡萄？先生想一想指出，過去我們都是去低價位的超市購物，買的是次級貨，還挑折扣品，東西應該沒那麼新鮮。最後我們歸出一個結論──家裡現在過得比以前好。

自己移民來加拿大明天開始進入第十五年，我的味蕾告訴我，這些年我真的進步很多、很多，日子真的越來越好了──我有了自己的「家」，不孤單，也不用再為金錢而太過憂煩，人生開始圓滿，我也打從心底快樂起來。

週遭的人們

「蘋果」與「香蕉」的爭戰

「蘋果——，蘋果——。再說一次，蘋果——」

幼幼班老師認真地教著小小孩說中文，聲音透過麥克風從我背後長長的走道盡頭右轉處的教室裡傳來，字字清晰有力。稍早，她還教了「早安」和「我是——」，希望每個幼兒都能用中文向人問好跟介紹自己。

不僅是老師們，在這個週末學校裡，從校長、董事和家長，所有成年人的共同願望都是希望聰明的孩子們最終能說一口流利的中文。我決心每個星期六早上載女兒小丹來上學，於是自願整學年坐在大門通道上幫忙學生到校登記和訪客指引。幼幼班下課時間，我看到七、八個家長帶著孩子出來上廁所，陪讀的家長人數快跟孩子差不多……

在國外學中文的難度，很難被台灣或中國的朋友了解。

在亞洲，英語打著全球化的旗幟已經風行多年，不只電影、音樂等流行娛樂，補習班到處林立，甚至在公立教育系統裡也被大力推動起來，學英文好似全民運動；英文或許很難，但學習資源唾手

可得。

　　在國外，孩子學中文卻有如全家抗戰，環境不足加上學習資源缺乏，只能靠家長卯起來推著孩子向前。

　　加拿大華裔人口依統計局（2016 年）的數字為近一百八十萬人，佔加國總人口數的 5.1%，是有色移民最大的族群。然而中文在英法文官方語言的包夾下，就算在華人聚集的溫哥華和多倫多有部份商業使用，終究它仍只是在家裡說的母語。講求族群包容的加拿大各級政府文宣有中文版，法院和社區服務也提供中文翻譯，但針對的是英文溝通有困難的華裔人士。另外還有中文融入學校和「繼續學習」課程，孩子去不去卻是家長的選擇。

　　在各種現實條件中，家長的考量經常得在孩子於主流社會中正常成長和傳承家庭文化兩者間拉扯。就算送孩子去中文學校，許多資深老師點出，孩子到了十歲上下，覺得用不上中文，很多就不學了；與他族通婚的跨文化家庭，更難堅持說中文。

　　可能有人會質疑，人都在加拿大，幹嘛學中文？不只我自己在想，早上就聽到一位母親對校長說：「我一定要他（孩子）學中文，才不會忘了他的根。我畢竟是從台灣來的，他要認識台灣，才不會忘本。」

　　什麼是根？什麼又是本？反過來講或許就有答案：華裔再怎樣西化，就算成了所謂的「香蕉」，膚色卻不可能改變；上學或工作，儘管用英文，同儕也會用「華人」的特徵來區別和指認你。

　　就算異族通婚，生下不同膚色的孩子畢竟流著一半華人的血，

為父為母的不可能讓孩子不認自己。

　　早上還有位膚色黝黑的女士，一邊陪著穿紙尿褲的小姪子玩，一邊等小兒子上課，她對校長說：「我們從牙買加來，可是全家都有中國人的血統，我爸爸就是從中國去（牙買加）的。現在我那小的來學中文，等這個更小的再大一點，也要來上課。」

　　撇開中國崛起不談，在英文的國度裡，學中文不只在溝通，更是一種深刻的自我接納與認同。

　　有著相同信念的家長，找到了中文學校，固定接送孩子上下課成了忙碌生活中又一項特別任務。一個星期上一次課，效果有限，一些使命必達者，還必須額外用心——學校大多教拼音，自己就得教孩子注音；跟中港台等說國語的家人疏遠的，甚至得想辦法在英文的世界中創造中文環境。

　　我從女兒三歲半起教她ㄅ、ㄆ、ㄇ、ㄈ，五歲半終於可以替她註冊多倫多教育局繼續教育的中文課程。然後，有好一段時間，自己在星期五大夜下班後得開車趕回家，匆匆載女兒去上星期六早上的中文學校。學校不允許家長及閒雜人士逗留，有很多個下雪天，我只能蜷縮在熄火的小車子裡，穿著工作制服、蓋著毛毯，在路邊補眠並等著女兒下課。

　　早年家人曾從台灣寄送一些中文讀物，後來只剩一位熱心的大學同學，每次過年問我要什麼，我總是厚著臉皮請她寄一兩本中文書甚至小學生字典來。一次，偶遇隻身從台灣前往魁北克做紡織藝術展的曾老師，我推著坐在娃娃車上的女兒帶她在多倫多市中心

晃，一來是好客，二來我要年幼的女兒明白，除了自己的媽媽，世界上還有其他人在說中文。

揮別曾老師後，我不曾間斷安排及指導女兒學中文，還帶她前往中國城學少林功夫，下課後到華人超市購物，在街上看看餐廳窗口掛的北京烤鴨和偶爾買杯珍珠奶茶。後來我們搬到多倫多市西郊，不巧原本的學校因學生數不足而無法開繁體班，我每星期六又得開上高速公路向東行，帶女兒到單程五十分鐘外的另一所學校去上課。新冠肺炎流行期間，我們搬到漢米頓，女兒換了學校且改成在網上持續上中文。

今年春天考慮再搬家，發現孩子在卡加利有很多機會學華語，也成了我們舉家搬來的原因之一。就在中文學校開學前一天，我們意外收到僅僅一面之緣的曾老師寄來一個大包裹，裡面是六、七本中文兒童讀物。她坦言，當年不明白我們的困難，直到一位曾在美國教中文的同事解釋，她才恍然大悟台灣人把「學 · 會 · 中文」這事想得太理所當然。

今天晚上我陪女兒一起讀曾老師送的中文書，兩人坐在床上哈哈大笑。但願哪天女兒的中文跟英文法文一樣強；願我悉心灌溉的小樹最終能結出一顆大大的紅蘋果！

註釋

* 加拿大統計局2016年普查結果，繼華裔之後，第二大的有色移民為印巴裔，約一百四十萬人。

六個女人的故事（一）：第一個努兒

　　整理小丹房間的時候，看見她心愛的淺藍色絨毛玩具「小兔子」端坐在枕頭前。小兔子陪伴小丹已經七年。收到這個禮物時，小丹不過兩歲多，她大概對給她兔子的努兒印象很模糊，我卻忘不掉那個曾經嬌艷動人的年輕女孩和她那憂傷的命運與奇蹟。

　　認識努兒是因為我跟她的媽媽若拉同在伊頓中心席爾思百貨裡的那個小觀光紀念品店打工，從 2010 到 2013，共事有四年。若拉當時不到五十歲，工作認真負責，為人也很幽默正直，好似工作團隊裡的大姊大。有一次，因為文法錯置，我說不清商品稅後的價錢，把一個白人男性搞得有點火大，若拉馬上出面澆火，免去我的難堪。

　　2013 年時高三快畢業的努兒有時會來探媽媽的班。正值青春年華的她，真是如花似玉，一雙圓溜溜的眼睛水汪汪的，白晰的皮膚吹彈可破，雙唇飽滿，發育良好，教養也棒，如果讓我替她取個中文綽號，那麼叫她「小甜甜」最適合不過。

　　若拉自己有個悲劇性的愛情。她小時隨父母從黎巴嫩移居到英國，花樣年華時被一個同族的紳士熱烈追求，結婚後，若拉跟著丈

夫回到黎巴嫩，幾年後生了一對兒女便在家相夫教子，一直過著衣食無虞的生活。一天早上，先生照常親過她後出門去上班，卻突然心臟病發，自此天人永隔。之後，若拉獨自把兩個孩子拉拔成青少年，先讓兒子歐馬來多倫多上大學，接著帶努兒也來到多倫多，好跟兒子團聚並和從英國搬來的老父親互相照應。

一眨眼，努兒已經十八歲，是若拉自己當年陷入熱戀的年紀。一次工作時，若拉悄悄跟我說，有個帥氣的學長正在熱烈地追求努兒，甚至向她求婚，雖然對方家世不錯也同是黎巴嫩人，但是礙於兩家信仰不同，她不知道該不該同意。我對小小黎巴嫩的複雜歷史宗教不清楚，一時也沒辦法做出建議。

後來，努兒決定緩緩答應那婚事，逕自前往蒙特婁學室內設計。若拉很支持女兒，有次讓我看努兒的電腦繪圖，沙發、桌椅、地毯等，配置相當得宜，顏色也很新潮時髦，我想她未來定將無可限量。豈料，再次見到她，竟是兩年後八月底在多倫多皇后公園（Queen's Park）南邊大學大道上的重症復建醫院裡。

時年 2015，當時我自己開店，一天請紀念品店的老同事麗迪亞來到我的小鋪子幫忙，她吞吞吐吐地告訴我，好一陣子沒消沒息的若拉，其實人就在我們店不遠處的醫院裡照顧努兒，而且已經待了三個月之久。原來，努兒在 2014 年耶誕節前夕去滑雪，不慎撞上一棵大樹，全身多處骨折，頭骨破裂，送醫昏迷數個月，差點被院方宣判成植物人。院方還勸家屬拔掉呼吸管，但是努兒的哥哥歐馬堅持不放棄，要求將她轉回多倫多就近醫治。若拉則在出事之後

就拋下一切，無時無刻地陪伴在女兒身邊。

那天我準時打烊不加班，特地叫艾瑞克推娃娃車帶小丹跟我一起去看努兒和若拉，希望可愛的娃兒小丹能緩和探病的嚴肅氣氛，並為他們添些會心的微笑。

一進病房裡，只見若拉神情憔悴，但對努兒的一舉一動無不細心照應。而我們眼前這個曾經的甜姊兒，雖然意識已經清醒，卻還腫著半張臉，半身不遂且不能言語，復健之路看來將很遙遠漫長。

努兒看到我們很高興，咿咿呀呀地說著什麼。果然還是母女連心，若拉照著她的意思，把不知哪個朋友帶來的藍色小兔子轉送給小丹當見面禮。我強忍著心碎的眼淚，不能相信這麼善良的人家，竟遭受到一次又一次的打擊。

寫到這裡，我想努兒現在一定比上次參加聖誕派對時恢復得更多——2019年聖誕節，席爾思的觀光紀念品店同仁幾乎全員到齊，聚在店經理艾德剛搬的新家裡慶祝。那時努兒一隻手雖然還是不能動，但是已經可以一拐一拐地自己走路，也可以簡單回應人家複雜的問話，她的臉也已經跟當年一樣地美麗，而且有著更多的勇敢與堅強。

這是我認識的第一個努兒。明天有空，我應該再寫寫自己認識的第二個努兒的故事。

六個女人的故事（二）：第二個努兒

　　我在多倫多第一個自有的「家」，是科學館附近一棟高樓的一房舊公寓。據說七〇年代有很多有錢的台灣移民住那一帶。2009年搬去時，那裡變成了中東、印巴、菲律賓人混雜的社區。

　　我擁有的第二個「家」，是離婚後自己買的一個陳年小套房，位在一棟百年歐風老樓裡，所在的社區森林丘則是多倫多的豪宅區。賣了它，是為了跟現任先生艾瑞克組成一個真正的家庭。

　　艾瑞克跟我在 2012 年十月中，合資並貸款在市中心買下了一個低總價的兩房一衛、三十五年的老公寓，和其他二十幾戶組成一個小社區，隱身在教堂街再向東一條南北向的賈弗士街（Jarvis St.），與東西向的登打士街交會處附近的潘伯克街（Pembroke St.）底。

　　潘伯克街短短的，北端起頭是艾倫花園（Allan Gardens），裡面有個挺大的溫室，南端則是莫斯公園（Moss Park），公園有社區活動中心和一塊大草皮。一百年前，這一帶住著上流社會人士。我們搬去時，卻是惡名昭彰的「遊民區」。一些非營利機構把遊民收

容所設在附近，市政府的一些低收入租屋也成了我們的鄰居。

我要講的這個努兒，就住在我們社區的隔壁。認識她還要等到小丹五歲上公立幼稚園時。

起初，我們見到努兒總是接送她的小兒子上下學，不一會兒就知道她是另一班同學的家長。後來，我們開始打招呼，不約而同時乾脆兩家一起走，於是我對開朗的努兒認識也漸漸多一些。

總是包著頭巾穿長紗的努兒跟她先生從馬來西亞移民來。個子不算矮的她共生了三個孩子，大的是女兒，第二個是兒子，我跟艾瑞克已經注意到，她的小兒子特別怕生也從來不說話，偶爾見到她帶三個孩子出來，也從來沒見他們有笑臉，我們更不曾見過她先生。但是她不說，我們也不宜多問。

努兒也知道，艾瑞克待業已經三年，多靠我往外跑賺錢。當艾瑞克終於開始兼差時，我們又愁孩子有時會沒人顧，她聽了我的煩惱，很溫柔地叫我需要時把小丹送到她家玩。

一天，在校門外等孩子時，努兒開心地跟我說，她也開始兼差了，是在學校的那條議會街（Parliament St.）上的舊物捐贈轉賣中心工作，收入不高但多少可以貼補點家用。我很替她高興。又有一天，她興沖沖地跟我說，先生洗腎十年，終於等到捐贈者，移植手術最近剛完成，而且十分成功！這次我一聽，整個人又驚訝又羞愧，自慚雖認識努兒，對她長年的煎熬竟全然不知。

她敞開心扉對我說：「佩兒，妳有所不知，當妳抱怨艾瑞克一直沒工作時，我羨慕妳先生很健康，可以接送女兒。我也覺得小丹

真是個幸福的小公主，可以在爸爸媽媽陪伴下，全家一起出門。很快地，我先生就會好起來，我跟孩子也可以和他們的爹一起出來走走！」努兒語氣帶著激動。

我難過至極，忍不住問以往的十多年他們到底是怎麼一回事？努兒平靜下來說，她先生在馬來西亞有著不錯的工作，是一名工程師，但是太操勞，不休息也少喝水，移民前腎就出了問題。移民來多倫多，萬事從零起，他們夫婦決定做生意，但是卻被人惡意倒債而破產。先生情緒低落而且最終腎也壞了，他們只能透過政府援助，住到我們社區隔壁的三房公寓裡，一直等待一顆腎，中間曾經回馬來西亞動手術，但沒有成功。

她說，「佩兒，妳又有所不知，我們家其中的一個房間裡，擺得滿滿都是我先生的洗腎用具和藥品。他因為多年疼痛難耐，常常禁不住罵小孩不乖。」原來，努兒的三個孩子這麼不快樂，原因這麼地心酸。「我當然很難過，但是我星期天有空就去醫院當志工，看到還有這麼多人受苦，我明白自己的家庭不是唯一的不幸。」最後努兒淡淡地說。

幾個月後，天氣回暖，有一天，來接努兒小兒子的改成一個個子算高的清瘦男人，我認定他必是努兒的先生，看來他身體復原情況良好；他們的小兒子見到爸爸頭次來接他，終於也有那麼絲絲的笑容。回家後我馬上跟艾瑞克說這個好消息。

又幾個月後，最後一次見努兒，是在 2018 年九月我們搬到多倫多西邊一個叫長枝的地方之前，我決定把之後恐怕用不到的一個

頗新的折疊菜籃車送給努兒，好讓她扔了她那個有點歪七扭八又纏著塑膠袋的。她喜出望外收下後，竟然牽著一台粉紅色的小腳踏車回送給我，說她大女兒已經十歲，六歲的小丹騎剛剛好。

　　我們之後又再搬了兩次家，我沒了努兒的電話她也沒留我們的。他們一家想必已經清空了那個「醫療房」，家中稍為寬敞些了。更甚者，或許他們也搬離了莫斯公園那一帶，住進了一個更大的房子裡，過著快樂的生活……

　　我真心地祝福他們一家和樂融融。

六個女人的故事（三）：麗迪亞和瑪格達

麗迪亞是我在伊頓購物中心席爾思百貨附設的加拿大觀光紀念品店「加拿大禮酬」打工的同事，她的名字我寫到過數次。店裡有種不成文規定，週一到週五早上十點到下午兩點的班全歸麗迪亞。沒有人會跟她這個總是笑咪咪的寡母爭，大家都知道她得趕搭捷運回去接兩個上小學的孩子下課。

麗迪亞是波蘭人，個子小小胖胖的，留著一頭金色的短髮，髮型從沒換過但經常修剪。她的品味很不錯，衣服的布料看來很高級。每次我跟她交班，她也總是剛喝完一杯星巴克咖啡，丟了紙杯就匆匆離開。有時候我想，她一個月了不起賺個一千塊，這麼用、這麼吃，應該是家裡本來就有錢，更何況她家在中城（midtown）捷運站附近。

共事一年多後，2012 年我在房仲安的介紹下開始跟艾瑞克交往，全店的人都替我高興，麗迪亞也就跟我娓娓道出自己的愛情故事——

「我會來加拿大定居根本是個意外。那年，我二十歲，住波蘭

當小學老師，不過是暑假來找當時在多倫多工作的哥哥玩，結果遇上我先生熱烈追求。我也覺得很唐突，怎麼一個比我年長快三十歲的紳士，會對我情有獨鍾？」

麗迪亞的先生當時是銀行的高階主管，收入很好，交際廣闊。他們結婚後，一前一後很快添了一對兒女，「他照常在家開派對，我只要在家顧孩子，打扮得漂漂亮亮，不用做家事，我先生會花錢請人打掃。他還在中美洲買了個度假屋。我很享受那樣高檔的生活。」

她說，自己是家中的么女，媽媽在她很小的時候就過逝了，把錢交付信託全都留給她。成長過程中，爸爸和哥哥都對她很好。年滿二十歲她還在唸師範學校，收到媽媽給的那麼多的錢，自己正值花樣年華也就開始花，花成了習慣。

「同學都圍繞著我，我覺得身邊都是朋友，大家出去吃吃喝喝我就付錢。」麗迪亞接著說，「現在想想，自己很笨，因為那些人現在都不知去哪了，我的錢也都花光了。」

話一轉，麗迪亞又講，先生從來沒跟她說愛上自己的原因，但是答案可能就在一次派對裡。

「有一個客人叫住我，但用的是另一個女人的名字，他不知道我是派對的女主人。我說他認錯人了，結果他說我長得跟我先生曾經交往多年的一名女子根本一模一樣。」麗迪亞面不改色繼續說，「後來我查了一下，那女的是一個記者。我也私下問到，她在我出現之前拒絕了我先生的求婚。」

我的心揪了一下——

發現自己的另一伴，愛的是自己長得像另一個人的面容而不是自己，那是什麼樣的感受？

麗迪亞的先生在他們長女五歲時不幸心臟病過逝，把公寓和中美洲的度假屋都過繼給麗迪亞，還留了一筆人壽保險金給她。我認識麗迪在是在六年之後，那些年裡，她一直用著那些錢養孩子，過日子，還是笑臉迎人……直到有一天……

麗迪亞忍不住告訴我，自己的錢就快花光，真的不知道該怎麼辦。她想留著度假屋，孩子長大有能力可以帶自己一起去玩，但是那天到來前，會有很多年她根本沒辦法負擔機票錢帶孩子去，每個月還得固定繳會員費。她也覺得自己的公寓管理費太貴，卻又不願意賣了以大換小。

我不是麗迪亞最親的朋友，另一個波蘭同事瑪格達跟她情同姊妹。瑪格達個子比較高，年輕時同樣是金髮尤物，一樣留著短髮，不像麗迪亞那麼愛笑，不熟的人會覺得她有一點距離感。她的另一個工作是藥局助理。

比我年長十歲的瑪格達也有一段不堪的愛情。

「那年我去溫哥華唸書，認識了我前夫，他很帥，我深深地愛上他，到現在我也只曾愛上他這個男人。可是他後來不斷外遇，我只能由他去，且再也不會愛上任何人了。」

麗迪亞證實，有男性會問她瑪格達是不是單身，對瑪格達有興趣，但她一概不理。

瑪格達在我跟艾瑞克關係還不穩定前，甚至後來我們家遇到經濟困難，總是會適時安慰我。有一次，我前往她租屋住聊天，進去後我完全傻了，不能相信她都四十好幾，卻只租了一個五、六坪的小套房，單人床靠牆放，一張小桌子放筆電和電磁爐，好煮熱水泡茶和咖啡。其他時間外食，買得份量也不大。她說，自己就快繳完二十年前的助學貸款，不需要租或買更大的空間，因為她的錢都存起來買機票，排到長假就飛去佛羅里達看當護士的姊姊。

　　2019 年的聖誕節前夕，她才又對我說，「本來我在波蘭是合格的藥劑師，因為前夫而繼續留在加拿大，拿到碩士後卻一直考不上職照。後來在現在的這個大公司面試到研究員的工作，人事單位卻拖拖拉拉，最後回說那個職位暫時遇缺不補，問我要不要先做做其他的。」於是，瑪格達從溫哥華轉到多倫多的一間門市，降格做計時的藥劑助理，一做超過十幾年，公司好像根本忘了她，還是沒替她安插研究員的工作。

註釋
* 多倫多中城一般指的是央街和艾格靈頓大道（Eglinton Ave.）一帶。再往北一條羅倫斯大道（Lawrence Ave.）東面的羅倫斯公園附近，豪宅林立，是名符其實的巨富區。

六個女人的故事（四）：珍妮

　　在加拿大幾個稍為有點交情的女性朋友裡，我最心疼台灣來的珍妮。說直點，她根本是被拐到這裡生小孩的工具。聽來很糟糕，而情況照她跟我說的也真的不怎麼好。

　　珍妮很清瘦，頭髮烏黑，身高接近一百六，厚厚的眼鏡下一對眼睛圓圓的，說話慢條斯理而且聲音很甜很輕柔，加上她的女兒圓圓今年才上小一，如果她不說，誰也不會相信她已經五十好幾。

　　我和珍妮是在駐多倫多台北經濟文化辦事處裡認識的。好像是 2016 年的一個三月天，我們兩家人一前一後地進了大樓。我先替他們夫妻開門，好讓娃娃車進來。接著我們一起進了電梯，又一起去到五樓的辦事處，都是要辦護照，實在巧。兩家也都是白人先生、台灣太太，又都只有一個女兒的組合，我就把她的電話留下，想說之後可以把小丹的衣服送給年紀較小的圓圓穿，照顧一下「自己人」。

　　後來的幾年，每次冬夏換季時，我都提著幾袋整理好的衣物，早先是轉公車，後來改成開車，就算越搬越遠，也都帶著小丹去見

住在士嘉堡區的珍妮和圓圓。

　　她們一家三口租屋在一個三房的半地下室裡，建築稍舊但公寓本身採光不錯，只是家中雜物不少，大多是她先生彼得的東西。珍妮不說我又不知道了，別看彼得站得直挺挺的，其實人都快七十歲了，工作很敬業，是個表現良好的公車司機，收入高，表面上也很客氣。彼得既是老來得女，對圓圓自然寵得不得了，對自己的太太卻很刻薄，除了供吃供住，多的就沒了。有很多次，因為意見相左，彼得竟把不會開車的珍妮丟在路旁，由她自己找路回家。

　　真的不是夫妻鬧脾氣而已。彼得處處與珍妮作對，平常只管上班和休息，休假就向學校請假，硬是帶圓圓出去玩，還說幹嘛做功課，在女兒面前扮白臉，讓注重教育的珍妮變黑臉。他也不幫珍妮提昇英文，家族聚會時還會當著親戚的面對她冷嘲熱諷。珍妮無力替自己辯駁，只能一個人躲在角落裡。

　　珍妮跟彼得之間難道從沒有愛情？

　　沒有，真的沒有。

　　珍妮在台灣也曾交過幾個男朋友，但是父母都不滿意。「可是我真的、真的很想要一個小孩。」於是，年過四十的珍妮開始上網看看，結果「遇見」彼得，想說他的名字是耶穌的十二個門徒之一，加上彼得聲稱自己也信上帝，他們就這樣「交往」起來了。

　　很快地，彼得飛來台灣。珍妮的父母認為有洋人做女婿挺神氣，加上擔心女兒真的嫁不出去，就對這樁婚事匆匆點頭了。珍妮也在成婚前飛來加拿大看看彼得的家人，十天裡看不出什麼端倪，

只覺得他們就是一般人家。

「他騙我他才五十出頭！」珍妮只有在結婚幾年後一次辦證件，才知道先生比自己聲稱的老很多。經過很多年嘗試，珍妮終於生出了金髮碧眼的女娃兒圓圓，但是完・全・不像她。

平常珍妮不但要張羅對吃很講究的彼得的三餐，在顧女兒之外，還要打工賺自己的錢，賺來的錢就是傾全力地供女兒學習，像是買中文讀物和上跆拳道，累到她自己身上這一塊那一塊的皮膚炎。

「我只能每晚跟神禱告……」

「我爸走了、媽媽也很老，哥哥姊姊在台灣又有自己的家庭，對他們我只能報喜不報憂。」

幾年間我陸續聽了珍妮諸多的委屈，總覺得彼得將離間她們母女，很擔心哪天圓圓不認她這娘，那她老了又何去何從？

前兩年珍妮跟我說，彼得已經有心臟病癥兆，正計劃退休，不過她擔心那天他走了，遺囑上的名字沒有她，真擔心自己跟女兒活不下去，道出她這些年來真的是忍辱偷生。她悔恨地說：「如果重來一次，跟他，連認識都不必！」

今年春天的一次電話，珍妮又向我吐實，自己年紀那麼大，當年真的就快生不出孩子來，她跟彼得其實是借卵受孕才成功生女。我安慰她要堅強，點醒她平白受了這一切的罪，都是因為當初想要一個孩子，如願以償後現在則是在扛一個母親的責任。最糟的情況下，我建議她日後帶圓圓回台灣，住進自己的公寓裡，圓圓大了叫

以教英文和工作來報答她。

　　我們搬得更遠了，最近一次兩家的互動，是珍妮透過我先前的分享，替圓圓也註冊了一個免費的遠距兒童法文網課。下線後小丹跟我說自己上課沒辦法專心，因為圓圓一直傳簡訊來，說：「我好愛妳。」又說：「我要殺了妳。」我真的很擔心，那些不只是圓圓的童言童語。

六個女人的故事（五）：香特兒

香特兒是我以前在火車上工作的同事，化妝起來很漂亮，像電影《阿拉丁》的女主角。我不討厭她，但很難喜歡她。她像一個結，我理不開。

多解釋之前，得先提到她的前男友正駕駛靺特，還要把時間提到 2019 年春天和之前。當時我跟小自己八歲的靺特一起當班已近半年之久。

靺特十八歲就自給自足，曾去西北的育空區（Yukon）砍樹賺取大學學費，唸完英文系後做過出版社編輯，然後來到我們的大公司一步步重新學起，七年後升成高薪的正駕駛，開始存頭期款買自己的房子，是我心中的男子漢。不過自己已婚，所以對靺特只能純欣賞，倆人只在工作空檔貧貧嘴、打打趣，一直當著普通的同事。

後來三十歲的副駕駛香特兒因換班而跟我們一組，和靺特肩併肩地在駕駛室裡工作。一個禮拜後，她對我說，靺特好像很喜歡我，總是在講我很可愛、工作又認真。她想替靺特問問我幾歲。我反倒想將他倆送作堆，所以把自己的情況據實以告並且大力推銷靺特。

不過香特兒對赫特卻有些成見，認為他自視甚高……

　　為了家中經濟，春天時我硬著頭皮去申請火車副駕駛的訓練，兩個禮拜後被退訓，再遇到香特兒和赫特，他倆對我的態度有很大的轉變。赫特開始迴避我，香特兒則會當眾搶走我的話語權。我開公司車載大家，熱了想吹冷氣，香特兒在副駕駛座上話也不說就故意扭到暖氣。納悶中我記起她說過：「我爸曾說我是宇宙的中心！」

　　因為覺得自己是宇宙的中心，所以覺得萬物都繞著自己轉，自己想做什麼就做什麼，並且完全不用考慮到別人？

　　香特兒大學四年級開始兼差當空姐，待機空檔會遇到男機長約砲，她對我講：「我就想說：『那就來呀！』」香特兒如此「隨性」，讓我懷疑自己是不是老古板？還是自己是亞洲來的太保守？但我覺得她其實是太孤單。

　　香特兒在蒙特婁出生，是個獨女。父母都是印度移民，媽媽在她十二歲時得癌症，但是排隊等醫療等太久，最後為時已晚。香特兒也離婚過，她說前夫是個警察，動手打她到流產。2019 年年初，相依為命的父親也過逝了，留下一棟市值八十多萬的房子給她，加上她自己的高薪，香特兒年紀才三十身價便近百萬加幣。她對著一直有經濟困擾的我說：「佩兒，我寧可用一萬百去換一個手足。」我安慰她，其實兄弟姊妹反目成仇的大有人在。

　　之後有好長一段時間，香特兒沒上班，我又納悶她怎麼了？一個同事跟我說，部門內謠傳，香特兒有雙重人格，可以跟人打成一片，下一刻又可以翻臉不認人。一個駕駛跟她當班，被她過度高昂

的情緒給影響到沒辦法專心操控火車，於是向上級反應，導致她被停薪調查。

終於，香特兒獲「平反」，有天又跟我一起當班。她主動向我道歉，坦言自己跟赫特已經交往一年多。「赫特不在乎妳年紀長，而且覺得妳很漂亮，但是妳是有夫之婦……」香特兒也強調自己真的不是壞人，且有按時服藥。

又有一天，都是我女兒上床覺睡的時間，她突然傳簡訊說想立刻見面跟我吐苦水，因為跟赫特分手仍很難過，而新男朋友好像想賴著她吃住。

「赫特從來都不會主動安排假日約會，都是我問他。他若主動想到我，也是酒後微醺時。我真的受不了他不需要我。」她跟我講這些話時，一拐一拐地拧著一根手杖走路，說是自己不慎在家滑倒，想當然而她又再次申請休假。

我陪著她在街上晃，聽她繼續講：「我的新男友真的很窩心，我們才交往三個多月，他就搬進我的公寓，但是他最近辭了工作，所以租金和飯錢都是我在付……」

這時我的電子腕錶發出「嗶嗶」聲、剛好跳成晚上 11：00，本來前一秒鐘還說得好端端的香特兒，突然丟下一句話：「好了。我現在走了！」好像暖氣一下子扭到冷氣，香特兒從熱絡瞬間變冷淡，連「再見」都省了，她直接鑽進自己的車裡，很快地駛離我的視線。自此我們再也不曾一起當班，我也不再收到有關她的任何消息。

註釋

* 雙重人格的病患有一個主人格和另一個衍生人格，兩者獨立，患者無法控制，性格變化常在一念之間。醫學指出，雙重人格形成於環境對一個人產生太多負面壓力，個人無力排遣而假想出另一個自己可以接受的人格來緩解壓力。換句話說，雙重人格是自身對環境壓力的一種防禦。

2022.09.30/Friday/Cloudy

加拿大橙衣日　原住民傷痛史

　　今天是「全國真相與和解日」（National Day for Truth and Reconciliation），是去年加拿大聯邦政府及其有關私營企業和部份省與地方新訂假日第二度放假，全國銀行關閉一天，小丹的學校也不用上課。昨天校方已經舉辦了「橙衣日」（Orange Shirt Day），全校師生絕大多數都身著橘色系服裝，有的還穿了印有「每個孩子都重要」（Every Child Matters）標語的短衫，提醒人們在加拿大土地上共存的原住民百年來不堪的處境及過去所遭受的殘忍對待。

　　採「橙衣」做為勾勒加拿大原住民近百年的歷史標誌有其緣由。現年五十來歲的加拿大卑詩省原住民作家菲麗絲・韋伯斯塔（Phyllis Jack Webstad），同時也是加拿大政府設置的「原住民兒童寄宿學校」（Indian residential school）的倖存者回憶，自己六歲時進到學校的第一天，祖母給她的一件橘色襯衫被校方沒收了且從未被歸還。她的這個兒時負面經驗，被用來放大與凸顯加拿大政府過去對原住民的文化滅絕。

　　一般人聽到「學校」，會以為是政府的德政，但是加拿大政府

在十九世紀間為行殖民統治，撥下經費給予一些特定的宗教信仰組織，開始在全國各區針對不同部族原住民兒童系統設置了一百三十九所寄宿學校，其中以魁北克省最多，百年來強行迫使約十五萬名四到六歲的原住民幼童與家人分離，男孩們被教導一些工業技術和農活，女孩則學習家政，他們的語言和文化也在學校裡刻意被打壓。

　　女兒小丹告訴我，那些孩童被剪去蓄髮，名字被號碼替代。最駭人及讓人痛徹心扉的是，這些學校對孩子們實行不人道的對待，諸如嚴格管訓、忽視、身心羞辱與性侵害，更讓他們挨餓、生病且營養不良，很多因此而死亡，死後屍體也被草草掩埋，無碑無銘。有些孩童逃離寄宿學校想返家，最後又死在路上。

　　最後一所位於薩克奇萬省的寄宿學校於 1996 年被關閉。有關組織在那些校地與附近搜索，但是當年的小小無名塚如今雜草叢生，找尋屍體並不容易，更遑論有些根本不知地點，所以因寄宿學校而直接間接遇難孩童的實際數字無法確認，猜測人數在三千六百到六千人上下。

　　「加拿大權利與自由」（the Canadian Charter of Rights and Freedoms）於 1982 年入憲成章，保障平權反對歧視。而「寄宿學校」這個殘忍的歷史與記憶，是一種集體的創傷，不限於原住民團體，也是全加拿大人的——無數逝去的年幼生命彷彿地下有靈，呼喚著族群文化的認可。

　　加拿大第二十二任總理哈珀（Stephen Harper）於 2008 年間，

公開代表政府向原住民道歉。原住民對於那些一去不回的孩子持續追問下落，在 2013 年形成了由下而上的橙衣日社會運動。現任加拿大總理杜魯多（Justin Pierre James Trudeau）在 2021 年宣佈九月三十日為「全國真相與和解日」，為聯邦假日，紐布朗瑞克省、愛德華王子島省（Prince Edward Island）、西北領地（Northwest Territories）和努納武特（Nunavut）地區立即跟進放假一天，全國各級學校與社會在九月三十日當天可身穿橘色來悼念，民眾也被鼓勵深入認識加拿大原住民歷史。

「每個孩子都重要」的口號在 2003 年便被英國政府用來推動孩童安全與健康。美國在 2013 年起則有「黑人的命也重要」（Black Lives Matter）的反歧視社會運動。2020 年五月，美國公民黑人喬治・弗洛依德（George Floyd）在眾目睽睽下被白人警察活活壓地致死，在加拿大也形成強烈的支持平權浪潮。無獨有偶，從去年起在加拿大市面上更容易見到印有「每個孩子都重要」字樣的橘色棉衫，在九月三十日「全國真相與和解日」這天穿上，不只是標語而是一種支持原住民平權的訴求。

天主教在加拿大的寄宿學校黑色歷史成為千夫所指，教宗方濟各（Pope Francis）在今年七月二十四到二十九日親自訪問加拿大，前去亞伯達省、魁北克省和努納武特地區拜訪，向原住民領袖、代表、人民和歷史致歉。當時我們家剛搬到卡加利不久。而這四個月內我們參加一些活動，比如卡加利牛仔節（Calgary Stampede）、國家公園露營地生態教育活動和艾瑞克網路工作座談等，皆以宣讀認

可原住民對加拿大土地的貢獻做為開場。

在加拿大這片土地上，現在是由上而下全面關注與理解原住民那段歷史真相，政府和最高宗教領袖承認過去的錯誤，終願能在與原住民的和解中，感化整個社會，消弭其他不同的仇恨，對於族群文化差異能更加包容。

註釋

* 加拿大有六百三十四個原住民社群，共五十個國族，使用五十種語言。在加拿大，有些長得像亞洲人的原住民擁有西化姓名，說流利英語；也有因祖先通婚而具白人長相者持原住民證。

** 加拿大有十個省份和三個領地，三領地分別為西北領地、育空、努納武特。

美國‧加拿大　兩個中年婦女的對話

　　昨天晚上正要看美國哥倫比亞廣播公司（Columbia Broadcasting System, CBC）的電視情境喜劇《老爸老媽浪漫史》（*How I Met Your Mother*），「叮！」的一聲，Messenger 收到在矽谷某大國際公司工作的大學同學維維安的問候：

　　「一切都好嗎？只想看看妳最近如何，希望一切安好。我還是老樣子，十六年被上下欺壓忙碌的工程師。」

　　上次我和維維安倆人簡單交換訊息都是四個半月前了，這次我想跟她好好說說話。

　　五月十七日，自己讀到新聞，得知加州一個台灣教會遭台獨仇恨者槍擊，很擔心維維安一家，幸好他們都沒事。才在那慘案發生的兩天前，離我們先前住的安大略省漢米頓市不遠的紐約州水牛城（Buffalo, NY），也發生一個白人至上者持槍在超市裡殺死十個黑人的重大刑案，引來一陣譁然。維維安這次說，現在加州車輛被刮、被砸和被破門而入都很頻繁，大家雖然都生氣，但已習以為常。更可悲的是，三天兩頭發生槍擊，過去是頭條，現在只是地

方新聞。治安如此敗壞，人民卻見怪不怪。

做為美國的鄰居，加拿大的情況也越來越多。我跟她說，自己就因為被火車乘客的慣性鹹豬手摸一把，一個月後又有一個同事下班後在多倫多做完禮拜被人開車經過用槍射中上頭條新聞，讓我決定不再外出工作了。現在搬來距同學維維安住的加州時差一小時的卡加利，簡單過生活，今天兩人有機會針對許多話題做出經驗與意見交換。

我們從華人的處境說起，又特別拿美加兩國裡的印度移民發展加以比較。我完全認同維維安說的，華人在外行動，可能因為體格弱小又穿得珠光寶氣加上溫良恭儉讓，容易被攻擊或欺負。而在職場上，維維安表示現在矽谷有越來越多印度人成了高階主管，華人則多是工程師位階或中階主管。「我們就是升不上去，突破不了那層（玻璃）天花板」，維維安說。

我自己先前待的大公司也有越來越多的印度人。印度人似乎很熱衷政治與管理，不知道是不是它們的文化使然？

維維安感慨，自己不是中國人，但台灣人很少，還別提華人那「一盤散沙」的文化，真的感到很孤立。我倆都注意到，印度人是如何一個帶一個，最後把企業或部門文化也改變。

我說應該要把我們的孩子教育成專業領域的翹楚，才可以從那裡轉做企業內部或國家政治。看看這次的新冠疫情，加拿大聯邦首席衛生官譚詠詩（Theresa Tam）就是香港出生的，而位於多倫多旁邊的皮爾區的前首席衛生官也是出生於馬來西亞華裔的家庭。我倆

都同意，不同層次的政治裡，真的應該有多一點華人，才能替我們發聲、爭取和改善權益。

我又想到，不只英、法、中三語，應該也鼓勵女兒學辯論，甚至再大點學美姿美儀，這樣不只言談具有說服力，連肢體語言都有感染力。維維安則說，不只是溝通能力，依她在電腦界這麼多年的認識，未來孩子應該要專注於強化創造、決策與批判力，因為人工智慧也可以透過大數據而「學習」，且終將全面取代流程制式化的工作，唯獨人類頭腦過於精緻的運作尚不行。

學習上的問題又在於族裔的機會。維維安觀察到，在加州，這五年在高等教育入學申請上有一些變化。條件一樣良好的華人跟其他族裔子弟比，他族被好學校錄取的比例高出很多，「因為亞洲人都太會唸書，為了平等，就讓華人跟華人比，這樣其實不公平。」

我說，自己先前待的公司也因是省政府外包的企業，配合著國家性別平等與族群包容的方針，由上而下，到了我們公司用人時，後來也招了更多的女性和不同膚色的人進來，這樣對在加拿大的華人就業是有利的。

不過我總之是已經決定早早退休。同學說她也很想，也有心理準備會隨時被裁員，因為美國統計人民最高工資是在四十五、六歲。她之所以還在撐，是想拿到六十五歲政府才會核發的醫療卡，因為美國醫療費用過於昂貴，如果沒有保險，連孩子做視力檢查或大人抽個血也要六百美金。加拿大醫療也可以很貴，但一些基本的項目是免費。

現在美國和加拿大甚至是世界各地人民，都感受通貨膨脹的壓力，維維安跟先生兩人加起來是高薪家庭，但現在她也都自己開伙。我跟維維安分享，退休其實不用太多錢，自己的做法是清除包括房貸的債務，積攢的錢一定要小心慢慢花，清心寡欲地過生活。

　　公元 2000 年大學畢業之後我和維維安還不曾見面，今天一聊不知不覺我們兩個中年婦女已經講了六小時。我送她一句「無欲則剛」，她說正適合拿來面對自己的工作。最後我還說，等她跟先生決定退休時，歡迎他們來靠著美麗的落磯山脈的卡加利跟我做鄰居。

註釋
* 《老爸老媽浪漫史》於2005年九月十九日美國哥倫比亞廣播公司電視網首播，故事在講主角泰德・莫斯比（Ted Mosby）在2030年時開始向他的兩個孩子述說他如何與他們的母親相遇的過程。該劇一共有九季，最後一集於2014年三月三十一日播出。

日子終於好起來

加拿大人為什麼很難存到錢？（上）

　　一個人在安大略省的台灣朋友早上打電話給我，我們聊到加拿大人為什麼很難存到錢？

　　這個問題的制式答案是：一、稅重；二、東西貴。因為稅重，納稅人留在口袋的錢少了，然而生活成本高，所以沒有太多錢可以存。不過，來到加拿大比較久一點的我說，事情可沒那麼簡單！

　　我說，加拿大人存不到錢，問題背後有系統與政策和「民族性」兩方面可以再細說。

　　先講誰是大家講的「加拿大人」和其「民族性」。

　　1867 年建國的加拿大，是個講求多元與包容的移民國家，光是這一點就讓「加拿大的民族性」變得混沌不明。加拿大不是單一血緣性的民族，但是「加拿大人」還是有著跟其他國家人民不同的脾性。最佳的舉證就在我非常喜歡的美國電視喜劇《老爸老媽浪漫史》裡。那個叫蘿蘋 · 楚巴斯基（Robin Scherbatsky）的角色設定，就是一個去到紐約發展的加拿大女子，她跟四個美國人成了密友。劇情經常藉由蘿蘋的習慣和喜好，去凸顯加拿大人跟美國人的不

同，諸如超級客氣、愛吃甜甜圈、熱愛冰上曲棍球（hockey）和一些生活（英文）用詞的差異等等。

有一點必須注意的是，蘿蘋跟四個密友一樣是白人。所以該電視劇拿來跟美國人比較的加拿大人，還是一個歐洲移民來的白人的後代。

即便現在加拿大境內有越來越多不同背景與膚色的移民，「加拿大人」還是以白人為主體。大型公司或政府的求職者填表時常被問是否為「可辨識的少數族裔」，其相對應的「多數」便是白人。

所以，「加拿大人為什麼很難存到錢？」這個問題，不是對加拿大境內所有面對重稅和昂貴生活成本的公民或居民而問，而是針對擁有文化社經優勢的加拿大白人，問他們為什麼還是有很多人存不到錢？

我跟朋友所提出的這個疑惑和問題絕對成立。

十四年來有不同銀行、多到記不住的理財顧問回答我，他們的存戶中有很多人的帳戶裡連兩千塊都沒有。有一次我在跟同事講買房子的事，一個叫霸子的白人駕駛就評論：「佩兒，加拿大人很多人（在三十幾歲）連一萬塊錢都沒有！」早先和我們合作過的房仲安及近年多次幫我們買賣的地產經紀蕾絲莉也不約而同地說，她們的客戶中很多人根本卡債高到淹眉目。還有，我們在漢米頓出租屋，樓上租客在兩個月前跟我們說快繳不出房租，樓下的想搬家但也拿不出一千出頭的訂金給新簽約的公寓管理部。

很多華人收入不一定高，但一般都有儲蓄。上面那麼多的例子

證明，加拿大白人即使有工作也存不到錢，他們到底是怎麼一回事？經我多年觀察和與人互動，我說，除了後面會講到的系統與政策，其實首先肇因於加拿大白人的觀念和做法，也就是他們的「民族性」使然。

加拿大白人沒有儲蓄的觀念，可能認為錢生不帶來、死不帶去，活著的時候得好好款待自己。這樣的想法加上商業上鼓吹消費，使得度假、休閒、娛樂等等變成了不只是「想要」而是一種「必需」。我先前就常覺得奇怪，明明同事跟我薪水差不多，年紀還比我輕，有的單身住外面，有的要養孩子，怎麼老是可以出國玩？後來才知道，很多人是先刷卡或借貸，後面再想辦法還。

「先借再還」的信心在哪裡？艾瑞克許多年前對我承認，自己和許多的（白）人一樣，被灌輸說人工作到四十歲上下職涯上巔峰，收入也最多，那時再開始存錢也不遲。反正還有二十五年才退休，政府又會發老人年金，人老也不會成問題。我跟台灣朋友敘述這樣的邏輯，連她也覺得很不行。

加拿大人為什麼很難存到錢？（下）

　　加拿大白人沒有丟工作和傷病風險的憂患意識，也間接製造出許多月光族。

　　的確，這片全球第二大的國土上，除了冬天又長又冷，大體上並沒什麼災難，人們老老實實度日，不懂杞人為何要憂天。這樣的脾性好似代代相傳，除此之外父母卻不留什麼給下一代，甚至孩子到了十六或十八歲，就把他們踢出家門去，美意是讓孩子學習獨立，但是造成下一代又很難存到錢。

　　一切都可以理解，不過才高中和要上大學的年紀，有些加拿大白人就被要求離家吃自己。受限於學歷，能做的多是收銀或體力活，前者錢不多，後者因季節又不穩定，加上要付房租，想添個大學文憑的就只能揹學貸，畢業後未必能即刻就業，幾年後如果成家生子，學貸還了十幾年的大有人在，哪裡還存得到錢？

　　容我把手指向白人父母。我常覺得他們也很妙，把孩子早早趕出門，了結了自己養育的義務，卻可能讓孩子陷入困頓；孩子成家辛苦，怎麼有能力照顧父母？父母當初不援助，老了又跟孩子講什麼回報？我的一個菲律賓做看護的朋友就跟我說，她看到很多白人年老獨自在安養院死去。

　　我認為，正是因為加拿大白人沒有華人重視的孝道，加拿大才會注重發放老人年金，希望老人能善終。這就帶到了加拿人的系統

和政策面。

　　舉世皆知加拿大是個社會福利國家，政府給老人和兒童的福利豐厚。在兒童福利的部份，也照顧到上述許多沒有親族支援的單親或小家庭。但是政府要發錢，錢還要跟人民收才有。透過政府的分配，社會中有能力的一起扶弱濟窮，這本是美意，可是又造成稅重的問題。

　　此外，許多人想著生孩子有「牛奶金」，所以拼命生；想著錢會被政府抽走，不如不工作靠救濟比較容易，於是我們便看到一群不做事的人。我以前在車站的一個客服同事就不願加班，她認為多做的錢還不是繳稅去又何必。

　　其實，我在來到加拿大的第三個納稅季，就刻意花了兩百塊錢去找會計師報稅順便請教上述人云亦云的說法。會計師隨意舉了數字說：「妳可能覺得自己每天早起還得花錢坐車去工作，一天辛苦了八小時，一年賺三萬，要繳六千塊的稅。另一個人什麼都不用做，乾領政府救濟一年一萬五。自己這是何苦來哉？可是一想就知道，妳獲得的是兩萬四，仍比那人多了九千塊。」自此之後我便以工作納稅而感到自豪。

　　加拿大政府近年廣開高等教育大門，吸引國際學生來創造內需和增加國庫收入，此舉看似明智，但是又有配套失靈的地方。許多國際學生學成後，政府配合自己的移民政策，把人材留下來，還給予有色人種就業競爭的保護，卻沒有讓既有的國民、也就是多數的白人知道，有越來越多「外來人」透過教育系統自我加值和勞工政

策來跟他們競爭，白人還是用原本平和悠閒的步調面對人生，也難怪我的另一位女同事艾瑞卡・林後來會說：「我的女朋友是菲律賓裔，做高級財務經理人，每次都說我們白人怎麼會找不到工作？誰說（好）工作好找的？」至今我還記得當時她說這話時無辜又無奈的語氣。好工作難找，一般人的收入少，在物價高漲的年代，想必很難存到錢。

　　綜上，我相信加拿大白人真的很難存到錢，如果要改變、有心要存錢，那麼最好從父母就能理解，或是孩子要能說服父母支持自己取得更好的教育，讓自己更有就業競爭力，朝找好工作的目標前進，並儘早養成撙節開銷和儲蓄的習慣。這些話在華人聽來很簡單，因為這些概念都流在我們的血液裡。

男人和他們的西裝

　　如果沒有遇到艾瑞克，我不會知道男人有時比女人更難買衣服。因為艾瑞克超挑。

　　他衣服、褲子、襪子和運動鞋，只有藍、灰和黑三種色系。皮鞋、皮帶一定是黑色。背包限定灰色或黑色。

　　如果以為這樣太簡單，採買的時後情況恰恰反過來。不是上述顏色，他連考慮都不考慮，所以選擇少掉非常多。並且，就算藍、灰、黑顏色都很大眾化，他鍾愛的藍色卻有只有靛色、淺藍和深藍，而且不夠灰或太灰也不行。

　　他還要看花樣。正確地說，有花紋和圖案的他也一概不穿，剩下的就是單色和大條紋，因為細條和格狀他也不要。

　　還沒完。身高一八八又有點瘦的艾瑞克，因為手長腳長，對於衣物的剪裁也特別挑，跨下和褲管必須那麼寬、袖子須那麼長、……。總結就是很少有艾瑞克中意的現款。所以每隔一段時間我陪他去買新衣，必定少了女人們試來試去、心花怒放的新鮮感，而是這也 'NO!'、那也 'NO!' 的嚴肅無趣，而且還必須跑來跑去，

固定一家男裝店甚至是有很多品牌的百貨公司，也未必能順利挑到他要的東西。

我們當然知道，只要踏進 Hugo Boss 或 Armani，上面講的應該通通不是問題，但是荷包失血的痛就跟著來。這點他倒很識相，跟管家裡錢的太座我連提都不用提。

這次艾瑞克好不容易找到一家大銀行的工作，就算是以兼職開始，為了揮去多年事業運不濟的晦氣，他說要買兩套新西裝，我馬上同意，並且帶著女兒跟他一起去找。

星期天下午我們開車去南面的一處大商城，先到海灣百貨，那裡二樓有一半都是男裝。因為知道艾瑞克的品味和習性，我一方面已經暗自調高了預算，但表現出來的先是勸他試試不同的色彩和花紋，結果當然沒有用。後來就去高級品牌看打折出清貨，儘管價格還是不便宜，他仍堅持自己所有的原則。就算有請售貨員幫忙和給建議，三個小時下來，艾瑞克只試了幾件，最後還是兩手空空地回家，大家都白忙一場。

艾瑞克說，其實他很想去西裝專門店「摩爾斯」（Moores）看看，他相信至少可以發現一兩套符合我們預算又合適的款式。一查地圖，離我們最近的摩爾斯男裝店跟稍早去的商城位置相反，今早送女兒上學後，我們上快速道路驅車向北前去。

我倆在十點剛開店後光顧。這家摩爾斯男士西服店空間很大，西裝、襯衫、毛衣、領結、領帶、手巾、外套、皮鞋、襪子等等，陳列得井井有條。相信因為看到男仕帶著另一伴來，知道个是隨意

摸摸而是真的會買東西的客人，穿著得體的店經理馬可親自上前歡迎，親切地問艾瑞克有什麼需求。艾瑞克說，已經在網站上看到一套不錯的西裝，請馬可帶路去試試。

在上下各一排吊掛的外套和西褲櫃前，馬可手中持有一捲皮尺，開口問艾瑞克一般都穿什麼尺寸。艾瑞克講了好幾個數字44、35、15、34、34，馬可用眼睛上下打量了一下說，「你講的那個版可能42會比較合身。」然後他伸手去取上頭那尺寸的西裝，和下頭搭配的褲子，又說會根據那顏色，推薦一些合搭的襯衫和領帶。不用太久的時間，艾瑞克已經高興地在試穿，馬可則把三、四款的「配件」放在大大的玻璃櫃台上，讓艾瑞克鑑賞。

艾瑞克在網站上看到的那顏色，試穿看來有點太過年輕，我和他接受馬可的建議，改換稍稍深一點的藍色，結果終於讓艾瑞克點頭說要買。馬可用皮尺再仔細幫艾瑞克量了褲長和袖長，還說應該把後背上部修得再貼一些，非常地專業。

原來馬可已經做這行快三十年，先前先後在 Hugo Boss 和 Armani 專賣店待過很多年，後來到摩爾斯這家店，沒有業績壓力，不用為賣而賣，而能真正把西裝當成藝術一樣，讓每個男客人穿出屬於他們自己的體面。

這是我的「男仕西服店初體驗」。

艾瑞克說，他兒時的第一套西裝，也是在摩爾斯買的，「這才是傳統挑西裝的方式，有專門顧問給客人個人化的建議。」他提醒我，電視劇《老爸老媽浪漫史》裡的主角巴尼（Barney Stinson）有

一整房間的西裝，真的有很多男人像巴尼一樣愛自己的西裝，因為它們不僅是衣服而已，而是男人們在職場和商場上拚搏的戰衣。

卡加利下雪了　我・買・車・了

　　距六月一日全家來到卡加利已經一百四十四天，困惑我們整個夏天和入秋後的大問題是：卡加利的冬天到底什麼時候來？又會有多冷？

　　2012 年自己在多倫多市中心的伊頓中心打工的加拿大紀念品店，新加入了一位高個子的黎巴嫩中年婦人娃法。當時她才搬到多倫多，初次上班時她說，自己之所以「逃離」卡加利，就是因為冬天太長太冷。我還記得她抱怨：「卡加利早點在九月底、到十月就一定下雪，而且一直凍到六月多，冬天實在太長，零下二、三十度冷得讓人發瘋。」

　　多倫多十月底下初雪到四月底化雪已經夠叫我受罪，因娃法這麼講，我從・來・沒想過要搬到卡加利。然而十年後，我卻舉家從多倫多附近的漢米頓遷來定居。

　　歷經一個陽光普照、綠意盎然的夏天，過去這三個禮拜，卡加利日夜溫差很大，可以從夜裡的攝氏三度飆到下午高溫二十三度，大地的顏色已從綠色轉成黃、橙、紅，更加美麗。

大前天，這裡還有幾個家長穿短袖短褲去學校接小孩下課。昨天整日下著那種淋不溼人的小雨，天候變得有點涼。今天清晨，我的手機鬧鈴照樣在六點二十分響起，自己摸著灰黑從房間走上樓準備做早餐，竟從大片落地窗看見家家戶戶的屋頂已全數被刷白！雪偷偷地在夜裡下，一下子就積了十五公分高！雖然氣象預告有提到，但是跟多倫多近年雪越來越晚到比，卡加利初雪來得相對早，還是讓我們又驚又喜。

　　我們頭次在卡加利迎接的這場雪，既潔白且量豐厚，天亮了還稀稀疏疏地一直下。許多樹上金黃的秋葉還沒掉完，頓時被敷上一層白雪，就像纖纖女子的白玉肌膚戴著黃寶石項鍊，一切景象皆秀色可餐。我載女兒去中文學校，一路看著這美麗的城市雪景，真心感謝上帝、上蒼、佛祖和眾神，終於給了我一部車。我知道，當年娃法應該沒說錯，但是之後不管卡加利有多冷，鐵定不像自己在多倫多的頭九個冬天那麼酷寒……

　　回想 2008 年大約就在這個時候，自己剛從台灣去到多倫多一個半月左右，一天坐著公車去上位在士嘉堡的新移民英文課，第一次看到天上降下溼雪，落到地上混進塵土泥巴，經車輪滾過和路人的腳步踩過後，地面就開始混濁起來，城市變得髒兮兮，一點也不漂亮。

　　十月底開始，自己起先得轉車到貼著多倫多士加堡北邊、位於萬錦的中文報社去工作。後來搬進離報社兩公里外的一個住家地下室，為了省錢便就近走半小時的路上下班，但是亞熱帶的台灣體質

變不了，冬天不管怎麼穿都覺得冷得要死。偶爾決定搭公車，公車卻總是脫班誤點。自己等在路邊，覺得鼻子、手指和腳趾隨時會被凍掉。可是，接下來的八個冬天，不管自己住在多倫多的哪個角落，卻一直告訴自己該省則省，走得到就強迫自己一定走。

2014年初，一次自己從加拿大雷普利水族館做完夜班，零下二十幾度裡就要跨過莫斯公園回到家，見到原本若大的草坪積雪快到膝蓋這麼高，恐怕也是負荷多年的生活現實太沉重，我的心智一時幾乎就要被磨掉而開始狂吼：「老天爺！你為什麼這樣對我？我哪裡不認真不努力？為什麼我就沒有錢買車？為什麼你就只給我罪受？！……」多年後住加拿大更久的友人聽到我講上面這一段歲月後評價「那（沒車）比被送到北大荒做勞改還慘！」因為加拿大的冬天真的很冷！

然而還要到2017年十一月中，我從火車站客服轉成通勤火車車掌，公司要求一定要有車，我才用「以租代購」（Leasing）的方式，以零頭期款、分期月繳，弄到一台最陽春的車，開窗還得用手搖。一年後我們搬到多倫多西郊打掉了房貸，遇到經銷車廠出清年度展示車，我就把紅色小小車換成現在這部稍大一點點的白色五門小轎車，一樣是以租代購，且看中它的零利率，好把手頭的現金留下來投資房地產。

過兩天十月二十四日，小白車四十八個月的分期正式完期，我在上個禮拜就已經轉帳付完尾款，把車過戶到自己名下，正式買進人生的第一部車。現在我們家的經濟比以前好很多，可是我決定繼

續開這部小車子──先前她帶我辛苦工作，後來又載著我們從大多倫多到卡加利來，她不只提供便利，冬天外出時也替我們保暖，更重要的是她時時都將提醒我，自己如何挺過過往十四年來時路上的風霜。

跟一堆有錢人吃飯

　　都寫過了，自己在多倫多遇到的有錢人，除了穿著樸素的建商哈利‧史汀森應該真的很有錢，平常認識的，很多就是先前的火車駕駛同事。他們年紀從三十到六十多都有，年薪十三到十五萬，真的是高收入，重點仍是他們得要懂得好好理財才會真正變富有。

　　另外有兩個富翁我沒提過，一個就是先前我跟女兒小丹在漢米頓市跟著學詠春功夫的洋師父麥克。麥克已經七十歲，跟史汀森先生年紀相當，退休前做了三十幾年房地產，當包租公，也買了一大片地，地上有兩棟房子，另外還擁有鬧街上的整棟樓，用來開武術健身中心。地價飆起來，麥克早就還完貸款，教詠春除了打發時間，純粹是熱情，因此學費只是意思意思地收，能繳地稅和暖氣水電費就好，用意不在賺錢。

　　另一個富翁也是因學詠春認識的，就是我們在卡城中華文化中心上課的師父湯尼。一次他來教課時穿著一件質感很好的 logo 休閒衫，我好奇問他，他證實自己有一架藍寶尖尼。

　　加拿大統計局的數據顯示，我們搬來的卡加利市，平均薪資

高，但家戶平均資產低於多倫多和溫哥華，主要因為這裡房價較低。

我們這一區房價較高，而且緊鄰最貴的「富豪區」皇家山（Upper and Lower Mount Royal）社區，那裡有許多動輒加幣兩三百萬的豪宅，叫價是我們這區的四、五倍。對比之下，我們住的只是一間不大不小的老鎮屋，我們家是「富人區」裡的窮人。我一方面說服自己無欲則剛，一方面仍想「向錢看齊」。除了從自家開車出去時有機會見到對面鄰居的雙車庫裡停了一輛台幣五百六十萬的黑色運動款馬莎拉蒂（Maserati），我仍想見見更多卡加利的有錢人，把他們當成楷模。

運氣不錯的是，因為法規限制，我們離開安大略省就必須在亞伯達省開設新的銀行帳戶，而所交涉的兩位理財顧問——台灣大帥哥賽門和香港來的台灣媳婦艾蜜莉——竟邀我們家參加今晚銀行在市中心卡加利塔旁的費爾夢酒店（Fairmont Palliser）裡舉辦的「客戶尊享晚宴」。艾瑞克比較想帶小丹去上鋼琴課，我便獨自前往講中文的那場，目的不是吃飯喝茶，僅僅是去瞧瞧卡加利的有錢人長怎樣。

去前我有點緊張，不知怎樣穿才得體。艾蜜莉和賽門都說一般商業衣著即可。我又擔心自己開著家裡的日產小汽車去，萬一停在馬莎拉蒂旁，會不會尷尬？但是自己不可能把小日產像南瓜一樣變寶馬，所以我也不假扮公主，決定穿得乾乾淨淨去就好。

我把小車子開進停車塔裡已是下班後，所以有許多空位，不用跟高級轎車併停。走進電梯找去飯店的路，遇到一對高人的白人男

女，也是一般商業穿著。他們跟我詢問怎麼去費爾夢酒店，因為也是要去參加銀行尊享晚宴的英文場。我們都不熟室內通道，最後在戶外零下二十幾度裡的街上繞行，那女人一直喊冷而加快腳步。

穿過卡加利塔（Calgary Tower）腳下，我也終於來到費爾夢，立刻有侍者上前歡迎，艾蜜莉也過來領著我去放我那件看來很新但其實是二手買來的羽絨外套。進到宴會廳裡，六張桌子快滿席，艾蜜莉讓我坐在她旁邊。我左邊有兩位年紀比我稍長的男士，一個是南投人。接著四位接連坐到我對面的三女一男都是大陸口音，男的年紀最輕，應該在四十歲左右，女士們則年紀也稍長，大家都穿著毛線衣，其中一位戴珍珠耳環，每個人看起來都很簡約，不過皮膚狀況都比我好，不知是不是常護膚和做臉？

其他桌比較遠，但乍看跟我們這桌情況大同小異⋯⋯

「原來有錢人是長這樣！就是看來跟一般人沒啥兩樣！」

我才做出以上結論，在台上演講的銀行主管問起奢侈品和愛馬仕、LV 的行情，女性與會者反應很好，暗示著她們應該有收藏只是沒帶出來。

銀行主管繼續分析預測 2023 年上半世界經濟會蕭條，保護資產的方式是分散投資以分散風險，所以建議股票應在這段時間逢低買進；定存利率上升可以好好考慮；加拿大持續大量開放移民，房產現在買會比之後需要搶標好；債券在高利率、高通膨中，還要好一段時間才會回穩；美金之後會走軟，所以應該考慮賣掉⋯⋯。

我偏好房地產，又剛從近年房地產最熱的多倫多一帶搬過來，

對於房價的反應比較敏銳，跟台上的主講人較有互動，個人觀點又符合他建議所的趨勢，結果有一名地產經紀馬上遞來一張名片，大概因此誤會我是有錢人。

演講完後同桌的人這聊那聊，我得知有錢人們在加拿大和本國都有家，真的是常常飛來飛去。我的話目前沒那個財力，而且也怕飛越太平洋——花錢坐很久的飛機還讓自己坐到屁股痛，我覺得實在不划算。

餐敘結束我跟大夥一一各自開車離去，我又看見，車龍裡沒有馬莎拉蒂，反倒是 Toyota、吉普、奧迪和賓士還多些。回來跟艾瑞克分享，他說因為地面冰滑跑車不能在路上跑。這麼說也對。而我也才又明白，原來今晚自己看到的又是有錢人低調的一面。

和卡加利得獎畫家聊藝術

　　女兒法文教室外頭這陣子有一個「人物肖像」畫展。今天傍晚來了一行五人,在一幅畫前用手比劃並講著那幅畫。等女兒的我仔細一看,其中一個女的還有他們之中那個大概十二、三歲大的男孩子被畫在畫裡,畫裡「他們倆」共同捧著的盤子上的男斷頭,就是講述著畫的那個人的臉。我聽得出來,他應該就是那幅畫的作者。

　　賞畫的機會是有,但是跟畫家當面討論作品我卻沒有過,於是不管三七二十一,我上前確認是否他就是繪者,結果這一問,連同剛下了課的女兒,我們倆一起獲得了一個免費的二十分鐘小型私人藝術講座。

　　他們之中一個年長的女士介紹,該名畫家叫羅素‧喀斯。我回家在網路上查詢,美國猶他州也有一位同名的畫家,但是不是同一人。這位加拿大卡加利地區的羅素‧喀斯在這次市府舉辦的「人物肖像」畫比賽中得了銀賞。他說,作畫的初衷在於想替自己一家三口畫一幅畫,但是「排排坐、吃果果」的那種很無趣,所以就搞了一個黑色幽默,讓自己在畫中斷了頭。

喀斯故意將自己的「斷頭」畫得比捧著它的妻兒的頭要大上許多。他借用了聖經中年輕的大衛挑戰巨大的歌利亞（David and Goliath）勝利的意喻，希望年紀尚輕的兒子也能有像大衛那樣的勇氣。

「喀斯的頭」被嶄斷不算太久，但也有好一段時間，所以向上的那一面血已逐漸淌乾而開始變青色，時間在靜態的畫面上由此被表達了出來，是個巧妙的伏筆。

特別的地方又在於畫中有畫又有畫。他把一家人畫在一幅羅浮宮收藏的宗教畫前面，而那幅景像本身是在一張海報上，被可撕除膠帶貼在一塊木板上頭，整幅畫非常細膩，不但人物跟真人們都像，那膠紙看起來簡直就是極可亂真，每片木地板也有各自的花色，而最後面的宗教畫畫風則又完全不相同。

我女兒小丹一猜就中，這幅精細的畫花了喀斯六個月完成，正是所謂的慢工出細活。

我則問喀斯怎樣算是一幅好畫？

他認為可從多方面來看，首要地，在於畫家對自己設定作品所要呈現的意象的完成度與自我滿意度有多高。我說，如此一來畫得好不好不就只有畫家自己知道？喀斯認為那倒未必，只要拿一畫作跟其他相同畫風的作品比，還是可以立判高下。然而這還有賴於賞畫人的藝術素養，因為不見得手邊會有類似的畫可以進行比較，因此要做出評斷，賞畫人必須大量觀畫並有先備的知識。

他帶我們隨機移步到　個角落的　幅大畫前，畫裡有一個白髮

老太太捧著一個銅頭像在自己的坐腿上，而她身後則湧著一些粉紅色的雲，立體視覺層次的最前頭卻有幾塊單色的平面和長條。喀斯不喜歡那作品，原因在於只有銅頭畫得費勁但畫布其它的地方感覺敷衍了事。並且，那銅頭的光影處理得也不夠好，整個立體感塑造得很平淡。

我挑戰他說，有沒有可能繪者就是想把觀者的目光都聚焦在銅頭上？他指著畫中座椅的木手把說，「任何人都會同意它這裡被畫得很粗糙」，以此支持自己的論點。我和女兒看了後雙雙認可。喀斯認為，畫家的用心會隨著畫在細部中展現出來，通常也需要時間去投入，這一點對他來說，也是一幅好畫必須被灌入的元素。

這位羅素・喀斯先生說自己學過畫，朋友推薦他來參加這次市政府與藝廊共同策辦的人物肖像畫比賽。這次的展覽不只在三樓的法文學校公共空間，還有二樓的藝廊外，掛了應該有近百幅作品。我很喜歡畫畫但不專業且非常不擅長人物，因為接送女兒上下課而有機會欣賞眾多栩栩如生的畫作，讚嘆在心中。今天還能跟得獎者聊藝術，頓時覺得自己變成了稍為有氣質的婆婆媽媽。

老姊的超直白理財經（上）

　　因為時差的關係，老弟用 Messenger 傳簡訊來時，我正要送先生出門去工作。開車回到家，台灣當地已經是凌晨一點半。因為不想吵醒老弟，提早退休現在變「嫻嫻美代子」的我，乾脆把想說的寫下來，也好打發一些時間——

　　老弟在美商藥廠台灣分公司做經理，年薪數字聽了連我都掉口水，就是可以自食其力在林口買新房、養妻女，在現下的經濟環境裡，相當不容易。今天他對我講：「最近才恍然大悟，原來靠投資真正要賺錢，其實應該是買不動產才對。不過在四十歲被點醒，也還來得及，不算太晚。」

　　老弟比我早就開始想著投資賺錢，曾跟好友合開過茶店，也買股票和虛擬幣。我則因人生有太多變動，雖然總是忙撈錢，真正開始投資的時間比他遲很多。甚至，十五年前自己剛來加拿大，帳戶裡只有折合現今台幣三十五萬塊左右，今天跟先生一起擁有的零零總總，加幣數字已是當年的一百倍，鹹魚翻身的過程，讓我對「追求財富」這件事有許多的體悟。

我在出門前速速回老弟：「有很多細節待思考，而且時間和其他的因素也要考慮。」因為錢的事，有太多面向可以去探討……

多有錢才叫有錢？「富有」的計算方式

我有信心自己說的不會錯，那就是加拿大有許多家庭每年連五千塊都很難存得到。

隨便上網查一查，一台惠爾浦二合一的洗烘衣機定價兩千四，再加一張宜家六座餐桌椅，打稅加運費，加幣五千塊一下子就飛掉。相信在台灣一般家庭一年要存下等值的錢也不會太容易，所以台灣也好、加拿大也好，大家都很瘋狂在想怎樣去抓錢。

但首先要問：「多有錢才算有錢？」

癥結在於，伊隆 ‧ 馬斯克（Elon Reeve Musk）就一個，而他後面還排很多、很多、很多有錢人，你我就算拚一輩子，又能排第幾？我想說的是，人們總是愛攀比，一旦加入別人金錢追逐的遊戲，注定沒辦法贏。

當然已經不是祕密，那就是穿得體面或拔鈔票很阿莎力都未必真正有錢，真正的財富要看資產和負債相抵消後的淨值。不過，算出數字是正值的富翁們，也未必就真正「富有」──富有不單是數字問題，也是心理的感覺。因此，老實說，即使富豪會說我們是窮人，但是錢你覺得夠了就夠了，而覺得錢夠了你就算富有。

誰是有錢人？

我在加拿大住下來，這看那看，很多有錢人其實很不起眼。比方說，我面見多倫多地區略有名氣的地產開發商哈利 · 史汀森的那一天，連他跟我握手戴的一幅黑手套上都起了毛球！

老姊我現在住的地方過兩條街，沿著接近卡加利市中心的肘河（Elbow River）一帶，是全加拿大有錢社區排名前十五到十八強，平均家戶資產有加幣七百五十到八百萬。我不主張比較，想講的重點只是，我的鄰居中一定有人很有錢。像是我家車庫對門那家人的車庫裡，其中一台車就是約台幣五百六十萬的瑪莎拉蒂！可是，上回我跟那女主人討論起傾倒垃圾的事，人家沒有丁點的驕聲與貴氣。

我還去參加銀行的投資者聚餐，大家也穿得很平常，除了可能因為常做臉而容光煥發（我則是滿臉痘花）。所以，誰是有錢人？你真的看不太出來。這樣反推，一般喊窮的人，花大錢買華裳名包讓自己看起來有錢，這樣處心機慮還真的不必。

我從在這裡認識的一些菲律賓人裡了解到，他們之中很多人會把幫傭或從事專業工作賺來的錢，買漂亮的衣服來穿，向母國的親族證明自己在國外的生活有很大的提昇。數據卻顯示，菲律賓人在加拿大擁有房產的比例跟黑人一樣都偏低。老姊現在的租客中就有一對菲律賓來的年輕夫妻。

但是，老姊對於「富有」的次概念，卻又是從一個素昧平生的

菲律賓年輕人身上學到的——

　　一天我在多倫多火車上工作，看到那人穿著名牌羽絨外套，羨慕得讚嘆：「哇，Canada Goose 吔！我買不起。」他淡定回：「只要妳願意，妳就買得起。」

　　在我聽來，那話背後的意思是，並非每個人都可以揮霍，然而只要懂得判斷取捨，把錢花在自己覺得值得的東西上並無妨。反觀，一個人就算口袋有很多鈔票卻不願意花，那終究也只一張張的紙，變成人家口中的小氣財神。

註釋 ────────────────────────────────────

* 2022年「全加拿大最有錢社區前二十」（*The 20 Richest Neighbourhoods Across Canada*）原文網址：https://www.slice.ca/the-20-richest-neighbourhoods-across-canada/。

老姊的超直白理財經（下）

富人花錢你看不到

真的！富人很多時候光從外表看不太出來。事實上，有錢人炫富的方式早就超出表象的物質，很多富翁追求的是精神上的充實和體驗上的豐富。我和小丹在漢米頓的詠春師父麥可就是一個例子，他開武館純粹是熱情。

有錢人也可能早就不吃大魚大肉，而是吃無肤質的天然有機食物。他們可能什麼都有，所以什麼也都不想買，但是該寫一張大支票或刷卡時，連想都不用想，因為總是可以負擔。

他們又可能開著普通的轎車，然而只要有時間，說飛就飛，立刻能去他們想去的地方、做想做的事。

我之前的印度同事阿芙奏繼承了祖父的財產，在新德里有一處莊園，莊園裡有管家、司機、廚子和園丁等，至少十四個僕人靠他發薪。歐洲某國在印度的大使館是他的租客。此外，他不只在杜拜有房產，在多倫多裡有一間新公寓，多倫多旁的密西沙加市有間獨棟的住房，在北部鄉野還有一棟度假木屋。他過週末的方式，就是買三張加拿大多倫多和英國倫敦的來回機票，帶妻兒跨國去看看哥哥和姊姊。我從他那裡學到一件事：天涯海角對有錢人來說不過就近在咫尺，錢讓他們有隨處行動的自由。

怎樣達成財富自由？

話說到這，就要講講「財富自由」。大家都說「當被動收入足以替代工作收入」就是實現財富自由，在我看來，那只是一種手段。

依我之見，財富自由做為一種目標，必須同時擁有「財富」和「自由」，意思就是不但要變有錢，還要有閒。而要雙雙擁有「財富＋自由」仍得通過努力。

不可否認「錢」是最根本的問題，但是像我們這樣沒有富爸爸、富媽媽的人，卻也沒有理由窮一輩子。

首先，沒錢的人當然得想辦法賺取。存第一桶金又取決於一個人的需要有多少，能留下的錢又有多少，鐵律就是：不可以透支。

因此，工作如果賺少少，那麼就要更懂得節省。若這省那省也只能存少少，要嘛找一份收入高點的工作，要嘛必須持之以恆地儲蓄。如果這樣的過程必須禁欲而令你對生活不滿意，問題顯然出在你自己——你沒認清自己的消費能力而過度寵自己，或根本在打腫臉充胖子。

有了第一桶金後要致富，還要進行投資且讓時間來加持！投資方式又有百百種：股票、共同基金、外匯、債券、房地產、定存、私人放款……。了解自己可以承受的風險，找到合適的投資標的，有的要放長線，該止損的就止損。

達到財務目標後，還要記得忙裡抽身，讓時間回歸一己。換句話說，人不但要努力生財，還要學習放空。

成功不能複製　極簡生活正流行

貧窮源自人心貪婪，想要的太多。這些年「極簡生活」（minimalist lifestyle）卻反其道大肆流行。有錢人的極簡講究保留少數高品質的單品，沒錢人的極簡就是要用的東西有就好。

其實東西好不好沒那麼重要，自己喜歡且用得順手最實在。用心體驗生活，簡單也可以快樂富足。

以上落落長的文字，最後老姊在此總結究竟什麼是富有：無非就是錢夠用一輩子，還有時間可以心平氣和地過日子。如何變富有？透過工作、儲蓄與投資，持續朝自定的、合理的財務目標前行，同時建立對使用金錢的正確認知，找到符合自己財力的消費模式，如此可以加速達成一己想要的財富自由，獲致平和的生活。

老姊我當初兩手空空，所以投資比較保守並且一步一腳印。過去在安大略從低端的房地產投資開始，也為節稅而在註冊帳戶內投共同基金。現在利率升高傾向投定存一陣子。但切記每個成功都是唯一的特例，能夠學習的是其中的通律，千萬不要如法炮製。

遙祝在台灣的老弟很快也可以達成「財富自由」，可以像我這樣要嘛帶孩子去學東學西、要嘛就上網看看文章打打字，不想去圖書館就窩在家翹二郎腿看電視，或朝自家向落地窗外邊看風景邊喝老人茶或咖啡，並且要泡澡就泡澡、想睡就睡、要吃什麼就隨時煮來吃！人生這樣豈不是樂不可支。

退休是最棒的職業！

退休不工作，怎說「退休」是職業？還說是最棒的職業？！

退休是不是職業？

我定義過，退休是「一個人永久地離開全時工作，收入跟著減少，但個人時間增加」。而所謂的工作，不管是領薪水或是自僱，就是為錢而做事。

進一步去細想細看，「退休」之於「工作」，不過是一個人對一天二十四小時的時間配置上不同而已——扣除睡覺的時間，退休前，人工作的時間佔一天中較長的時間；退休後，工作的時間大幅減少甚至為零，使得「退休」本身就是「全時」。

《辭海》對「職業」的定義是：「分內應為的事」和「個人所承擔之職務或工作」。據此，「『職業軍人』分內的工作就是保衛國家」，說起來絕對通情達理。「退休」好似無所適事，但是是用喜歡的事把時間填滿，退休人士的「承擔」在於自己選擇做的事。

此刻拿我的定義去丈量，「退休是個職業」的論述仍尚未完全

成立，因為缺了「收入」這個要件。然而這一點其實再簡單也不過，因為大家講退休，多半是在金錢許可的情況下做出的決定；說白一點，沒有錢哪來的退休！

退休族的收入不是來自工作賺取，而是來自以前的儲蓄，或是投資的滋息，或是遺產，甚至是中大獎，還有政府的老人津貼等等。總之，零零總總的錢加起來餘生夠用的人，選擇全時間轉做自己喜歡的事，使得退休成為一種職業，這樣的說法雖非主流，但其實不也很有道理？

退休「全職」我幹啥？

我在 2022 年我因職場上的一起意外而決定提早退休，時年剛滿四十五，比原先自訂的目標早了十年，不是因為聚積了億萬的財富，而是算算覺得只要接下來省省用就夠了，金錢上懂得滿足的我，決定立刻開始追求沒有壓力、快樂的生活。

一開始有位朋友總愛從多倫多打電話問我投資卡加利房地產的事，想叫住卡加利的我就近幫她接收一些火燒屁股的事，還說「反正妳不用工作也沒事幹」。我總是提醒她說：「我雖然退休了可是每天都忙得很！」

我真的不是「閒閒沒代誌」，我真天天都有事——

6：15 AM	起床，先回回創作平台「方格子」和臉書上網友們的留言。
6：40 AM	做早餐，替女兒準備學校的午餐和點心，並且餵

天竺鼠。

7：40 AM	跟先生一起帶女兒上學。
8：10 AM	回到家，開始查看網路銀行帳戶並記帳、對帳。
8：30 AM	做家事接著寫寫文章，或送先生去上班，或去買菜。如果家裡還算乾淨或不想寫或不用送或還有食物，那麼我就會在—
10：00 AM	泡泡澡或睡早覺。
12：00 PM	做午飯並好好享用一個人的午餐。
1：00 PM	睡午覺。
2：30 PM	接女兒放學。
3：10 PM	讓女兒吃點點心。
3：30 PM	盯女兒練鋼琴或做作業。
4：30 PM	帶女兒去上數學、鋼琴、法文或擊劍。
7：00 PM	吃晚餐。
7：30 PM	晚餐後叫女兒把未完成的練習或作業做完。
8：30 PM	提醒女兒洗澡準備就寢，自己要嘛再寫寫文章，要嘛看看電視。
9：30 PM	視我的精神，有時再寫東西，累的話就上床，有時在睡前會讀讀網路的文章。
11：00 PM	進入夢鄉。

退休樂活為家庭

可以看得出來，我在退休後，用先生的工作收入和過往工作與投資的錢，計算著過簡單的生活，除了睡覺之外，我是全時間地做自己喜歡的事並照料與支持先生和女兒。

過往為了掙錢而無法兼顧自己做為太太和母親的任務，現在全都撿回來、擔起來，我覺得這些任務很重要，認真做起來獲得的回報就是看到女兒成長和家庭健康和樂。退休，我才可以做家庭主婦，時間自己安排，真的是最棒的職業！

出版後記

2022 年入秋我開始整理儲放在電腦裡的手札並動筆增文時，心中已明確地將書名定為《加拿大鐵女手札——台灣移民生活思聞錄》。同一時間，加拿大政府也宣佈在三年內將吸納一百五十萬移民，我更肯定了出版自己在加拿大生活十五年來的生存故事的價值。

這本有如自傳般的書，目的在揭露像我這樣移民到加拿大、甚至是華人們去到西方國家恐將遭遇的挑戰。那些可能的挑戰滲進生活裡變成的現實，其實很少被大眾媒體提及。就算網路數位社群裡有人討論，卻也是這一點、那一點，未能一氣呵成地闡明，致使許多人對「住國外」仍抱持著好萊塢式的幻想，在我看來是很危險的。

很久以前台灣有一句廣告台詞講：「幻滅，是成長的開始！」我從自己 2008 年秋天來到加拿大後，生活陷入長時間的低迷開始述說陳年故事，起初可能讓人感到有些鬱悶，因為少了嘻笑怒罵，然而講的卻都是事實。而在我如數吐實的過程中，其實還夾帶著自己殺出重圍的方式，但願讀者可以理得出來。可貴的又是，連年困難中自己一直沒有放棄，最後只用了短短幾年便把我們家從加拿大的社經底層中拉到「小康」的位置。我很盼望這樣的結果帶給一些奮鬥中的人希望，不管讀者人是在哪裡。

有人說，每個人都在經歷不同的苦。在這個「遠離負能量」大

行其道的時代，一個人若能沉下心來細細領會另一個人的甘苦與來時路，把焦點放在學習如何趨吉避凶，而非不耐甚至排斥接受世界並不完美的真實，那麼要扭轉乾坤，剩下的應該只是意志力、行動力與時間的問題，我也極力透過文字一點一滴地傳達這樣的信念。

　　當年新移民英文班的老師曾說，「到了加拿大，你想成為什麼就能成為什麼」，我有很多年不相信。直到這本書出版時，我才知道她的那句話只要再加進「目標」、「彈性」與「堅持」，還是對的。

　　我很滿意自己達到了人生的目標之一，得以在中年趕搭上提早退休的風潮，財務自由雖只是到了最低的門檻，但我總是擠進了那班駛離因欠缺而憂煩的地方的車裡，人生繼續向自由與快樂的方向前進。

　　希望讀了這本書的你也與我同行。

本書獻給那些曾經幫助過、鼓勵過我的人，
以及我最親愛的家人。

國家圖書館出版品預行編目

加拿大鐵女手札：台灣移民生活思聞錄 / 佩格澀
思著. -- 臺北市：致出版, 2023.05
　　面；　公分
　　ISBN 978-986-5573-59-1(平裝)

863.55　　　　　　　　　　　112006472

加拿大鐵女手札
──台灣移民生活思聞錄

作　　　者／佩格澀思
出版策劃／致出版
製作銷售／秀威資訊科技股份有限公司
　　　　　114 台北市內湖區瑞光路76巷69號2樓
　　　　　電話：+886-2-2796-3638
　　　　　傳真：+886-2-2796-1377
網路訂購／秀威書店：https://store.showwe.tw
　　　　　博客來網路書店：https://www.books.com.tw
　　　　　三民網路書店：https://www.m.sanmin.com.tw
　　　　　讀冊生活：https://www.taaze.tw

出版日期／2023年5月　　定價／450元

致　出　版　　　　　　　　　向出版者致敬